Alexander Puschkin

Eugen Onegin

Ein Roman in Versen

Übersetzung und Nachwort
von Kay Borowsky

Reclam

RECLAMS UNIVERSAL-BIBLIOTHEK Nr. 427
1972, 2021 Philipp Reclam jun. Verlag GmbH,
Siemensstraße 32, 71254 Ditzingen
info@reclam.de
Durchgesehene Ausgabe 2021
Druck und Bindung: Esser printSolutions GmbH,
Untere Sonnenstraße 5, 84030 Ergolding
Printed in Germany 2025
RECLAM, UNIVERSAL-BIBLIOTHEK und
RECLAMS UNIVERSAL-BIBLIOTHEK sind eingetragene Marken
der Philipp Reclam jun. GmbH & Co. KG, Stuttgart
ISBN 978-3-15-000427-2
reclam.de

Pétri de vanité il avait encore plus de cette espèce d'orgueil qui fait avouer avec la même indifférence les bonnes comme les mauvaises actions, suite d'un sentiment de supériorité, peut-être imaginaire.

Tiré d'une lettre particulière

Die stolze Welt möchte ich nicht unterhalten.
Da ich die Teilnahme der Freunde zu schätzen gelernt habe,
hätte ich dir gerne einen Beweis erbracht,
der deiner würdiger wäre –
würdiger einer schönen Seele,
erfüllt von einem heiligen Traum,
von lebendiger und klarer Poesie,
von hohen Gedanken und von Einfachheit.
Doch sei's drum. Mit wohlwollender Hand
nimm diese Sammlung bunter –
halb komischer, halb trauriger,
volkstümlich-derber, idealer – Kapitel entgegen,
die nachlässige Frucht meiner Vergnügungen,
schlaflosen Nächte, leichten Inspirationen,
meiner unreifen und verwelkten Jahre,
der kalten Beobachtungen des Verstandes
und der traurigen Erfahrungen des Herzens.

Erstes Kapitel

Zu leben eilt es und zu fühlen
Fürst Vjázemskij

I

»Mein Onkel ist ein Mann von Ehre;
als er ernsthaft krank wurde,
zwang er einen, ihn zu achten,
und etwas Besseres konnte er sich nicht ausdenken.
Sein Beispiel ist anderen eine Lehre;
aber, ach Gott, wie langweilig ist es,
bei einem Kranken zu sitzen Tag und Nacht
und keinen Schritt von ihm zu weichen!
Was für eine gemeine Hinterlist,
einen Halbtoten zu unterhalten,
ihm die Kissen zurechtzurücken,
traurig die Arznei zu reichen,
zu seufzen – und bei sich zu denken:
Wann wird dich endlich der Teufel holen?«

II

So dachte ein junger Tunichtgut,
als er mit Postpferden im Staub dahinflog,
nach Zeus' allerhöchstem Willen
der Erbe all seiner Verwandten.
Freunde Ljudmílas und Rusláns!
Mit dem Helden meines Romans
erlaubt mir, euch ohne lange Vorreden,
jetzt gleich, bekannt zu machen:
Onegin, mein guter Freund,

wurde an den Ufern der Neva geboren,
wo vielleicht auch du, mein Leser,
zur Welt kamst oder dich ausgezeichnet hast;
dort verbummelte auch ich einmal die Zeit –
doch der Norden ist schädlich für mich[1].

III

Untadelig und ehrenhaft im Dienst,
lebte sein Vater von Schulden,
gab drei Bälle jährlich
und hatte schließlich alles durchgebracht.
Das Schicksal bewahrte Eugen:
Zuerst sah Madame nach ihm,
später ersetzte sie Monsieur.
Das Kind war wild, doch mußte man es liebhaben.
Monsieur l'Abbé, der Franzose, ein armer Teufel,
lehrte den Kleinen, damit er sich nicht quäle,
alles im Spiel,
ödete ihn nicht an mit strengem Moralisieren,
tadelte ihn nur leichthin wegen seiner Streiche
und führte ihn zum Spaziergang in den Sommergarten.

IV

Als die Zeit der stürmischen Jugend
für Eugen herankam,
die Zeit der Hoffnungen und der zarten Melancholie,
wurde Monsieur vom Hof gejagt.
Jetzt ist mein Onegin in Freiheit:
Die Haare nach der letzten Mode geschnitten,
gekleidet wie ein Londoner Dandy[2],
sah er endlich die Welt.
Auf französisch konnte er vollendet

parlieren und schreiben;
leicht tanzte er die Mazurka
und verbeugte sich gewandt.
Was will man mehr? Die Welt entschied,
daß er klug sei und sehr charmant.

V

Wir haben alle so ein bißchen
irgendwas und irgendwie gelernt:
Deshalb ist es bei uns, Gott sei Dank, leicht,
durch Erziehung zu glänzen.
Onegin war nach der Meinung vieler
(resoluter und gestrenger Richter)
ein kluger Bursche, doch ein Pedant.
Er hatte das glückliche Talent,
im Gespräch zwanglos
alle Dinge leicht zu streifen,
mit dem gelehrten Ausdruck des Kenners
bei einem bedeutungsschweren Disput zu schweigen
und durch die Treffsicherheit unerwarteter Epigramme
das Lächeln der Damen hervorzulocken.

VI

Das Lateinische ist heute aus der Mode gekommen;
doch um euch die Wahrheit zu sagen,
so verstand er genügend Latein,
um Motti entziffern zu können,
sich über Juvenal auszulassen,
an den Schluß eines Briefs ein ›vale‹ zu setzen,
und er erinnerte sich, wenn auch nicht fehlerlos,
an zwei Verse aus der Äneis.
Er hatte keine Lust,

im chronologischen Staub
von Beschreibungen der Weltgeschichte herumzuwühlen;
aber Anekdoten vergangener Tage,
von Romulus bis zu unsrer Zeit,
bewahrte er in seinem Gedächtnis.

VII

Ohne die Leidenschaft zu kennen,
den Klängen der Dichtung das Leben zu opfern,
konnte er einen Jambus von einem Trochäus,
wie wir uns auch mühten, nicht unterscheiden.
An Homer und Theokrit ließ er nichts Gutes;
dafür las er Adam Smith
und war ein tiefschürfender Ökonom,
das heißt, er konnte darlegen,
wie der Staat reich wird,
wovon er lebt und warum
er kein Gold braucht,
wenn er Rohstoffe hat.
Sein Vater konnte ihn da nicht verstehen
und verpfändete seine Ländereien.

VIII

Alles, was Eugen sonst noch wußte,
aufzuzählen, dazu fehlt mir die Zeit.
Worin er aber ein wahres Genie war
und sattelfester als in allen Wissenschaften,
was für ihn von Jugend auf
Mühe, Qual und Freude war,
was seinen sehnsuchtsvollen Müßiggang
den ganzen Tag beschäftigte –
das war die Kunst jener zarten Leidenschaft,

die Ovid besungen hat,
und wofür er als Märtyrer
sein glänzendes und stürmisches Leben
in Moldawien beendete,
in der öden Steppe, fern von seinem Italien.

IX

....

X

Wie früh konnte er heucheln,
eine Hoffnung verbergen, eifersüchtig sein,
Meinungen aus- oder einreden,
sich düster geben, schmachten,
stolz und gehorsam,
aufmerksam oder gleichgültig erscheinen!
Wie verstand er sich aufs gramverzehrte Schweigen,
von welch flammender Beredsamkeit war er
und in Liebesbriefen – wie nachlässig!
Von einem durchdrungen und eines nur liebend –
wie selbstvergessen konnte er da sein!
Wie war sein Blick schnell und zärtlich,
verschämt und verwegen, manchmal aber
blitzte eine gehorsame Träne in ihm!

XI

Wie verstand er es, neu zu scheinen,
scherzend die Unschuld zu verblüffen,
durch gespielte Verzweiflung zu erschrecken,
mit angenehmer Schmeichelei zu unterhalten,

den Augenblick der Rührung zu nutzen,
die Vorurteile unschuldiger Jahre
durch Verstand und Leidenschaft zu besiegen,
eine unbeabsichtigte Bewegung der Zärtlichkeit abzuwarten,
Liebesgeständnisse zu erflehen oder zu fordern,
des Herzens ersten Ton zu erlauschen,
der Liebe nachzujagen – und dann plötzlich
ein heimliches Stelldichein zu erlangen ...
und nachher, beim tête-à-tête,
ihr in der Stille eine Lehre zu erteilen!

XII

Wie früh schon konnte er die Herzen
der durchtriebenen Koketten in Unruhe versetzen!
Wenn er Lust bekam,
seine Nebenbuhler zu vernichten,
wie böswillig verleumdete er da!
Welche Fallstricke legte er ihnen!
Ihr aber, glückselige Ehemänner,
ihr bliebt seine Freunde:
Ihn verhätschelte der schlaue Gatte,
der einstige Schüler des Faublas
und der mißtrauische alte Knacker
und der aufgeblasene Hahnrei,
der immer zufrieden ist mit sich selbst,
mit seinem Mittagessen und mit seiner Frau.

XIII. XIV

....

XV

Es kommt vor, daß er noch im Bett liegt,
wenn man ihm Billets überbringt.
Was? Einladungen? Tatsächlich,
drei Häuser bitten zu einer Abendgesellschaft,
hier ist ein Ball, dort ein Kinderfest.
Wohin wird mein Taugenichts jagen?
Mit wem fängt er an? Egal:
Er kriegt's hin, überall aufzutauchen.
Vorerst fährt Onegin, im Straßenanzug
und mit einem riesigen Bolivar[3] auf dem Kopf,
auf den Boulevard
und flaniert dort im Freien umher,
bis die wachsame Bréguet-Uhr
ihm durch Klingeln das Mittagessen anzeigt.

XVI

Es dunkelt schon: Er setzt sich in den Schlitten.
»Los, los!« ertönt es;
vom Froststaub schimmert silbern
sein Biberkragen.
Er ist zu Talon[4] gejagt, überzeugt,
daß ihn dort schon Kavérin erwartet.
Er ist eingetreten – und schon fliegt der Korken gegen die Decke,
spritzt der Kometenwein in Strömen hervor,
steht vor ihm ein blutiges Roastbeef
und Trüffel, der Luxus junger Jahre,
die schönste Blüte der französischen Küche,
und die unverwüstliche Straßburger Pastete
zwischen reifem Limburger Käse
und goldener Ananas.

XVII

Noch ruft der Durst nach Bechern,
um das heiße Fett des Koteletts zu begießen;
doch das Klingeln des Bréguet kündigt ihm an,
daß ein neues Ballett begonnen hat.
Des Theaters boshafter Gesetzgeber,
unbeständiger Verehrer
der bezaubernden Aktricen,
Ehrenbürger der Kulissen,
ist Onegin zum Theater geeilt,
wo jeder, durchdrungen von kritischem Geist,
bereit ist, einen entrechat zu beklatschen,
Phädra oder Kleopatra auszuzischen
und Moïna herauszurufen (nur deshalb,
um gehört zu werden).

XVIII

Eine zauberhafte Welt! In alten Zeiten
glänzte dort der furchterregende Herrscher der Satire,
Fonvízin, der Freund der Freiheit,
und der geschickte Nachahmer Knjažnín;
dort teilte Ózerov des Volkes spontanen Tribut
an Tränen und an Beifall
mit der jungen Semjónova;
dort ließ unser Katénin den mächtigen
Genius Corneilles wieder auferstehen;
dort schuf der ätzend-scharfe Šachovskój
die lärmende Schar seiner Komödien;
dort wurde auch Didelot mit Ruhm bekränzt;
dort, dort, im Schutze der Kulissen,
schwanden die Tage meiner Jugend dahin.

XIX

Meine Göttinnen! Was ist mit euch? Wo seid ihr?
Vernehmt meine betrübte Stimme:
Seid ihr noch immer dieselben? Oder haben andere Mädchen
euch abgelöst, ohne euch doch zu ersetzen?
Werde ich von neuem eure Chöre hören
und dem beseelten Flug
der russischen Terpsichore mit den Augen folgen?
Oder findet der verzagte Blick
keine bekannten Gesichter auf der öden Bühne,
werde ich, die enttäuschte Lorgnette
auf eine fremde Welt gerichtet,
ein gleichgültiger Betrachter des Vergnügens,
wortlos gähnen
und mich der Vergangenheit erinnern?

XX

Das Haus ist schon voll; die Logen blitzen;
Parterre und Sperrsitz – alles brodelt;
im Olymp wird ungeduldig geklatscht,
und rauschend hebt sich der Vorhang in die Höhe.
Strahlend, fast ätherisch,
dem Zauberbogen der Geigen gehorsam,
umgeben von der Schar der Nymphen,
steht die Istómina da; während sie
mit dem einen Fuß den Boden berührt,
beschreibt sie mit dem anderen langsam einen Kreis,
und da! ein Sprung, und plötzlich fliegt sie,
fliegt wie ein Flaum von Äolus' Lippen;
bald führt ihre Gestalt enge, bald weite Figuren aus,
und ihre flinken Füßchen schlagen gegeneinander.

XXI

Alles klatscht. Onegin tritt herein;
drängt sich an den Füßen vorbei durchs Parkett
und richtet das Binokel verdrießlich
auf die Logen mit unbekannten Damen;
alle Ränge hat er mit dem Blick überflogen,
er hat alles gesehn: Mit den Gesichtern, mit den Roben
ist er äußerst unzufrieden;
er hat die Herren nach allen Seiten hin
begrüßt; dann hat er in höchster Zerstreutheit
zur Bühne geschaut,
sich abgewandt, gegähnt
und geäußert: »Zeit, daß sie ersetzt werden;
lange habe ich Balletts ertragen,
doch auch von einem Didelot kann man genug kriegen.«[5]

XXII

Noch springen und lärmen auf der Bühne
Amoretten, Teufel, Drachen;
noch schlafen die müden Lakaien
auf Pelzen an der Einfahrt;
noch hat das Füßetrampeln nicht aufgehört,
das Sich-Schnäuzen, Husten, Zischen, Klatschen;
noch verbreiten überall, außen und innen,
die Lampen ihr gleißendes Licht;
noch stampfen aufgeregt die Pferde, durchfroren
und überdrüssig ihres Geschirrs,
und die Kutscher um die Feuer herum
fluchen auf ihre Herrschaften und schlagen die Handflächen gegeneinander –
und schon ist Onegin fortgegangen:
Nach Hause fährt er, um sich anzuziehen.

XXIII

Wird es mir gelingen, ein genaues Bild
von dem einsamen Gemach zu geben,
wo der Musterschüler der Mode
angekleidet, aus- und wieder angekleidet wird?
Alles, womit das London der Galanteriewaren
für die verschwenderische Laune handelt
und was es uns gegen Holz und Talg
über die Wellen des Baltischen Meeres bringt;
alles, was in Paris hungrige Gelüste,
sich einen nützlichen Beruf aussuchend,
für den Zeitvertreib erfinden,
für Luxus und modischen Komfort –
all das schmückte das Kabinett
des Philosophen von achtzehn Jahren.

XXIV

Bernstein auf Pfeifen von Konstantinopel,
Porzellan und Bronze auf dem Tisch,
und – Freude der überfeinerten Sinne –
Parfums in facettiertem Kristall;
Kämmchen, kleine Feilen aus Stahl,
gerade Scheren und krumme,
und dreißigerlei Bürsten,
die einen für die Nägel, die anderen für die Zähne.
Rousseau (ich vermerke das nur en passant)
konnte nicht begreifen, wie der würdige Grimm
es wagte, vor ihm, dem eloquenten Narren[6],
sich die Nägel zu reinigen.
In diesem Falle aber ist der Verteidiger
der Freiheit und der Rechte völlig im Unrecht.

XXV

Man kann ein tüchtiger Mensch sein
und trotzdem an die Schönheit seiner Nägel denken –
doch wozu unnütz mit dem Jahrhundert streiten?
Die Gewohnheit ist ein Despot unter den Menschen.
Mein Onegin war ein zweiter Čaadájev,
in Furcht vor eifersüchtiger Kritik,
in seiner Kleidung ein Pedant
und das, was wir einen Stutzer nennen.
Drei Stunden mindestens
brachte er vor dem Spiegel zu,
und aus dem Ankleidezimmer trat er heraus
ähnlich wie die leichtfertige Venus,
wenn, in Männertracht gekleidet,
die Göttin auf einen Maskenball fährt.

XXVI

Nachdem ich euren neugierigen Blick
für einen Toilettentisch im neuesten Geschmack interessiert habe,
könnte ich vor der Welt der Kenner
jetzt seine Kleidung beschreiben;
das wäre natürlich ziemlich gewagt,
jedoch – Beschreiben ist mein Geschäft.
Aber ›Pantalons‹, ›Frack‹, ›Gilet‹,
all diese Wörter gibt es im Russischen nicht;
ich sehe (und bekenne meine Schuld vor euch),
daß ich auch so noch meinen armseligen Stil
viel weniger hätte mit Fremdwörtern
aufputzen können,
wo ich doch schon vor Zeiten ab und zu
einen Blick ins Akademie-Wörterbuch geworfen habe.

XXVII

Doch das ist jetzt nicht unsre Sorge:
Eilen wir lieber zum Ball,
wohin mein Onegin in einer Mietsdroschke
schon Hals über Kopf losgefahren ist.
Vor den dunkel gewordenen Häusern
entlang der schlafenden Straße verbreiten
die Doppellaternen der Kutschen in Reihen
ein fröhliches Licht,
das auf dem Schnee in Regenbogenfarben schillert.
Ringsum mit Lämpchen übersät
erstrahlt ein prächtiges Haus;
hinter den großen Fensterscheiben gehen Schatten,
kommen und gehen im Profil Köpfe
von Damen und modisch gekleideten Sonderlingen.

XXVIII

Unser Held ist nun an die Vorhalle herangefahren;
am Portier vorbei wie ein Pfeil
ist er die Marmorstufen hinaufgeflogen,
ist sich mit der Hand durchs Haar gefahren
und eingetreten. Der Saal ist voller Menschen;
die Musik ist des Lärmens schon müde geworden;
die Menge ist von der Mazurka in Anspruch genommen;
ringsum herrscht Getöse und Gedränge;
es klingen die Sporen der Chevaliergardisten;
die Füßchen der anmutigen Damen fliegen vorbei;
ihren bezaubernden Spuren
folgen flammende Blicke,
und vom Schluchzen der Geigen wird das
eifersüchtige Geflüster modebewußter Damen übertönt.

XXIX

In den Tagen der Fröhlichkeit und der Wünsche
war ich ganz verrückt nach Bällen:
Es gibt keinen sichereren Ort für Liebesgeständnisse
und für das Zustecken eines Briefs.
O ihr, verehrte Ehegatten!
Euch biete ich meine Dienste an;
ich bitte, auf meine Worte zu achten:
Ich möchte euch warnen.
Auch ihr, die Mamas, solltet strenger
auf eure Töchter aufpassen;
haltet euer Lorgnon gerade!
Sonst ... sonst – da sei Gott vor!
Wenn ich dies schreibe, so deshalb,
weil ich schon lange aufgehört habe, zu sündigen.

XXX

O weh, auf verschiedensten Vergnügungen
habe ich viel Zeit meines Lebens vergeudet!
Doch litte die Moral nicht darunter,
so würde ich die Bälle noch heute lieben.
Ich liebe die ausgelassene Jugend,
Gedränge, Glanz und Freude,
und die raffiniert gewählten Festgewänder der Damen;
ich liebe ihre Füßchen; nur mit Mühe
werdet ihr in ganz Rußland
drei Paar wohlgestaltete Damenfüße finden.
Ach! Lange wollten mir zwei kleine Füße
nicht aus dem Sinn ... melancholisch und ohne Feuer
muß ich immer an sie denken, und im Traum
beunruhigen sie mein Herz.

XXXI

Wann nur und wo, in welcher Wüstenei,
Wahnsinniger, wirst du sie vergessen?
Ach Füßchen, Füßchen! Wo seid ihr jetzt?
Wo zertretet ihr die Frühlingsblumen?
Umhegt im weichen Orient,
habt ihr auf dem traurigen Schnee des Nordens
keine Spur hinterlassen:
Was ihr liebtet, war die schwelgerische Berührung
weicher Teppiche.
Ist es lange her, seit ich um euretwillen
den Durst nach Ruhm und Lob,
das Land meiner Väter und die Verbannung vergaß?
Verschwunden ist das Glück der jungen Jahre
wie auf den Wiesen eure leichte Spur.

XXXII

Dianas Busen, Floras Wangen
sind reizend, liebe Freunde!
Doch der kleine Fuß der Terpsichore
ist für mich durch irgend etwas noch reizvoller.
Er verheißt dem Blick
eine unschätzbare Belohnung,
und mit dem vielsagenden Zeichen seiner Schönheit
zieht er den eigenwilligen Schwarm der Wünsche an.
Ich liebe ihn, Freundin Elvira,
unter dem langen Tuch der Tische,
im Frühling auf dem jungen Gras der Wiesen,
im Winter gegen das gußeiserne Gitter des Kamins,
auf dem spiegelnden Parkett der Säle,
am Meer auf dem Granit der Felsen.

XXXIII

Ich erinnere mich an das Meer vor dem Gewitter:
Wie beneidete ich die Wellen,
wenn sie, in stürmischer Reihe dahinlaufend,
sich liebeerfüllt zu ihren Füßen legten!
Wie verlangte es mich da, gleich den Wellen
ihre lieblichen Füße mit dem Mund zu berühren!
Nein, niemals in den feurigen Tagen
meiner stürmischen Jugend
hatte ich mit solcher Qual danach begehrt,
die Lippen junger Armidas zu küssen
oder die Rosen brennender Wangen
oder Brüste, voll von Sehnsucht.
Nein, niemals hat der Ausbruch der Leidenschaft
meine Seele so gequält!

XXXIV

Und eine andere Zeit kommt mir ins Gedächtnis:
Manchmal, in meinen heimlichen Tagträumen,
halte ich einen glücklichen Steigbügel
und fühle einen kleinen Fuß in meiner Hand;
wieder schäumt die Phantasie,
wieder entzündet sich an ihm
im welken Herzen das Blut,
wieder Wehmut, wieder Liebe . . .!
Doch genug gepriesen die Stolzen
auf meiner geschwätzigen Leier:
Sie sind weder die Leidenschaften wert
noch die Lieder, die sie inspirieren;
die Worte und Blicke dieser Zauberinnen
sind so trügerisch . . . wie ihre kleinen Füße.

XXXV

Und mein Onegin? Schlaftrunken
fährt er vom Ball ins Bett,
während das unermüdliche Petersburg
schon durch die Trommel geweckt wurde.
Der Kaufmann steht auf, der Hausierer ist unterwegs,
der Kutscher strebt zum Droschkenplatz,
das Mädchen aus der Ochta eilt mit einem Krug vorbei,
unter ihren Schritten knirscht der morgendliche Schnee.
Das muntere Lärmen des Morgens hat begonnen;
die Fensterläden sind schon geöffnet, der Rauch steigt aus den Schornsteinen
als eine blaue Säule in die Luft,
und der Bäcker, ein akkurater Deutscher
in einer baumwollenen Schlafmütze, hat schon ein paar Mal
sein Vasisdas aufgemacht.

XXXVI

Aber, vom Trubel des Balls ermattet
und den Tag zur Nacht machend,
schläft das Kind des Amüsements und des Luxus
ruhig in wohltuender Dunkelheit.
Nach Mittag wird er erwachen, und wieder
ist bis zum nächsten Morgen sein Leben geregelt
in seiner Gleichförmigkeit, in seiner Buntheit,
und morgen ist's genauso wie gestern.
Jedoch – war mein Onegin glücklich
bei all seinen glänzenden Eroberungen,
inmitten alltäglicher Genüsse,
er, frei und in der Blüte seiner Jahre?
Sollte er etwa ungestraft ein sorgloser Meister
im Feiern von Gelagen gewesen sein?

XXXVII

Nein: Früh waren in ihm die Gefühle erkaltet;
langweilig wurde ihm das Treiben der großen Welt;
die Schönen blieben nicht lange
Gegenstand seiner gewohnten Gedanken;
die Treubrüche ermüdeten ihn schließlich;
Freunde und Freundschaft wurden ihm lästig,
und zwar deshalb, weil er nicht immer
Beefsteaks und Straßburger Pastete
mit einer Flasche Champagner begießen
und Bonmots von sich geben konnte,
wenn ihm der Schädel brummte.
Und obgleich er durch und durch ein Tunichtgut war,
so bekam er doch
Streit, Säbel und Blei endgültig satt.

XXXVIII

Eine Krankheit, deren Ursache
man schon längst hätte herausfinden müssen,
ähnlich dem englischen Spleen,
kurz: Die russische Melancholie
hatte nach und nach Besitz von ihm ergriffen.
Sich zu erschießen wollte er Gott sei Dank
nicht ausprobieren,
doch wurde er dem Leben gegenüber völlig kalt.
Finster und blasiert wie Childe Harold
erschien er in den Salons.
Weder Gesellschaftsklatsch noch Boston,
kein huldreicher Blick, kein schamloser Seufzer,
nichts rührte ihn;
von nichts nahm er Notiz.

XXXIX. XL. XLI

. . . .

XLII

Ihr Kapriziösen der großen Welt!
Euch hat er zuallererst verlassen;
und es ist wahr, daß für unser Alter
der vornehme Ton der Gesellschaft etwas reichlich
Abgeschmacktes ist;
mag zwar die eine oder andere Dame
Say und Bentham erklären,
so ist doch im allgemeinen ihre Konversation
unerträglich, wenn auch ein harmloser Unsinn.
Dazu noch sind sie so keusch,
so erhaben, so klug,
so erfüllt von Frömmigkeit,
so umsichtig, so genau,
so unzugänglich für die Männer,
daß schon ihr Anblick den Spleen hervorruft[7].

XLIII

Und euch, ihr jungen Schönen,
die zu später Stunde
verwegene Droschken
übers Petersburger Pflaster davontragen –
auch euch hat mein Onegin aufgegeben.
Ein Abtrünniger der stürmischen Festivitäten,
schloß sich Onegin zu Hause ein,
griff gähnend zur Feder,
wollte schreiben – doch ausdauernde Arbeit
war ihm ein Greuel: Nichts

rann aus seiner Feder,
und er geriet nicht in die arrogante Gilde
jener Leute, über die ich mich eines Urteils enthalte,
weil ich nämlich selbst zu ihr gehöre.

XLIV

Und von neuem zum Müßiggang verdammt,
gepeinigt durch die Leere der Seele,
setzte er sich hin mit dem lobenswerten Ziel,
sich fremden Verstand anzueignen;
ein ganzes Bataillon von Büchern stellte er im Regal auf,
las und las, doch umsonst:
Hier herrschte Stumpfsinn, dort Betrug oder Unsinn;
beim einen fehlte das Gewissen, beim andern der Sinn;
alle hatten ihre Beschränktheiten;
und aus der Mode gekommen ist das Alte,
und das Neue – ist vernarrt in die Vergangenheit.
Wie die Frauen, so verließ er auch die Bücher,
und vor das Regal mit ihrer verstaubten Sippe
hängte er ein Trauertuch aus Taft.

XLV

Nachdem ich mich von der Bürde der gesellschaftlichen
Konventionen befreit
und, wie er, vom eitlen Treiben Abstand genommen hatte,
befreundete ich mich zu jener Zeit mit ihm.
Mir gefielen seine Gesichtszüge,
sein unwillkürlicher Hang zum Träumen,
sein unnachahmlich bizarres Wesen
und sein scharfer, kalter Verstand.
Ich war verbittert, er finster;
das Spiel der Leidenschaften kannten wir beide;

beiden war das Leben eine Qual;
im einen wie im andern war die Glut des Herzens erloschen;
auf uns beide wartete schon im Anbruch
unserer Tage die Mißgunst
der Menschen und der blinden Fortuna.

XLVI

Wer gelebt und gedacht hat, der wird nicht
anders können, als in seiner Seele die Menschen zu
verachten;
wer je gefühlt hat, den beunruhigt
das Gespenst unwiederbringlicher Tage,
über den hat kein Zauber mehr Macht –
die Schlange der Erinnerung quält ihn,
die Reue nagt an ihm.
All dies verleiht dem Gespräch
oft einen großen Reiz.
Zuerst verwirrte mich
Onegins Sprache; aber ich gewöhnte mich
an das Gift seiner Wortgefechte,
an seinen mit Galle getränkten Scherz
und an die Bosheit seiner mißmutigen Epigramme.

XLVII

Wie oft zur Sommerszeit,
wenn der Nachthimmel über der Neva
durchsichtig und leuchtend ist[8]
und das heitere Glas des Wassers
das Gesicht der Diana nicht widerspiegelt,
erinnerten wir uns an die amourösen Abenteuer verflossener
Tage,
gedachten wir der vergangenen Liebe,

und, von neuem sorglos und empfänglich,
berauschten wir uns schweigend
am wohltuenden Atem der Nacht!
Wie ein Gefangener, den man, halb im Schlaf,
aus dem Gefängnis in den grünen Wald gebracht hat,
ließen wir uns im Traum
zum Anfang unseres jungen Lebens tragen.

XLVIII

Mit schmerzerfüllter Seele
an die granitne Brüstung gelehnt,
stand Eugen in Gedanken versunken da,
so wie sich ein Dichter selbst beschrieben hat[9].
Alles war still; nur die Wächter
riefen sich hin und wieder etwas zu,
und von der Milljónnaja drang plötzlich
entferntes Wagenrasseln;
nur ein Boot, die Ruder bewegend,
glitt über den träumenden Fluß,
und von ferne fesselte uns
ein Horn und ein verwegenes Lied . .
Aber süßer klingt in den Freuden der Nacht
die Weise von Torquatos Oktaven!

XLIX

Wellen der Adria,
O Brenta! Nein, ich werde euch sehen
und, wieder erfüllt von Inspiration,
eure zauberhafte Stimme vernehmen!
Heilig ist sie den Enkeln Apolls,
durch die stolze Leier Albions
ist sie mir bekannt, ist sie mir teuer.

In Freiheit will ich die wonnetrunkenen Nächte
des goldenen Italien genießen,
während ich mit einer jungen Venezianerin,
die bald gesprächig ist, bald schweigt,
in einer geheimnisvollen Gondel dahintreibe;
mit ihr werden meine Lippen
die Sprache Petrarcas und der Liebe finden.

L

Wird die Stunde meiner Freiheit kommen?
Zeit ist es, Zeit! Ich rufe sie;
auf meiner Wanderung hoch über dem Meer[10] gebe ich mich unbestimmten Hoffnungen hin
und winke die Segel der Schiffe herbei.
Unter dem Gewand der Stürme, im Streit mit den Wellen –
wann endlich beginne ich meinen freien Lauf
über die freien Kreuzwege des Meeres?
Zeit ist's, das öde Ufer
eines mir feindlichen Elements zu verlassen
und, umgeben von der südlichen Dünung,
unter dem Himmel meines Afrika[11],
mich nach dem düsteren Rußland zu sehnen,
wo ich litt, wo ich liebte,
wo ich mein Herz begrub.

LI

Onegin war bereit, mit mir
fremde Länder zu besuchen;
doch sollten wir bald vom Schicksal
für lange Zeit voneinander getrennt werden.
Damals starb sein Vater.
Vor Onegin versammelte sich

die gierige Meute der Gläubiger.
Jeder hatte seinen eigenen Kopf und seine eigene
Vorstellung.
Eugen, der Prozesse verabscheute,
schickte sich in sein Los,
überließ ihnen die Erbschaft,
da er darin keinen großen Verlust erblickte –
oder er erfuhr aus der Ferne im voraus
vom baldigen Ende seines betagten Onkels.

LII

Und wirklich erhielt er plötzlich
vom Verwalter die Meldung,
daß der Onkel im Sterben liege
und sehnlichst wünsche, von ihm Abschied zu nehmen.
Als er die traurige Nachricht gelesen hatte,
brach Eugen ohne zu säumen
mit Postpferden zum erbetenen Wiedersehen auf
und gähnte schon im voraus,
während er sich, des Geldes wegen,
auf Seufzer, Langeweile und Heuchelei vorbereitete
(womit ich ja meinen Roman begonnen habe).
Doch als er auf dem Gut des Onkels angelangt war,
traf er ihn nur noch aufgebahrt auf dem Tisch liegend an,
als vorbereiteten Tribut an die Erde.

LIII

Den Hof fand er voll von Bediensteten;
aus allen Richtungen trafen
Freund und Feind, Liebhaber von Beerdigungen,
beim Verstorbenen ein.
Der Tote wurde begraben.

Popen und Gäste aßen und tranken
und gingen danach feierlich auseinander,
als hätten sie etwas Wichtiges getan.
So ist unser Onegin jetzt Landbewohner,
unumschränkter Gebieter
über Werkstätten, Gewässer, Wälder, Ländereien,
und der vormalige Verschwender und Feind der Ordnung
ist sehr froh, seinen bisherigen Weg
in eine neue Richtung gelenkt zu haben.

LIV

Zwei Tage waren für ihn
die einsamen Felder,
die Kühle des dunklen Eichenwaldes,
das Rieseln des stillen Bachs etwas Neues;
am dritten Tag interessierten ihn
Hain, Hügel und Aue nicht mehr;
dann machten sie ihn nur noch schläfrig;
endlich wurde es ihm völlig klar,
daß auf dem Dorf dieselbe Langeweile herrscht,
wenn es hier auch keine Straßen und Paläste,
keine Karten, Bälle und Verse gab.
Die Melancholie lauerte ihm auf
und heftete sich an seine Fersen
wie ein Schatten oder eine treue Frau.

LV

Ich wurde für ein friedliches Leben geboren,
für ländliche Stille:
In der Wildnis ist die Stimme der Leier klangvoller,
lebhafter sind die schöpferischen Träume.
Harmlosem Müßiggang hingegeben

schlendre ich an einem öden See entlang
und far niente heißt mein Gebot.
Jeden Morgen werde ich
zu süßer Wonne und Freiheit geweckt:
ich lese wenig, schlafe lange,
jage dem unbeständigen Ruhm nicht nach.
Habe ich so nicht in früheren Jahren
im Nichtstun, in der Stille
meine glücklichsten Tage verbracht?

LVI

Blumen, Liebe, Ländlichkeit, Müßiggang,
Felder! Euch bin ich mit ganzem Herzen ergeben.
Den Unterschied zwischen Onegin und mir
stelle ich immer gerne heraus,
damit ein spöttischer Leser
oder irgendein Herausgeber
eines raffinierten Pasquill,
wenn er meine Charakterzüge zusammenstellt,
nachher nicht schamlos wiederholt,
ich hätte hier mein eigenes Porträt zusammengeschmiert,
so wie Byron, der Dichter des Stolzes;
als ob es für uns ein Ding der Unmöglichkeit wäre,
über eine fremde Person ein Poem zu schreiben,
als ob wir das nur über uns selbst könnten.

LVII

Nebenbei gesagt: Alle Dichter
sind Freunde der träumerischen Liebe.
Es kam vor, daß ich von holden Geschöpfen
träumte und meine Seele
ihr geheimes Bild bewahrte;

später belebte sie die Muse:
So besang ich sorglos
ein Mädchen aus den Bergen, mein Ideal,
oder Gefangene vom Ufer des Salgír.
Ich höre jetzt von euch, meine Freunde,
nicht selten die Frage:
»Nach wem sehnt sich deine Leier?
Wem aus der Schar der eifersüchtigen Mädchen
hast du ihre Melodie gewidmet?

LVIII

Wessen Blick, die Inspiration beflügelnd,
hat mit einer sanften Liebkosung
dein gedankenvolles Singen belohnt?
Wen hat dein Vers vergöttert?«
Nun, Freunde, niemand, ich schwör's!
Die wahnsinnig machende Unruhe der Liebe,
ich habe sie freudlos kennengelernt!
Glücklich, wer mit ihr die Glut der Reime
zu verbinden wußte: Dadurch hat er,
auf Petrarcas Spuren,
das heilige Rasen der Poesie verdoppelt,
die Qualen des Herzens aber gelindert
und überdies sich auch noch Ruhm erworben.
Ich aber, als ich liebte, war dumm und stumm.

LIX

Die Liebe ging vorüber, die Muse erschien,
und der verdüsterte Sinn hellte sich auf.
Frei geworden, suche ich von neuem die Harmonie
zauberhafter Klänge, Gefühle und Gedanken;
ich schreibe, und dem Herzen ist's nicht bang;

die Feder zeichnet nicht selbstvergessen
neben unbeendeten Versen
Frauenfüße oder -köpfe;
aus der erkalteten Asche lodert es nicht noch einmal empor;
zwar fühle ich noch Trauer, aber es kommen keine Tränen
mehr,
und bald, bald wird sich in meiner Seele
der letzte Ausläufer des Sturms endgültig gelegt haben:
Dann werde ich beginnen,
ein Poem von fünfundzwanzig Gesängen zu schreiben.

LX

Ich habe schon über die Anlage des Ganzen nachgedacht
und darüber, wie mein Held heißen soll.
In der Zwischenzeit ist das erste Kapitel
meines Romans fertig geworden.
Ich habe das alles genau durchgesehen:
es stecken viele Widersprüche darin,
doch will ich sie nicht beseitigen.
Der Zensur werde ich bezahlen, was sie zu fordern hat,
und den Journalisten die Früchte meiner Arbeit
auf Gedeih und Verderb überlassen.
Geh hin zu den Ufern der Neva,
neugebornes Werk,
und verdiene mir des Ruhmes Tribut:
falsche Auslegungen, Geschrei und Schmähung!

Zweites Kapitel

o rus . . .!
Horaz

O Rus'!

I

Die ländliche Gegend, wo Eugen Trübsal blies,
war ein herrliches Fleckchen Erde;
ein Freund unschuldiger Vergnügen
hätte dem Himmel dafür gedankt.
Das einsam gelegene Gutshaus,
durch einen Hügel vor dem Wind geschützt,
erhob sich an einem Fluß. Vor ihm
schimmerten und blühten
Wiesen und goldene Äcker, so weit das Auge reichte;
hier und da waren Weiler zu sehen; dazwischen
grasten Herden auf den Wiesen;
ein riesiger verwilderter Garten
verbreitete dichte Schatten,
ein Zufluchtsort nachdenklicher Dryaden.

II

Der ehrwürdige Herrensitz war gebaut,
wie es sich gehört:
außerordentlich dauerhaft und bequem,
im Stil der vernünftigen alten Zeit.
Überall hohe Zimmer,
im Salon Damasttapeten,
Zarenporträts an den Wänden
und Öfen mit bunten Kacheln.
All das ist heute veraltet –

warum eigentlich, weiß ich nicht.
Mein Freund hatte übrigens
für das Ganze wenig Verwendung,
weil er nämlich so oder so gähnte,
gleichgültig ob in modernen oder nach Altväterart
eingerichteten Sälen.

III

Er ließ sich in jenem Zimmer nieder,
wo der alteingesessene Bewohner des Gutshauses
vierzig Jahre lang mit seiner Haushälterin gezankt,
zum Fenster hinausgeschaut und Fliegen totgeschlagen hatte.
Alles war einfach: ein eichener Fußboden,
zwei Schränke, ein Tisch, ein Daunensofa,
und nirgends der kleinste Tintenklecks.
Onegin öffnete die Schränke.
In einem fand er ein Notizbuch mit den Ausgaben,
im andern eine ganze Reihe von Fruchtlikören,
Krüge mit Apfelsaft
und den Kalender vom Jahre 1808 –
der Alte, der viel zu tun hatte,
sah in keine anderen Bücher.

IV

Allein auf seinen Besitztümern,
nur um die Zeit herumzubringen,
nahm sich unser Eugen zuerst einmal vor,
eine neue Ordnung einzuführen.
In seinen Hinterwäldern ein einsamer Weiser,
ersetzte er das Joch des altertümlichen Frondienstes
durch eine leichte Abgabe;
der Knecht dankte dem Schicksal.

Unterdessen aber setzte sich sein sparsamer Nachbar,
der darin einen furchtbaren Schaden sah,
in den Schmollwinkel;
ein anderer lächelte verschlagen,
und alle stellten einhellig fest,
daß er ein höchst gefährlicher Narr sei.

V

Anfangs fuhren alle zu ihm auf Besuch;
aber da er sich gewöhnlich,
sobald er ihre selbstgezimmerten Kutschen
auf der Landstraße
heranpoltern hörte,
am Hinterausgang seinen Zuchthengst vom Don satteln ließ,
kündigten sie ihm, durch ein solches Betragen
gekränkt, die Freundschaft auf.
»Unser Nachbar ist ein Flegel; bei ihm stimmt's nicht ganz;
er ist ein Freimaurer; er trinkt Rotwein
gleich glasweise;
den Damen küßt er nicht die Hand;
immer sagt er nur ›ja‹ oder ›nein‹ – niemals ›jawohl,
gnädige Frau‹
oder ›nein, gnädige Frau‹.« So lautete die vox populi.

VI

Zur selben Zeit war ein neuer Gutsherr
auf seinen Hof gefahren
und veranlaßte die Nachbarschaft ebenfalls
zu einer Prüfung auf Herz und Nieren.
Er hieß Vladimir Lenskij,
hatte eine echt Göttingianische Seele,
sah gut aus, stand in der Blüte seiner Jahre,

verehrte Kant und war ein Dichter.
Aus dem nebligen Deutschland
brachte er die Früchte der Gelehrsamkeit:
freiheitsliebende Träume,
einen ungestümen und ziemlich seltsamen Sinn,
eine ständig enthusiastische Redeweise
und schwarze Locken bis zu den Schultern.

VII

In der Kälte der verderbten Welt
bislang noch nicht verblüht,
erwärmte sich seine Seele
beim Gruß eines Freundes, beim freundlichen Blick
eines Mädchens.
In Sachen des Herzens war er von rührender Naivität;
der Hoffnung gab er sich mit Inbrunst hin,
und des Erdballs neuer Glanz und Trubel
verstanden es noch, seinen jungen Geist zu fesseln;
die Zweifel seines Herzens brachte er
durch den süßen Traum der Phantasie zum Schweigen;
der Sinn unseres Lebens war für ihn ein verlockendes Rätsel;
er zerbrach sich darüber den Kopf
und vermutete überall Wunder.

VIII

Er war überzeugt, daß eine wesensverwandte Seele
sich mit ihm verbinden müsse,
daß sie, verschmachtend und ungetröstet,
Tag für Tag auf ihn warte;
er glaubte, daß seine Freunde bereit wären,
um seiner Ehre willen Kerkerketten auf sich zu nehmen
und ihre Hand nicht zögern würde,

das Gefäß seines Verleumders zu zerschmettern;
daß es Auserwählte des Schicksals gebe,
heilige Freunde der Menschheit;
daß ihre unsterbliche Familie
eines Tages den unwiderstehlichen Glanz
ihrer Strahlen auf uns richten
und der Welt die Glückseligkeit bringen würde.

IX

Entrüstung, Mitleid,
die reine Liebe der guten Tat
und die süße Qual des Ruhms
hatten sein Blut frühzeitig in Wallung gebracht.
Mit der Leier wanderte er durch die Welt;
unter dem Himmel von Schiller und Goethe
hatte sich seine Seele
an deren dichterischem Feuer entzündet,
und den erhabenen Musen der Kunst
machte er, das Glückskind, keine Schande:
Stolz versah er seine Lieder nur
mit den allerhöchsten Gefühlen,
mit der Leidenschaftlichkeit einer reinen Phantasie
und mit dem Zauber edler Einfalt.

X

Der Liebe untertan, besang er die Liebe,
und sein Lied war so klar
wie die Gedanken einer treuherzigen Jungfrau,
wie der Traum eines Kindes, wie der Mond –
Gott der Geheimnisse und der zarten Seufzer –
in der friedlichen Einöde des Himmels.
Er besang Trennung und Trauer,

ein vages Irgendwas, die verschwommene Ferne
und romantische Rosen.
Er sang von jenen fernen Ländern,
wo er lange in der Geborgenheit der Stille
heiße Tränen vergossen hatte.
Die welke Blume des Lebens besang er
in einem Alter von kaum achtzehn Jahren.

XI

In der Wildnis, wo Eugen als einziger
imstande war, seine Talente zu schätzen,
waren die Festessen bei den Herren
der benachbarten Güter nicht nach seinem Geschmack;
er floh ihre laute Unterhaltung.
Ihre verständigen Gespräche
über die Heuernte, über Wein,
Hundezwinger und Verwandtschaft
zeichneten sich natürlich weder durch Gefühl
noch durch poetisches Feuer,
durch Witz sowenig wie durch Verstand
und auch nicht durch die Kunst der Geselligkeit aus.
Doch in der Unterhaltung ihrer prächtigen Ehefrauen
war noch viel weniger Verstand zu finden.

XII

Reich, von anziehendem Äußeren, wurde Lenskij
überall wie ein Freier empfangen –
so ist es auf dem Lande Brauch.
Alle bestimmten sie ihre Töchter
für eine Partie mit dem halb deutschen Nachbarn;
kommt er wohin, gleich wird ins Gespräch
ganz beiläufig ein Wörtchen

über die Eintönigkeit des Junggesellendaseins eingeflochten;
der Nachbar wird zum Samowar gebeten,
und Dunja gießt den Tee ein;
man flüstert ihr zu: »Dunja, guck mal!«
Dann wird auch noch die Gitarre gebracht,
und sie fängt zu piepsen an (daß Gott erbarm!):
»Komm zu mir in mein goldenes Schloß . . .!«[12]

XIII

Doch Lenskij, der natürlich keine Lust hatte,
sich unters Ehejoch zu bequemen,
wünschte von ganzem Herzen, mit Onegin
eine enge Bekanntschaft anzuknüpfen.
Sie trafen sich. Welle und Stein,
Vers und Prosa, Eis und Flamme
können keinen größeren Gegensatz bilden.
Anfangs, bedingt durch ihre Ungleichheit,
waren sie sich langweilig;
dann empfanden sie Sympathie füreinander; am Ende
trafen sie sich täglich zu Pferd
und waren bald unzertrennlich.
So werden die Leute – ich selber will der erste sein, dies zu bekennen –
vor lauter Nichtstun Freunde.

XIV

Aber selbst eine solche Freundschaft gibt es unter uns nicht:
Nachdem wir alle Vorurteile ausgerottet haben,
halten wir alle für Nullen,
uns selbst aber für eine bedeutende Persönlichkeit.
Wir sehen uns alle als Napoleons:
Die Millionen zweibeiniger Geschöpfe

sind für uns nur Mittel zum Zweck;
Gefühl zu haben erscheint uns lächerlich und unsinnig.
Onegin war toleranter als viele;
wenn er die Menschen auch kannte
und sie im allgemeinen verachtete,
so würdigte er doch manche durchaus seiner
Aufmerksamkeit
– keine Regel ohne Ausnahme –
und respektierte, wenn auch selber unbeteiligt, ihr Gefühl.

XV

Er hörte Lenskij lächelnd zu.
Des Dichters exaltiertes Gespräch,
sein im Urteil noch schwankender Verstand
und sein stets begeisterter Blick
– all das war für Onegin neu.
Er bemühte sich, ein desillusionierendes Wort
auf der Zunge zurückzuhalten
und dachte: Dumm wär's von mir,
ihn in seiner augenblicklichen Verzückung zu stören;
das wird ihm die Zeit auch ohne mich besorgen;
soll er nur solange im Glauben
an die Vollkommenheit der Welt weiterleben;
verzeihen wir dem Fieber der jungen Jahre
der Jugend Feuer und der Jugend Wahn.

XVI

Alles konnte bei ihnen zum Anlaß von Diskussionen werden
und sie zu Reflexionen anregen:
Die Verträge vergangener Geschlechter,
die Früchte der Wissenschaft, Gut und Böse,
die jahrhundertealten Vorurteile,

Schicksal und Leben in ihrem Wechsel
und die verhängnisvollen Geheimnisse des Grabes –
alles wurde ihrem Richtspruch unterworfen.
Dazwischen rezitierte der Dichter
in der Hitze des Gefechts selbstvergessen
Passagen von Poemen aus dem Norden,
und der nachsichtige Eugen
hörte dem Jüngling höflich zu,
obgleich er davon nicht viel verstand.

XVII

Doch häufig nahmen die Leidenschaften
die Köpfe meiner Einsiedler in Beschlag.
Ihrer stürmischen Macht entronnen
sprach Onegin von ihnen
mit einem unfreiwilligen Seufzer des Bedauerns.
Glücklich, wer ihre Erregung gekostet
und sich schließlich davon befreit hat;
noch glücklicher jener, der sie nie gekannt hat,
wer die Liebe durch Trennung,
die Feindschaft durch Verleumdung abgekühlt;
wer manchmal mit seiner Frau und seinen Freunden gegähnt,
wen die Qual der Eifersucht nicht beunruhigt
und wer das sichere Kapital seiner Ahnen
nicht dem launischen Gott des Glücksspiels anvertraut hat.

XVIII

Wenn wir uns unter das Banner
weiser Ruhe geflüchtet haben,
wenn die Flamme der Leidenschaften erloschen ist
und uns ihre Launenhaftigkeit oder ihre Rasereien
und ihr verspätetes Echo

lächerlich erscheinen,
so hören wir doch – nicht ohne Mühe
abgeklärt geworden! – hin und wieder
ganz gerne die heftige Stimme fremder Leidenschaften,
die unser Herz ein wenig schneller schlagen läßt.
Genauso leiht der alte Invalide,
in seiner Hütte vergessen,
den Erzählungen junger Schnurrbartträger
begierig sein Ohr.

XIX

Nun kann andrerseits die leidenschaftliche Jugend
nichts für sich behalten:
Feindschaft, Liebe, Trauer, Freude
ist sie gleich auszuplaudern bereit.
Onegin, der sich in der Liebe für einen Invaliden hielt,
hörte mit ernster Miene zu,
wie der Dichter, versessen auf Herzensergüsse,
sein Inneres nach außen kehrte.
Naiv legte jener sein vertrauensvolles Gewissen
völlig bloß.
Eugen erhielt mühelos
den Bericht seiner jungen Liebe,
eine Erzählung reich an Gefühlen,
die uns schon lange nicht mehr neu sind.

XX

Ach, er liebte, wie man in unserer Zeit
nicht mehr liebt; wie allein
die wahnsinnige Seele des Dichters
noch zu lieben verurteilt ist:
immer und überall die eine Träumerei,

der eine gewohnte Wunsch,
die eine gewohnte Trauer.
Weder die abkühlende Ferne,
noch die langen Jahre der Trennung,
noch die den Musen geopferten Stunden,
noch die Schönheit fremder Länder,
noch der Betrieb der Lustbarkeiten, noch die Wissenschaften
hatten eine Seele zu verändern vermocht,
die erwärmt wurde von einem reinen Feuer.

XXI

Kaum erst ein Knabe, von Olga gefesselt,
ohne noch die Qualen der Liebe kennengelernt zu haben,
verfolgte er gerührt
ihre kindlichen Spiele.
Im Schatten eines schützenden Parks
teilte er ihre Vergnügungen,
und ihre Väter, nachbarlich befreundet,
hatten ihre Kinder schon füreinander bestimmt.
In der Waldeinsamkeit, im Schutz eines bescheidenen Daches,
blühte sie, voll unschuldigen Zaubers,
unter den Augen ihrer Eltern
wie ein Maiglöckchen,
im tiefen Gras
vor Bienen und Schmetterlingen verborgen.

XXII

Sie schenkte dem Dichter
den ersten Traum jugendlicher Verzückung,
und der Gedanke an sie beseelte
die erste Klage seiner Leier.
Lebt wohl, goldene Spiele!

Er gewann die dichten Haine lieb,
Abgeschiedenheit und Stille,
Nacht, Sterne und Mond,
den Mond, die Himmelsleuchte,
der wir unsere Spaziergänge
an dunkeln Abenden weihten und unsere Tränen,
Trost der heimlichen Qualen . . .
Aber heutzutage sehen wir in ihr lediglich
einen Ersatz für die trüben Straßenlaternen.

XXIII

Immer bescheiden, immer gehorsam,
immer so heiter wie der Morgen,
so offenherzig wie das Leben eines Dichters,
so gewinnend wie der Liebe Kuß;
die Augen so blau wie der Himmel,
Lächeln, flachsblonde Locken,
eine klangvolle Stimme, Bewegungen eines feingliedrigen
Körpers –
alles hatte Olga . . . Doch nehmt einen beliebigen
Roman, und ihr findet garantiert
ihr Porträt: Es ist sehr lieblich;
ich selber habe es früher einmal geliebt,
doch erschien es mir danach über die Maßen fad.
Erlaube mir nun, mein Leser,
mich der älteren Schwester zuzuwenden.

XXIV

Ihre Schwester hieß Tatjana[13] . . .
Zum ersten Mal schmücken wir
mit einem solchen Namen eigenmächtig
die zarten Seiten eines Romans.

Was ist da schon dabei? Er ist angenehm und klangvoll;
aber mit ihm ist, ich weiß, untrennbar
die Erinnerung an alte Zeiten oder
an Dienstmädchenzimmer verknüpft! Wir alle
müssen gestehen: Selbst in unserer Namengebung
zeigen wir wenig Geschmack
(von Versen wollen wir gar nicht erst reden).
Von der Aufklärung ist bei uns nicht viel hängengeblieben;
nur Affektiertheit ist uns von ihr
zuteil geworden, mehr nicht.

XXV

Tatjana also war ihr Name.
Sie hatte weder die Schönheit
noch die rosige Frische ihrer Schwester,
um die Blicke auf sich zu lenken.
Scheu, traurig und schweigsam,
furchtsam wie das Reh des Waldes
erschien sie in ihrer eigenen Familie
wie eine Waise.
Sie verstand es nicht,
zu Vater und Mutter zärtlich zu sein;
selber ein Kind, bekam sie niemals dazu Lust,
in einer Kinderschar zu spielen und herumzuspringen,
und oft saß sie den ganzen Tag
schweigend allein am Fenster.

XXVI

Die Nachdenklichkeit, ihre Freundin
schon seit den Tagen der Kindheit,
verschönte ihr mit Träumereien
die Zeit der ländlichen Muße.

Ihre zarten Finger kamen mit Nadeln
nie in Berührung; nie belebte sie,
sich über den Stickrahmen beugend, die Leinwand
mit Seidenmustern.
Sonst bereitet sich ein Kind
– Vorzeichen künftiger Herrschsucht –
mit seiner gehorsamen Puppe im Spiel
auf Etikette und Konventionen der Gesellschaft vor
und wiederholt ihr mit ernster Miene
die Lektionen seiner Mutter.

XXVII

Aber selbst in diesen Jahren nahm
Tatjana keine Puppe in die Hand,
führte nicht Gespräche mit ihr über das Neueste
aus der Stadt oder über die Mode.
Auch kindliche Streiche waren ihr
fremd; gruslige Geschichten
an dunklen Winterabenden
nahmen ihr Herz schon eher gefangen.
Wann immer die Kinderfrau für Olga
auf der weiten Wiese alle ihre
kleinen Freundinnen versammelte –
sie spielte nie Fangen mit,
langweilig war ihr das laute Lachen
und der Lärm ihrer kindischen Belustigungen.

XXVIII

Sie liebte es, auf dem Balkon
den Sonnenaufgang zu erwarten,
wenn an dem bleichen Himmelsgewölbe
der Sterne Reigen verblaßt

und es am Horizont unmerklich heller wird,
wenn der Wind, der Bote des Morgens, zu wehen beginnt
und langsam der Tag heraufsteigt.
Im Winter, wenn das nächtliche Dunkel
länger die halbe Welt beherrscht
und in untätiger Stille,
unter dem nebelverhüllten Mond,
der Osten träge länger ruht,
wurde sie zur gewohnten Stunde wach
und stand bei Kerzenlicht auf.

XXIX

Früh gefielen ihr Romane;
sie ersetzten ihr alles;
sie verliebte sich in das Blendwerk
eines Richardson, eines Rousseau.
Ihr Vater, ein braver Mann,
war zwar im vorigen Jahrhundert stehengeblieben,
doch in Büchern sah er nichts Schädliches.
Da er selbst niemals las,
hielt er sie für ein völlig ungefährliches Spielzeug
und kümmerte sich nicht darum,
was für ein Band das gerade war, der im geheimen
unter dem Kopfkissen seiner Tochter bis zum Morgen
schlummerte.
Seine Frau war ja selbst
ganz versessen auf Richardson.

XXX

Sie liebte Richardson nicht deshalb,
weil sie ihn etwa gelesen hätte,
nicht deshalb, weil sie Grandison

Lovelace vorzog[14] –
in früheren Zeiten hatte ihr
Prinzessin Alína, ihre Kusine in Moskau,
oft von ihnen vorgeschwärmt.
In jenen Tagen war sie mit ihrem Mann
bereits verlobt, doch gegen ihren Willen.
Sie sehnte sich nach einem anderen,
dessen Herz und Verstand
ihre Phantasie viel stärker erregten.
Jener Grandison war ein echter Dandy,
ein Spieler und Sergeant der Garde.

XXXI

Wie er, kleidete auch sie
sich immer modern und geschmackvoll.
Doch ohne viel zu fragen,
führte man das Mädchen zum Traualtar.
Ihr verständiger Gatte zog danach,
um ihren Kummer zu zerstreuen,
auf sein Landgut, wo sie,
wer weiß von wem umgeben,
zuerst weinte und sich die Haare raufte
und es mit ihrem Mann beinahe hätte zum Bruch kommen lassen.
Dann wurde sie vom Haushalt in Anspruch genommen,
gewöhnte sich an ihre Lage und ward es zufrieden.
Die Gewohnheit hat uns der Himmel geschickt:
als Ersatz für das Glück[15].

XXXII

Die Gewohnheit linderte den Schmerz,
der durch nichts zu betäuben war.

Eine große Entdeckung
tröstete sie bald völlig:
So ganz nebenher hatte sie das
Geheimnis entdeckt, wie sie über ihren Gatten
eine unumschränkte Herrschaft ausüben könne,
und von da an lief alles wie am Schnürchen.
Sie fuhr auf die Felder, um die Arbeit zu überwachen,
legte Pilze für den Winter ein,
führte Buch, ›rasierte die Stirnen‹,
ging samstags ins Badehaus,
schlug die Mägde, wenn sie in Wut geriet,
und für all das holte sie sich nicht erst die Einwilligung ihres
Mannes.

XXXIII

Bisweilen schrieb sie mit ihrem Blut
gefühlvollen Jungfrauen etwas ins Poesiealbum,
nannte Praskóvja »Polína«
und sprach in singendem Tonfall;
ihr Korsett schnürte sie sehr eng,
und das russische ›N‹ konnte sie wie das französische
durch die Nase sprechen.
Aber bald hörte das alles auf:
Korsett, Album, die Prinzessin Alína,
das Heft mit den sentimentalen Verschen
vergaß sie; die frühere »Céline«
begann sie »Akúlka« zu rufen
und weihte schließlich
ihren wattierten Schlafrock und ihre Nachthaube ein.

XXXIV

Ihr Mann aber liebte sie zärtlich,
kam nicht hinter ihre Schliche

und vertraute ihr unbekümmert in allem,
während er im Morgenrock aß und trank.
Sein Leben floß ruhig dahin;
gegen Abend versammelte sich manchmal
ein Kreis freundlicher Nachbarn,
Feinde jeglichen Zeremoniells,
um zu lamentieren, zu lästern,
sich über dieses oder jenes zu mokieren.
Die Zeit vergeht; dazwischen
trägt man Olga auf, Tee zu kochen;
dann kommt das Abendessen, dann ist's Zeit, schlafen zu gehen,
und die Gäste fahren vom Hof.

XXXV

Sie bewahrten in ihrem friedlichen Leben
die Gewohnheiten der teuren Vergangenheit:
in der fetten Butterwoche
kamen russische Plinsen auf den Tisch;
zweimal im Jahr wurde gefastet;
man liebte runde Schaukeln,
Speise-Wahrsagelieder und Reigentänze;
zu Pfingsten, wenn das Volk
gähnend das Dankgebet hörte,
ließ man gerührt zwei oder drei Tränen
auf das Pfingststräußchen fallen;
Kvas brauchte man so notwendig wie die Luft;
beim Auftragen der Speisen wurde
die Rangordnung unter den Gästen streng eingehalten.

XXXVI

Und so alterten sie beide.
Und schließlich öffnete sich vor dem Gemahl
die Pforte des Grabes,
und er erwarb sich einen neuen Kranz.
Er starb in der Stunde vor dem Mittagessen,
beweint vom Nachbarn,
von seinen Kindern und seinem treuen Weib,
und aufrichtiger als von mancher andern.
Er war ein einfacher und guter Herr gewesen,
und dort, wo seine sterblichen Überreste ruhen,
verkündet ein Grabstein:
Der fromme Sünder Dmitrij Larin,
Knecht Gottes und Brigadier,
ist unter diesem Stein der ewigen Ruhe teilhaftig geworden.

XXXVII

Seinen Penaten wiedergegeben,
besuchte Vladimir Lenskij
den bescheidenen Gedenkstein seines Nachbarn.
Er widmete seiner Asche einen Seufzer,
und lang war es ihm schwer ums Herz.
»Poor Yorick!«[16] rief er, ganz untröstlich, aus.
»Er hat mich auf seinen Händen gehalten.
Wie oft spielte ich als Kind
mit seiner bei Očákov erworbenen Medaille!
Er hatte Olga für mich bestimmt,
und oft sagte er: Werde ich den Tag erleben . . .?«
Und von aufrichtiger Trauer erfüllt,
schrieb Vladimir ihm noch zur selben Stunde
ein Madrigal für seinen Grabstein.

XXXVIII

Dort ehrte er, ebenfalls mit einem traurigen Epitaph
und mit Tränen in den Augen, den Staub
seiner Eltern, seiner Väter . . .
Ach! In den Furchen des Lebens,
in einer kurzen Ernte,
sprießen, reifen und fallen die Generationen
nach dem verborgenen Willen der Vorsehung;
andere folgen auf ihren Spuren . . .
So wächst auch unser leichtsinniges Geschlecht,
gerät in Gärung, schäumt über
und drängt die Ahnen in ihr Grab.
Auch für uns wird die Zeit kommen, auch für uns,
da auch wir eines schönen Tages
von unseren Enkeln aus der Welt hinausgedrängt werden.

XXXIX

Derweil gebt euch ihm ganz hin –
diesem leichten Leben, Freunde!
Seine Nichtigkeit durchschaue ich wohl,
und wenig hält mich in ihm zurück;
vor Hirngespinsten verschließe ich meine Lider;
aber weit zurückliegende Hoffnungen
versetzen mein Herz manchmal in Unruhe:
Ohne eine sichtbare Spur zu hinterlassen,
wird es mir schwerfallen, aus der Welt zu scheiden.
Ich lebe und schreibe nicht um des Lobes willen,
aber mein beklagenswertes Los würde ich,
doch ganz gern berühmt machen,
damit wenigstens der Klang der Dichtung,
wie ein treuer Freund, die Erinnerung an mich bewahrt.

XL

Irgend jemandes Herz wird er rühren;
und vielleicht wird die Strophe, die ich gedichtet habe,
vom Schicksal bewahrt,
nicht im Lethe-Fluß versinken;
vielleicht – welch schmeichelhafte Hoffnung! –
zeigt einmal ein Ignorant späterer Zeiten
auf mein berühmtes Porträt
und äußert: Das war ein Dichter!
So empfange denn meinen Dank,
Verehrer der friedfertigen Aoniden,
du, dessen Gedächtnis
meine luftigen Gebilde bewahrt,
du, dessen Hand wohlwollend
über den Lorbeer eines alten Mannes streicht.

Drittes Kapitel

Elle était fille, elle était amoureuse

Malfilâtre

I

»Ach diese Dichter! Wohin denn?«
»Adieu, Onegin, ich muß fort.«
»Ich halte dich nicht, aber wo
bringst du eigentlich deine Abende zu?«
»Bei den Larins.« »Daß Gott erbarm'!
Was es alles gibt! Kostet es dich denn keine Überwindung,
dort einen Abend um den andern totzuschlagen?«
»Keineswegs.« »Das verstehe ich nicht.
Ich sehe die Sache so:
Erstens – sag mir dann, ob ich recht habe:
eine simple russische Familie,
viel Trara um die Gastfreundschaft,
Marmelade, das immer gleiche Geschwätz
über Regen, über den Flachs, über den Viehhof.«

II

»Darin sehe ich nichts Schlimmes.«
»Die Langeweile aber, mein Freund, das ist das Schlimme.«
»Ich hasse eure vornehme Welt;
ein häuslicher Kreis ist mir lieber,
dort kann ich –« »Schon wieder eine Ekloge!
Verschon mich, um Gottes willen, damit, mein Lieber.
Gut, du fährst also; schade.
Ach, übrigens, Lenskij: Kann ich nicht einmal
diese Phyllis sehen,

den Gegenstand deiner Gedanken und Tränen,
deiner Feder, deiner Reime et cetera?
Stell mich vor.« »Du scherzt.« »Ganz und gar nicht.«
»Dann gern.« »Und wann?« »Von mir aus gleich.
Sie warten nur darauf, uns zu empfangen.«

III

»Dann los.« Und die beiden Freunde ritten fort.
Sie sind angekommen, und man verschwendet an sie
die manchmal lästig werdenden Aufmerksamkeiten
der gastfreundlichen alten Zeit.
Das bekannte Zeremoniell der Bewirtung:
In Schälchen wird Eingemachtes gereicht,
auf einen kleinen mit Wachs eingeriebenen Tisch
wird ein Krug mit Preißelbeerlimonade gestellt.
....

IV

Nach Hause eilen sie in vollem Galopp
auf dem kürzesten Wege[17].
Belauschen wir heimlich
das Zwiegespräch unserer Helden:
»Nanu, Onegin, du gähnst.«
»Aus Gewohnheit, Lenskij.« »Aber irgendwie
scheinst du gelangweilter als sonst.« »Nein, wie immer.
Es ist schon dunkel auf den Feldern;
schneller! Los, los, Andrjuška!
Was für eine blöde Gegend!
Apropos: Die Larin ist zwar einfach,
aber eine prächtige Alte;
ich fürchte, die Preißelbeerlimonade
hat meinem Magen nicht gutgetan.

V

Sag mal: Welche war eigentlich Tatjana?«
»Die, die schwermütig
und still, wie Svetlana,
hereinkam und sich ans Fenster setzte.«
»Und du bist in die Jüngere verliebt?«
»Na und?« »Wenn ich ein Dichter wäre wie du,
hätte ich die andere gewählt.
In Olgas Zügen ist kein Leben.
Ganz wie eine van-Dycksche Madonna:
Ein rundes, strahlendes Gesicht hat sie
wie dieser dumme Mond
an diesem dummen Himmel.«
Vladimir antwortete kurz
und schwieg danach auf dem ganzen Weg.

VI

Unterdessen hat Onegins Erscheinen
bei den Larins auf alle
einen großen Eindruck gemacht
und den Nachbarn Gesprächsstoff geliefert.
Man übertraf sich an Vermutungen.
Alle begannen heimlich zu deuten,
Witze zu machen, maliziöse Kommentare abzugeben
und Tatjana einen Freier zuzugesellen.
Manche behaupteten sogar,
daß die Hochzeit schon unter Dach und Fach sei
und man sie nur deshalb aufgeschoben habe,
weil sich keine modernen Trauringe hätten auftreiben lassen.
Was *Lenskijs* Hochzeit betraf,
so hatten sie hier schon alles arrangiert.

VII

Tatjana bereitete es Verdruß,
diesen Klatsch anhören zu müssen; insgeheim aber
konnte sie, wenn sie daran dachte,
eine ihr unerklärliche frohe Erregung nicht unterdrücken,
und der Gedanke schlug Wurzeln in ihrem Herzen;
die Zeit war gekommen – sie verliebte sich.
So wird das Korn, das in die Erde gefallen ist,
durch die Wärme des Frühlings zum Leben erweckt.
Längst schon hatte ihre Phantasie,
sich verzehrend in banger Wonne,
nach der verhängnisvollen Speise gehungert;
lange schon hatte die Liebessehnsucht
ihre junge Brust beengt;
die Seele wartete auf – irgend jemand.

VIII

Und nicht umsonst ... Sie schlug ihre Augen auf,
und sie sagte: Er ist es!
Ach! Alles, Tag und Nacht
und der heiße, einsame Schlaf,
alles ist erfüllt von ihm; alles erinnert das liebliche Mädchen
wie durch einen Zauber ohne Unterlaß
an ihn. Lästig sind ihr
die Worte schmeichelnder Reden
und die besorgten Blicke der Dienerschaft.
In Düsternis versunken,
schenkt sie den Gästen keine Beachtung,
verwünscht ihr ewiges Nichtstun,
ihr unerwartetes Auftauchen
und ihr endloses Herumhocken.

IX

Mit welcher Aufmerksamkeit
liest sie jetzt einen süß erregenden Roman,
wie lebhaft, wie verzückt
labt sie sich an der verführerischen Illusion!
Die durch die glückliche Macht
der Träumerei belebten Wesen:
der Liebhaber von Julie Wolmar,
Malek-Adhel und de Linar,
und Werther, der ruhelose Märtyrer,
und der unvergleichliche Grandison[18],
der *uns* allerdings nur schläfrig macht –
alle nahmen für die schmachtende Träumerin
dieselbe Gestalt an,
alle flossen zum einzigen Bild Onegins zusammen.

X

In der Einbildung die Heldin
aller ihrer Lieblingsautoren –
Clarissa, Julie, Delphine –,
schweift Tatjana allein mit einem gefährlichen Buch
durch die Stille der Wälder.
In ihm sucht und findet sie
ihre verborgene Glut, ihre Träume,
die Früchte ihres übervollen Herzens;
sie seufzt und, sich fremde Ekstase,
fremdes Leid aneignend,
flüstert sie in Selbstvergessenheit einen Brief
an den geliebten Helden auswendig vor sich hin . . .
Aber unser Held, wer er auch sei,
war, das steht fest, kein Grandison.

XI

Es gab eine Zeit, wo uns der leidenschaftliche Autor,
seinen Stil auf eine gewichtige Tonart gestimmt,
seinen Helden als ein Muster
der Vollkommenheit präsentierte;
wo er die geliebte
und immer zu Unrecht verfolgte Hauptperson seines Werks
mit einer empfindsamen Seele, mit Verstand
und anziehenden Gesichtszügen versah.
Die Glut der reinsten Leidenschaft in sich nährend,
war der allzeit enthusiasmierte Held
bereit, sich zum Opfer darzubringen;
und am Ende des letzten Teils
wurde immer das Laster bestraft,
die Tugend aber bekam den verdienten Kranz.

XII

Heutzutage aber sind alle Köpfe wie benebelt,
Moral bringt uns zum Gähnen,
das Laster ist auch im Roman attraktiv
und feiert dort schließlich Triumphe.
Die Fabeln der Britischen Muse
beunruhigen den Schlaf des jungen Mädchens,
und sein Idol ist nun
entweder der nachdenkliche Vampir geworden,
oder Melmoth, der düstre Vagabund,
der ewige Jude, der Korsar
oder der geheimnisumwitterte Sbogar[19].
Lord Byron verstand es, durch einen gewandten Dreh
auch die hoffnungsloseste Ichsucht
hinter schwermütiger Romantik verschwinden zu lassen.

XIII

Meine Freunde, was hat das alles für einen Sinn?
Vielleicht, durch den Willen des Himmels,
höre ich auf, ein Dichter zu sein,
vielleicht läßt sich in mir ein neuer Dämon nieder,
und, Phoebus' Drohungen mißachtend,
steige ich zur bescheidenen Prosa herab;
dann wird ein Roman in der alten Manier
mein fröhliches Lebensende ausfüllen.
Nicht die verborgenen Qualen eines Bösewichts
werde ich in schrecklichen Farben ausmalen,
sondern euch einfach die überlieferten Schicksale
einer russischen Familie,
die bezaubernden Träume der Liebe
und die Sitten unserer Altvordern ausführlich schildern.

XIV

Von den schlichten Worten eines Vaters
oder eines greisen Onkels werde ich berichten,
vom Stelldichein der Kinder
unter alten Linden oder an einem kleinen Bach;
von den Qualen unglücklicher Eifersucht,
von Trennung, von den Tränen der Versöhnung;
und wieder bringe ich sie auseinander, um sie schließlich
zum Traualtar zu führen ...
Ich werde mir den Tonfall leidenschaftlicher Seligkeit in Erinnerung rufen,
die Worte sehnsüchtiger Liebe,
die mir in vergangenen Tagen
zu Füßen einer schönen Geliebten
auf die Zunge kamen
und die mir jetzt nicht mehr geläufig sind.

XV

Tatjana, liebe Tatjana!
Mit dir vergieße ich nun Tränen:
Du hast dein Schicksal schon
in die Hände eines Modehelden, eines Tyrannen gegeben.
Du wirst zugrunde gehen, Ärmste. Doch zuvor
wirst du dir, von Hoffnung verblendet,
dunkel geahnte Seligkeit herbeiwünschen,
wirst du das beglückende Leben kennenlernen,
wirst du der Wünsche Zaubertrank trinken,
werden dich Träume verfolgen:
Überall werden verschwiegene Winkel
glücklicher Rendezvous deine Phantasie umgaukeln;
überall, an allen Orten wird vor dir
der vom Schicksal gesandte Verführer stehen.

XVI

Die Liebessehnsucht läßt Tatjana nicht zur Ruhe kommen;
in den Garten geht sie, sich ihrem Schmerz hinzugeben;
und plötzlich senkt sie ihre starren Augen,
und eine Müdigkeit läßt sie kaum weitergehen.
Ihre Brust hebt sich, auf ihren Wangen
flammt eine plötzliche Röte auf,
der Atem stockt ihr auf den Lippen,
ein Rauschen ist in ihren Ohren, und es flimmert ihr vor den Augen . . .
Die Nacht bricht herein; der Mond macht
seinen Rundgang über das weite Himmelsgewölbe,
und die Nachtigall stimmt im nebelverhangenen Gebüsch
ihren klangvollen Gesang an.
Tatjana schläft in der Dunkelheit nicht
und spricht leise mit der Kinderfrau.

XVII

»Ich kann nicht schlafen, Njanja: Es ist so schwül hier!
Öffne das Fenster und setz dich zu mir.«
»Tanja, was ist dir?« »Ich langweile mich.
Reden wir ein bißchen über die alte Zeit.«
»Von was denn, Tanja? Früher hatte ich
nicht wenig alte Geschichten – Wahres und Erfundenes –
im Gedächtnis,
Geschichten von bösen Geistern und von jungen Mädchen.
Aber heute erinnere ich mich nur dunkel daran, Tanja:
Was ich wußte, habe ich vergessen. Ja,
schlimm ist's mit mir geworden,
bin alt und dumm . . .« »Njanja, erzähle mir,
wie's zu eurer Zeit war.
Warst du damals verliebt?«

XVIII

»Wo denkst du hin, Tanja! In jenen Jahren
hatten wir von der Liebe keine Ahnung;
außerdem hätte mich meine selige Schwiegermutter
zu Tode geprügelt.«
»Aber wie hast du denn dann geheiratet, Njanja?«
»Es kam, wie Gott es gewollt hat. Mein Wanja
war jünger als ich, mein Engel,
und ich war dreizehn.
Zwei Wochen lang oder so kam die Brautwerberin
zu meinen Leuten, und schließlich
gab mir der Vater den Segen.
Ich weinte vor Angst,
unter Tränen wurden mir die Zöpfe aufgeflochten,
und mit Gesang wurde ich zur Kirche geführt.

XIX

Und so kam ich in eine fremde Familie ...
aber du hörst ja gar nicht zu ...«
»Ach, Njanja, Njanja, mir ist so traurig zumute,
meine Liebe, so weh,
fast könnte ich weinen!«
»Du bist krank, Kind;
Gott hilf und steh uns bei!
Sag, was du möchtest ...
Warte, ich werde dich mit Weihwasser besprengen,
du glühst ja ...« »Ich bin nicht krank:
Ich bin ... weißt du, Njanja ... ich bin ... verliebt.«
»Mein armes Kind, Gott schütze dich!«
Und die Amme sprach ein Gebet
und bekreuzigte das Mädchen mit ihrer schwachen Hand.

XX

»Ich bin verliebt«, flüsterte sie der Alten
noch einmal voll Kummer zu.
»Mein liebes Kind, du bist krank.«
»Laß mich – ich bin verliebt.«
Und unterdessen schien der Mond
und beleuchtete mit seinem matten Licht
die bleiche Schönheit Tatjanas,
ihr aufgelöstes Haar
und ihre Tränentropfen, und auf einem Schemel
vor der jungen Heroin
die Alte in einer langen Jacke
und mit einem Kopftuch über dem grauen Haar;
und alles schlummert in der Stille
unter dem inspirierenden Licht des Mondes.

XXI

In weiter Ferne schweifte Tatjanas Herz,
als sie den Mond betrachtete ...
Plötzlich kam ihr ein Gedanke ...
»Geh, laß mich allein, Njanja.
Gib mir Feder und Papier
und rücke den Tisch her; ich gehe gleich schlafen,
gute Nacht.« Und so ist sie allein.
Stille ringsum. Der Mond leuchtet ihr.
Auf die Ellbogen gestützt schreibt Tatjana,
und alle ihre Gedanken gehören Eugen.
Und in einem unbedachten Brief
bricht sich die Liebe eines unschuldigen Mädchens Bahn.
Der Brief ist fertig, ist zusammengefaltet ...
Tatjana! Für wen ist er denn?

XXII

Ich habe unzugängliche Schönheiten gekannt,
die kalt waren und rein wie der Winter,
unerbittlich, unbestechlich,
unbegreiflich für den Verstand;
ich staunte über ihren modischen Hochmut,
über ihre natürliche Tugend,
und um offen zu sein: Ich floh vor ihnen
und las, so scheint mir, mit Schrecken
auf ihrer Stirn die Inschrift der Hölle:
»Laß alle Hoffnung fahren.«[20]
Liebe zu erwecken ist für sie vom Übel,
die Menschen zu erschrecken macht ihnen Spaß.
Vielleicht habt auch ihr ähnliche Damen
an den Ufern der Neva angetroffen.

XXIII

Inmitten gehorsamer Verehrer
habe ich noch andere launenhafte Frauenzimmer gesehen,
von selbstgefälliger Gleichgültigkeit
gegen leidenschaftliche Seufzer und Lobeshymnen.
Und was mußte ich mit Staunen feststellen?
Sie, die durch ihr grausames Verhalten
die schüchterne Zuneigung in die Flucht gejagt,
verstanden es, zumindest durch ihr Mitleid,
die Liebe aufs neue an sich zu ziehen,
zumindest schien der Klang ihrer Worte
zuweilen zärtlicher,
und in leichtgläubiger Verblendung
lief der jugendliche Liebhaber
wieder dem süßen Trugbild hinterher.

XXIV

Warum dann hat Tatjana mehr Schuld?
Etwa deshalb, weil ihre rührende Einfachheit
Betrug nicht kennt
und an ihr auserwähltes Traumbild glaubt?
Etwa deshalb, weil sie, gehorsam der Neigung des Gefühls,
ohne Verstellung liebt
und weil sie so leichtgläubig ist?
Weil sie vom Himmel
eine ruhelose Phantasie,
Verstand und einen energischen Willen,
ein eigenwilliges Wesen
und ein leidenschaftliches und zartes Herz mitbekommen
hat?
Seid ihr nicht bereit, ihr
der Leidenschaften Leichtsinn nachzusehen?

XXV

Die Kokette wägt kaltblütig ab;
Tatjana liebt mit tiefstem Ernst
und gibt sich bedingungslos und
rein wie ein Kind der Liebe hin.
Sie sagt nicht: Ich will's aufschieben,
dadurch erhöhe ich den Preis der Liebe
und locke ihn um so gewisser in meine Netze;
zuerst stachle ich seine Eitelkeit
durch Hoffnung an; dann quäle ich sein Herz
durch scheinbares Nichtverstehen; dann wieder
belebe ich es durch das Feuer der Eifersucht;
denn sonst, wenn der Genuß dem
schlauen Sklaven langweilig wird, ist er stündlich bereit,
sich seiner Fesseln zu entledigen.

XXVI

Noch eine Schwierigkeit sehe ich voraus:
Um die Ehre meines Vaterlandes zu retten,
werde ich wohl
Tatjanas Brief übersetzen müssen.
Sie konnte nämlich schlecht Russisch,
las unsere Zeitschriften nicht
und drückte sich nur mit Mühe
in ihrer Muttersprache aus.
So schrieb sie denn auf französisch . . .
Was soll man machen! Ich wiederhole:
Bis heute hat sich die Liebe einer Dame
auf russisch nicht geäußert,
bis heute hat sich unsere stolze Sprache
an den Briefstil noch nicht gewöhnt.

XXVII

Ich weiß: Man will die Damen dazu zwingen,
Russisch zu lesen. Was für ein schrecklicher Gedanke!
Kann ich sie mir vorstellen
mit dem »Wohlmeinenden«[21] in der Hand?
Auf euch, meine Herren Dichter, berufe ich mich.
Nicht wahr: Die holden Geschöpfe,
für die ihr, um eure Sünden zu büßen,
heimlich Verse geschrieben,
denen ihr euer Herz geweiht
– haben sie nicht alle die russische Sprache,
die sie nur recht und schlecht beherrschten,
sehr possierlich entstellt,
hat sich nicht eine fremde Sprache auf ihren Lippen
in die Muttersprache verwandelt?

XXVIII

Gott bewahre mich davor, auf einem Ball
oder bei seinem Ende am Portal
auf einen Seminaristen in gelbem Schal
oder auf ein Akademiemitglied in einer Haube zu stoßen!
So wenig ich rote Lippen ohne ein Lächeln liebe,
so wenig liebe ich die russische Sprache,
ohne einen grammatikalischen Fehler.
Vielleicht wird – das wäre mein Verderben –
eine neue Generation schöner Frauen,
wenn sie die flehende Stimme der Journale vernommen
haben,
uns an die Grammatik gewöhnen;
Verse werden allgemein im Schwange sein;
und ich – was bleibt mir zu tun übrig?
Ich werde der alten Zeit treu bleiben.

XXIX

Das fehlerhafte und nachlässige Geplapper,
die unkorrekte Aussprache der Wörter
lassen wie früher das Herz
in meiner Brust schneller schlagen;
zur Reue fehlt mir die Kraft:
Die Gallizismen werden mir immer teuer sein,
so teuer wie die Jugendsünden,
wie die Verse von Bogdanóvič.
Doch genug. Es wird Zeit, mich
mit dem Brief meines schönen Mädchens zu beschäftigen;
ich habe mein Wort gegeben – und jetzt? Wahrhaftig,
ich würde es gern wieder zurücknehmen.
Ich weiß: Die zärtliche Feder Parnys
ist heutzutage unmodern.

XXX

Wenn du, Barde der ›Feste‹ und der träumerischen Trauer[22],
noch an meiner Seite wärst,
so würde ich dich, mein Lieber,
mit einer unbescheidenen Bitte belästigen:
daß du die fremdländischen Worte
des leidenschaftlichen Mädchens
in herrliche Gesänge transponiertest.
Wo bist du? Komm: Mit Vergnügen
übertrage ich meine Rechte auf dich ...
Doch zwischen öden Felsen,
unter dem Himmel Finnlands,
wandert er allein, das Herz
des Lobes entwöhnt, und seine Seele
weiß nichts von meiner schwierigen Lage.

XXXI

Tatjanas Brief liegt vor mir;
ich bewahre ihn wie etwas Heiliges auf,
ich lese ihn mit heimlichem Kummer
und kann mich nicht satt lesen an ihm.
Wer gab ihr diese Zärtlichkeit ein
und die allerliebste Sorglosigkeit in der Wahl der Worte?
Wer inspirierte sie zu diesem rührenden Unsinn,
zu diesem törichten Gespräch des Herzens,
bezaubernd und gefährlich zugleich?
Ich kann es nicht begreifen. Doch hier nun
die unvollständige und schwache Übersetzung,
die farblose Kopie des lebendigen Originals,
sozusagen den »Freischütz«, gespielt
von den Fingern zaghafter Schülerinnen.

Tatjanas Brief an Onegin

Ich schreibe Ihnen – genügt das nicht schon?
Was könnte ich noch sagen?
Es steht jetzt in Ihrem Belieben, ich weiß,
mich mit Verachtung zu strafen.
Aber wenn Sie für mein unglückliches Los
auch nur einen Tropfen des Mitleids bewahrt haben,
so werden Sie mich nicht verlassen.
Zuerst wollte ich schweigen;
glauben Sie mir: Nie hätten Sie
von dem, was mir nun Schmach einträgt, etwas erfahren,
hätte ich die Hoffnung gehabt,
Sie, wenn auch selten, wenn auch nur einmal in der Woche,
in unserem Hause zu sehen,
nur, um Sie reden zu hören,
um ein Wort an Sie richten zu können, und dann
nachzudenken, immer nachzudenken über das eine,

Tag und Nacht, bis zu einem neuen Wiedersehen.
Aber es heißt, Sie seien menschenscheu;
an diesem abgelegenen Ort auf dem Lande langweile Sie
alles,
während wir ... durch nichts zeichnen wir uns aus,
wenn unsere einfältigen Herzen auch froh sind, Sie zu
sehen.

Warum haben Sie uns besucht?
In der Einöde eines vergessenen Dorfes
hätte ich Sie und diese
Qual niemals gekannt.
Den Aufruhr eines unerfahrenen Herzens hätte ich
– wer weiß? – mit der Zeit beschwichtigt,
hätte einen Freund gefunden, der zu mir paßt,
wäre eine treue Ehefrau
und eine vortreffliche Mutter geworden.

Ein anderer! ... Nein, niemandem auf der Welt
würde ich mein Herz hingeben!
Das ist im höchsten Rat beschlossen ...,
das ist der Wille des Himmels: Ich bin Dein;
mein ganzes Leben war ein Pfand
des sicheren Wiedersehens mit Dir;
ich weiß, Du bist mir von Gott gesandt,
bis zum Grab bist Du mein Beschützer ...
Bevor ich Dich sah, warst Du mir schon in meinen Träumen
erschienen,
warst Du mir schon vertraut,
hat mich Dein herrlicher Blick gequält,
in meiner Seele hörte ich schon lange
Deiner Stimme Klang ... Nein, das war kein Traum!
Kaum warst Du eingetreten, da erkannte ich Dich
augenblicklich;
ich erstarrte, ich fühlte ein Feuer in meinem Innern,
und in Gedanken sagte ich zu mir: Er ist's!

Ist es nicht wahr, daß Du es warst, den ich hörte:
Du sprachst zu mir in der Stille,
wenn ich den Armen half
oder wenn ich durch ein Gebet den Schmerz
meiner bewegten Seele linderte?
Warst Du es nicht, geliebte Erscheinung, der im selben
Augenblick
in der durchsichtigen Dunkelheit erschien
und sich leise zum Kopfende meines Bettes herabbeugte?
Warst Du es nicht, der mir in wonnevoller Liebe
Worte der Hoffnung zuflüsterte?
Wer bist Du? Mein Schutzengel
oder ein listiger Versucher?
Löse meine Zweifel.
Vielleicht ist das alles Unsinn,
Wahn eines unerfahrenen Herzens,
und etwas ganz anderes ist mir bestimmt . . .!
Sei's, wie es sei! Mein Schicksal
lege ich hiermit in Deine Hände,
vor Dir vergieße ich Tränen,
Deinen Beistand erflehe ich . . .
Denke daran: Ich bin hier allein,
niemand versteht mich,
mein Verstand verläßt mich,
und schweigend muß ich zugrunde gehen.
Ich warte auf Dich: Mit einem einzigen Blick
belebe die Hoffnung meines Herzens,
oder zerreiße den schweren Traum
mit einer ach nur zu verdienten Zurechtweisung!

Ich schließe! Ich scheue mich, dies noch einmal zu lesen . . .
Ich vergehe vor Scham und Angst . . .
Aber Ihre Ehre ist meine Sicherheit,
und kühn vertraue ich mich ihr an . . .

XXXII

Bald seufzt Tatjana, bald stöhnt sie;
der Brief zittert in ihrer Hand;
die rosa Briefoblate trocknet
auf ihrer glühendheißen Zunge.
Das Köpfchen hat sich zur Schulter geneigt.
Das leichte Hemd ist von ihrer
herrlichen Schulter geglitten –
aber da ist der Strahl des Mondlichts
schon erloschen. Bald wird das Tal
durch den Nebel hindurch sichtbar; bald schimmert silbern
der Bach; dann weckt das Horn
des Hirten die Bewohner des Dorfes.
Der Morgen ist da und alles schon längst auf,
aber meine Tatjana kümmert das nicht.

XXXIII

Den Sonnenaufgang bemerkt sie nicht;
sie sitzt da mit herabgesunkenem Kopf
und drückt nicht auf den Brief
ihr ausgeschnittenes Siegel.
Doch schon, die Tür leise öffnend,
bringt ihr die ergraute Filipevna
auf einem Tablett den Tee.
»Aufstehen, mein Kind, aufstehen –
aber du bist ja schon fertig, mein Augenstern!
O du mein frühes Vögelein!
Gestern abend hatte ich mich so erschreckt!
Aber Gott sei Dank, du bist gesund!
Keine Spur von der nächtlichen Unruhe,
dein Gesicht ist wie die Farbe des Mohns.«

XXXIV

»Ach, Njanja, tu mir einen Gefallen.«
»Aber gern, mein Liebling, sag, was ich tun soll.«
»Denk aber nicht ... wirklich ... Verdacht ...
aber du siehst ... ach, schlag es mir nicht ab!«
»Meine Liebe, Gott sei mein Zeuge.«
»Gut, dann schicke heimlich deinen Enkel
mit diesem Briefchen zu O ... zu dem ...
zum Nachbarn ... aber
er soll kein Wort sagen
und meinen Namen nicht nennen.«
»Wem, meine Teure?
Ich bin heute schwer von Begriff.
Nachbarn gibt's viele rundherum,
ich könnte sie nicht einmal alle aufzählen.«

XXXV

»Wie begriffsstutzig du bist, Njanja!«
»Mein Engelchen, ich bin schon alt,
alt bin ich; der Verstand wird stumpf, Tanja;
früher, ja da war ich auf Draht,
früher, wenn der Wunsch der Herrschaft nur ein Wort ...«
»Ach, Njanja, Njanja! Ist denn das wichtig?
Was geht mich dein Verstand an?
Du siehst, es handelt sich um einen Brief
an Onegin.« »Aha, jetzt kapier ich.
Sei mir nicht böse, mein Herz,
du weißt ja, ich bin langsam von Verstand ...
aber warum wirst du denn wieder bleich?«
»Einfach so, Njanja, es ist wirklich nichts.
Schick schon deinen Enkel los.«

XXXVI

Doch der Tag ging vorüber, und es kam keine Antwort.
Der nächste brach an: immer noch nichts.
Bleich wie ein Schatten, fertig angekleidet seit dem Morgen,
wartet Tatjana: Wann wird die Antwort kommen?
Olgas Verehrer kam angefahren.
»Sagen Sie: Wo ist denn Ihr Freund?«
fragte ihn die Herrin des Hauses.
»Es scheint, er hat uns ganz vergessen?«
Tatjana errötete und begann zu zittern.
»Er versprach, heute zu kommen«,
antwortete Lenskij der alten Frau,
»aber offensichtlich hat die Post ihn aufgehalten.«
Tatjana schlug die Augen nieder,
als hätte sie einen scharfen Tadel herausgehört.

XXXVII

Es dunkelte; auf dem Tisch summte
der abendliche blitzende Samowar
und erwärmte den chinesischen Teekessel;
unter ihm ballte sich leichter Dampf.
Schon rann der duftende Tee,
eingegossen von Olgas Hand,
als dunkler Strom in die Tassen,
und ein Diener reichte süße Sahne.
Tatjana stand am Fenster,
hauchte auf die kalten Scheiben,
und mein Engelchen, ganz gedankenverloren,
schrieb mit seinem entzückenden kleinen Finger
auf das beschlagene Glas
das geliebte Monogramm: E. O.

XXXVIII

Und dabei war ihr Herz verzagt,
und Tränen verschleierten ihren matten Blick.
Plötzlich ein Hufschlag! . . . ihr stockt das Blut.
Jetzt näher! Pferdegetrappel – und in den Hof fährt
Eugen! »Ach!« – und mit einem Satz ist Tatjana,
leichter als ein Schatten, im Flur,
von der Vortreppe auf dem Hof und gleich im Garten;
sie jagt ohne einzuhalten dahin und wagt nicht
zurückzublicken; im Nu hat sie
Blumenbeete und Stege, eine Wiese,
die Allee zum See, ein Wäldchen durchquert,
ist sie, die Fliederbüsche knickend,
über die Blumenanlagen zum Bach
und außer Atem zur Bank geeilt.

XXXIX

Dort sinkt sie nieder. »Er ist hier! Eugen ist hier!
O Gott, was wird er nur gedacht haben!«
Ihr gequältes Herz
bewahrt einen undeutlichen Traum von Hoffnung;
sie zittert und glüht wie im Fieber
und wartet: Kommt er? Aber nichts ist zu hören.
Im Garten, auf den Beeten, zupften die Mägde
Beeren von den Sträuchern
und sangen auf Befehl im Chor
(dieser Befehl wurde deshalb gegeben,
damit die schlauen Münder
nicht heimlich die herrschaftlichen Beeren aßen,
sondern durch Singen davon abgehalten wurden –
eine Erfindung ländlichen Witzes!).

Lied der Mädchen

Ihr Mädchen, ihr schönen,
ihr Freundinnen und Gespielinnen,
nun fangt an, ihr Mädchen,
munter, meine Lieben!
Stimmt ein Liedchen an,
unser vertrautes Lied,
und lockt den Burschen
zu unserem Reigen.
Wenn wir einen Burschen hergelockt haben,
wenn wir ihn von weitem sehen,
dann laufen wir auseinander, ihr Lieben,
und werfen auf ihn mit Kirschen,
mit Kirschen und mit Himbeeren
und auch mit roten Johannisbeeren.
Komm nicht,
unsere heimlichen Lieder zu belauschen,
komm nicht,
unsere Mädchenspiele auszukundschaften.

XL

Sie singen, und, zerstreut
ihren hellen Stimmen zuhörend,
wartete Tatjana mit Ungeduld darauf,
daß sich die Aufregung ihres Herzens lege,
daß das Brennen der Wangen aufhöre.
Doch das Beben in ihrer Brust hat nicht nachgelassen,
und der Wangen Glühen geht nicht vorbei,
sondern brennt nur immer heftiger, immer heftiger . . .
So schillert der arme Schmetterling in seinen Farben,
wenn er von einem nichtsnutzigen Schüler gefangen worden ist,
und schlägt mit dem regenbogenfarbenen Flügel.

So zittert der Hase in der Wintersaat,
wenn er plötzlich von weitem sieht,
wie sich der Jäger durchs Gebüsch anschleicht.

XLI

Doch schließlich stieß sie einen Seufzer aus,
erhob sich von ihrer Bank
und machte sich auf; doch kaum ist sie
in die Allee eingebogen, als unvermittelt,
flammenden Blicks, Eugen vor ihr steht
wie ein drohender Schatten,
und, wie vom Blitz getroffen,
bleibt sie stehen.
Doch um von den Folgen dieses unerwarteten Zusammen-
treffens
zu berichten, dazu habe ich heute, liebe Freunde,
nicht mehr die Kraft;
nach dieser langen Erzählung
muß ich ein bißchen spazierengehen und mich ausruhen.
Das Ende werde ich irgendwann später bringen.

Viertes Kapitel

La morale est dans la nature des choses
Necker

I. II. III. IV. V. VI

....

VII

Je weniger wir eine Frau lieben,
desto leichter gefallen wir ihr
und desto gewisser verderben wir sie
in unseren verführerischen Netzen.
Es gab eine Zeit, da wurde kaltblütige Lasterhaftigkeit
als Liebeskunst gerühmt,
da verstand sie es, sich überall selbst an die große Glocke zu hängen,
während sie dem Genuß frönte, ohne zu lieben.
Doch dieses gewichtige Spiel
ist nur den alten Affen
aus der ›guten alten Zeit‹ unserer Großväter angemessen –
Lovelaces Ruhm mitsamt
den roten Absätzen
und den majestätischen Perücken ist verblichen.

VIII

Wem ist es nicht langweilig zu heucheln,
auf verschiedene Weise dasselbe zu wiederholen,
wichtigtuerisch von etwas überzeugen zu wollen,

wovon alle schon längst überzeugt sind,
immer dieselben Einwände zu hören
und Vorurteile auszurotten,
die auch bei einem dreizehnjährigen Mädchen
weder früher noch heute anzutreffen sind!
Wen ermüden nicht Drohungen,
flehentliche Bitten, Schwüre, gespielte Angst,
Briefchen, die bis auf sechs Seiten anschwellen,
Verrätereien, Klatsch, Ringe, Tränen,
die Beaufsichtigung durch Tanten und Mütter
und die lästige Freundschaft der Ehemänner.

IX

Genauso dachte mein Eugen.
In seiner ersten Jugend
war er das Opfer stürmischer Verirrungen
und ungezügelter Leidenschaften geworden.
Durch seinen Lebensstil verwöhnt,
eine Weile von etwas bezaubert,
durch etwas anderes desillusioniert,
des Begehrens langsam müde
und müde auch des leichtfertigen Erfolgs,
vernahm er im Trubel und in der Stille
das ewige vorwurfsvolle Murren seiner Seele,
versuchte er, das Gähnen durch Lachen zu unterdrücken –
auf diese Weise hatte er acht Jahre totgeschlagen,
hatte er die besten Jahre seines Lebens vertan.

X

In Schönheiten verliebte er sich nun nicht mehr
und bemühte sich nur noch halben Herzens um sie:
Bekam er einen Korb – im Nu hatte er sich damit abgefunden;

wurde er betrogen – froh war er, ausruhen zu können.
Er suchte sie ohne Begeisterung,
und er verließ sie ohne Bedauern,
wobei er sich ihrer Liebe und ihrer Bosheit kaum mehr erinnerte.
Nicht anders fährt der gleichgültige Gast
zum abendlichen Whist:
Er nimmt seinen Platz ein, und wenn das Spiel beendet ist,
fährt er vom Hof,
schläft zu Hause ruhig ein
und weiß am nächsten Morgen selber nicht,
wo er am Abend hinfahren wird.

XI

Doch als er Tatjanas Brief erhalten hatte,
war Onegin tief betroffen:
Die Sprache jungfräulicher Träume
rührte in ihm einen Schwarm von Gedanken auf;
und das bleiche Aussehen und der betrübte Blick
der anmutigen Tatjana kamen ihm ins Gedächtnis;
und seine Seele versank in einen
süßen und sündlosen Traum.
Mag sein, daß das einstige Feuer seiner Gefühle
für einen Augenblick wieder Besitz von ihm ergriff;
doch wollte er die Zutraulichkeit
eines unschuldigen Herzens nicht ausnützen.
Eilen wir jetzt in den Garten,
wo Tatjana ihn getroffen hatte.

XII

Eine Weile schwiegen sie,
dann trat Onegin auf sie zu

und begann also zu sprechen: »Sie haben mir geschrieben,
leugnen Sie es nicht. Ich habe das Geständnis
eines vertrauensvollen Herzens,
der Liebe unschuldigen Erguß gelesen;
Ihre Aufrichtigkeit ist mir sympathisch,
sie hat schon längst verstummte Gefühle
wieder aufgerührt;
aber Sie zu preisen ist nicht meine Absicht –
ich möchte Ihnen Ihre Aufrichtigkeit mit einem
ebenso ungekünstelten Geständnis vergelten;
vernehmen Sie meine Beichte,
seien Sie mein Richter.

XIII

Wenn ich den Wunsch verspürt hätte,
mein Leben auf den häuslichen Kreis zu begrenzen,
wenn ich von einem mir günstig gesinnten Schicksal den
Befehl erhalten hätte,
Vater und Gatte zu sein;
wenn mich die Vorstellung von einer Familie
auch nur einen Augenblick gefesselt hätte –
dann hätte ich sicher keine
andere Braut gesucht als Sie.
Ich sage es ohne alle rhetorischen Künste:
Da ich in Ihnen mein früheres Ideal gefunden,
hätte ich bestimmt nur Sie
als Freundin meiner traurigen Tage gewählt,
als Pfand für alles Schöne,
und ich wäre glücklich gewesen – soweit ich es vermocht
hätte!

XIV

Aber ich bin nicht für das Glück geschaffen;
meine Seele kennt es nicht;
vergeblich ist die Vollkommenheit Ihres Wesens:
Ich bin Ihrer nicht im geringsten würdig.
Glauben Sie mir – das Gewissen ist hierfür der Bürge:
Die Ehe wäre für uns eine Qual.
Sosehr ich Sie auch liebte –
sobald es zur Gewohnheit würde, wäre alles aus;
und selbst, wenn Sie weinten: Ihre Tränen
könnten mein Herz nicht rühren,
sie würden es höchstens erzürnen.
Überlegen Sie selbst, was für Rosen
Hymen uns bereiten würde –
und vielleicht für viele Tage!

XV

Was kann es Schlimmeres auf der Welt geben
als eine Familie, wo die arme Ehefrau
sich über ihren unwürdigen Mann grämt
und den ganzen Tag und den Abend allein ist;
wo der langweilige Ehemann, der ihren Wert kennt
(sein Schicksal jedoch verflucht),
immer mürrisch, wortkarg,
verdrießlich und – jedoch ohne Leidenschaft – eifersüchtig ist!
So bin ich. Und so einen suchten Sie
mit Ihrer Seele, wie Feuer so rein,
als Sie mit solcher Einfachheit
und doch so geistvoll an mich schrieben?
Ist Ihnen etwa ein solches Los
vom strengen Schicksal vorherbestimmt?

XVI

Die Träume und die Jahre kann man nicht zurückholen,
meine Seele kann ich nicht erneuern.
Ich liebe Sie mit brüderlicher Liebe
und vielleicht noch zärtlicher.
Hören Sie mich also an, ohne mir zu zürnen:
Ein junges Mädchen tauscht öfters seine
Traumgespinste gegen andere aus,
wie in jedem Frühling
das Bäumchen seine Blätter wechselt.
So ist es offensichtlich vom Himmel eingerichtet.
Sie werden sich wieder verlieben; aber . . .
lernen Sie, sich zu beherrschen;
nicht jeder wird Sie, wie ich, verstehen;
Unerfahrenheit führt leicht ins Verderben.«

XVII

So predigte Eugen.
Durch Tränen hindurch, die ihr den Blick verschleierten,
kaum atmend, ohne etwas zu entgegnen,
hatte Tatjana ihm zugehört.
Er reichte ihr den Arm. Traurig
und schweigend hängte sie sich ein
(›mechanisch‹, wie man so sagt);
ihren müden kleinen Kopf hielt sie gesenkt;
sie gingen am Gemüsegarten entlang zum Haus zurück;
sie kamen zusammen an, und niemandem
wäre es eingefallen, ihnen daraus einen Vorwurf zu machen:
Die ländliche Freiheit
hat nicht weniger ihre glücklichen Rechte
als das hochmütige Moskau.

XVIII

Sie werden doch zugeben, mein Leser,
daß unser Freund die melancholische Tatjana
sehr feinfühlig behandelt hat;
nicht zum ersten Mal offenbarte er hier
den wirklichen Adel seiner Seele,
obwohl die Mißgunst der Menschen
ihm nichts ersparte:
Seine Feinde, seine Freunde
(was vielleicht sogar dasselbe ist)
verfuhren mal auf diese, mal auf jene Weise mit ihm.
Feinde hat jeder auf der Welt,
vor den Freunden aber bewahre uns Gott!
Schöne Freunde sind mir das, schöne Freunde!
Nicht ohne Grund sind sie mir ins Gedächtnis gekommen.

XIX

Was ist denn das? Ach, nichts. Ich besänftige nur
die nichtigen, düsteren Gedanken;
lediglich in Parenthese vermerke ich,
daß es keine verachtungswürdige Verleumdung gibt,
von einem Lügner in seiner Dachkammer in die Welt gesetzt
und von der Hefe der Gesellschaft begierig aufgegriffen,
daß keine noch so große Absurdität
und kein noch so vulgäres Epigramm existiert,
das Ihr Freund nicht mit einem Lächeln
im Kreise ehrenhafter Leute
ohne die geringste Arglist oder Nebenabsicht
hundertmal falsch wiederholen würde;
dabei aber beteuert er, für Sie durch dick und dünn zu gehen:
Er liebt Sie so ...! Wie einen Verwandten!

XX

Hm, hm, geneigter Leser,
ist Ihre ganze Verwandtschaft wohlauf?
Erlauben Sie: Vielleicht möchten Sie
jetzt gerne von mir wissen,
was eigentlich ›Verwandte‹ bedeutet.
Verwandte sind Menschen folgender Art:
Man verlangt von uns, ihnen zu schmeicheln,
sie zu lieben, sie in unserem Herzen zu achten
und nach des Volkes Sitte
sie zu Weihnachten zu besuchen
oder per Post Glückwünsche zu schicken,
damit sie die übrige Zeit des Jahres
sich unserer nicht erinnern . . .
So sei ihnen denn ein langes Leben beschieden!

XXI

Die Liebe der zärtlichen Schönen dagegen
ist verläßlicher als Freund- und Feindschaft:
Auf sie behält man selbst mitten in
tobenden Stürmen sein Anrecht.
So ist es zweifellos. Aber der Wirbelwind der Mode,
aber die Launenhaftigkeit der Natur,
aber die reißende Flut der gesellschaftlichen Meinung . . .
und noch dazu ist das schöne Geschlecht so leicht wie eine
Daunenfeder!
Noch mehr: Die Meinung ihres Ehemannes
sollte von einer tugendsamen Ehefrau
immer respektiert werden;
es kann vorkommen, daß euer treues Weib
ganz unversehens fortgerissen wird:
Der Satan macht sich einen Spaß aus der Liebe.

XXII

Wen soll man dann lieben? Wem kann man vertrauen?
Wer ist der einzige, der uns nicht betrügt?
Wer mißt alle seine Taten, alle seine Worte
eilfertig an unserer Elle?
Wer streut keine Verleumdung über uns aus?
Wer verhätschelt uns fürsorglich?
Wem erscheint unser Laster nicht als ein Unglück?
Wer erzeugt niemals Langeweile?
Du, der du einer eitlen Schimäre nachjagst –
liebe doch, ohne unnütze Mühe
zu verschwenden, dich selbst,
mein verehrungswürdiger Leser!
Der Gegenstand ist es wert: Einen liebenswürdigeren
als diesen gibt es ganz bestimmt nicht.

XXIII

Was war die Folge des Zusammentreffens?
O weh, das ist nicht schwer zu erraten!
Der Liebe gewaltige Leiden
hörten nicht auf, das junge Herz,
das nach Trauer dürstete, in Unruhe zu halten;
nein, noch stärker brennt die arme Tatjana
in freudloser Leidenschaft;
der Schlaf flieht ihr Lager;
ihre Gesundheit, ihres Lebens Blüte und Süße,
ihr Lächeln, ihre jungfräuliche Ruhe –
alles ist verklungen wie ein leerer Ton,
und es verdüstert sich der geliebten Tanja Jugend:
So hüllt der Sturm
den kaum geborenen Tag in seine Schatten.

XXIV

Ach, Tatjana welkt dahin,
sie verliert ihre Farbe, sie verzehrt sich und verstummt!
Nichts erregt ihre Aufmerksamkeit
oder bewegt ihre Seele.
Die Nachbarn schütteln bedächtig
die Köpfe und tuscheln untereinander:
hohe Zeit, daß sie verheiratet wird . . .!
Aber genug. Ich muß mich beeilen,
die Einbildungskraft mit dem Bild
einer glücklichen Liebe aufzuheitern.
Unwillkürlich, meine Lieben,
hält mich das Mitleid gefangen;
verzeiht mir: Ich kann mich nicht trennen
von meiner geliebten Tatjana!

XXV

Von Stunde zu Stunde stärker gefesselt
durch die Reize der jungen Olga,
gab Vladimir sein Herz völlig
in die süße Sklaverei.
Er ist immer bei ihr. In ihrer Kammer
sitzen sie zusammen im Dämmerlicht;
im Garten gehen sie zur Morgenstunde
Arm in Arm spazieren.
Und sonst? Liebestrunken,
verwirrt in zärtlicher Scham,
wagt er es nur hin und wieder,
durch ein Lächeln Olgas ermutigt,
mit einer losgelösten Locke zu spielen
oder den Saum ihres Kleides zu küssen.

XXVI

Ab und zu liest er Olja
einen erbaulichen Roman vor,
in dem der Autor die Natur
besser kennt als selbst Chateaubriand,
wobei er zwischendurch zwei, drei Seiten
– leerer Unsinn, erfundenes Zeug,
gefährlich für das Herz der Mädchen –
errötend überspringt.
Völlig abgesondert von allen
sitzen sie zuweilen,
die Ellbogen auf den Tisch gestützt,
tief in Gedanken über einem Schachbrett,
und vor lauter Zerstreutheit schlägt Lenskij
mit einem Bauern seinen eigenen Turm.

XXVII

Nach Hause gefahren, ist er auch dort
ganz mit seiner Olga beschäftigt.
Die kurzlebigen Blätter ihres Albums
schmückt er ihr fleißig aus:
Bald zeichnet er ländliche Ansichten hinein,
einen Grabstein, den Tempel der Zypris
oder eine kleine Taube auf einer Leier
(wobei er eine Feder verwendet und leicht koloriert);
bald hinterläßt er auf den Erinnerungsblättern,
unter dem Namenszug der anderen,
einen zärtlichen Vers,
stummes Monument der Träumerei,
die langdauernde Spur eines kurzen Gedankens,
nach vielen Jahren immer noch dieselbe.

XXVIII

Natürlich haben Sie schon mehr als einmal
das Album eines Provinzfräuleins zu Gesicht bekommen,
das alle ihre Freundinnen von vorne,
von hinten und kreuz und quer vollgekritzelt haben.
Hier wurden ohne Rücksicht auf die Orthographie,
als Zeichen unverbrüchlicher Freundschaft,
Verse plaziert ohne Beachtung des Metrums, wie die
Tradition sie überliefert hat,
mal gekürzt, mal gelängt.
Auf dem ersten Blatt stößt man auf ein
»Qu'écrirez-vous sur ces tablettes?«
und die Unterschrift: t. à. v. Annette;
und auf dem letzten liest man:
»Wer dich mehr liebt,
der möge nach mir weiterschreiben.«

XXIX

Hier finden Sie unter allen Umständen
zwei Herzen, eine Fackel und Blümchen;
hier lesen Sie garantiert Liebesschwüre wie:
»In Treue bis zum Grab«;
hier hat irgendein Soldaten-Dichterling
ein dummdreistes Gedichtchen flüchtig hingeworfen.
In ein solches Album sich einzutragen, meine Freunde,
macht auch mir Spaß, das muß ich gestehen,
wobei ich zutiefst davon überzeugt bin,
daß jede meiner eifrigen Pfuschereien
sich einen holdseligen Blick verdienen wird,
und daß man nachher nicht mit einem boshaften Lächeln
darangeht, eine feierliche Untersuchung zu veranstalten,
ob Witz in meinem Geflunker sei oder nicht.

XXX

Aber ihr, verstreute Bände
aus der Bibliothek des Satans,
prachtvolle Alben,
die Plackerei modischer Reimschmiede,
ihr, gewandt illustriert
von dem wundertätigen Pinsel Tolstójs
oder von der Feder Baratýnskijs
– daß euch doch ein Blitz in Brand setze!
Wenn eine Dame in ihrer ganzen Pracht
mir ihr in-quarto herreicht,
so befällt mich Zittern und Wut,
und ein Epigramm regt sich
auf dem Grunde meiner Seele –
hinschreiben aber soll man Madrigale!

XXXI

Madrigale schreibt Lenskij nicht
ins Album der jungen Olga;
seine Feder atmet Liebe,
durch kühlen Verstand zeichnet sie sich nicht aus;
was er auch an Olga bemerkt,
was er auch über sie hört – er schreibt es hin,
und randvoll von Lebenswahrheit
strömt der Fluß seiner Elegien dahin.
So besingst du, o begeisterter Jazýkov,
in den Aufschwüngen deines Herzens
Gott weiß wen alles,
und die wertvolle Sammlung deiner Elegien
wird eines Tages für dich
die vollständige Darstellung deines Schicksals sein.

XXXII

Doch still! Hörst du? Der gestrenge Kritiker
befiehlt uns, den Trauerkranz
der Elegien fortzuwerfen,
und unserer Bruderschaft der Reimschmiede
ruft er zu: »Hört doch auf zu flennen
und immerfort dasselbe zu quaken
und ›das Vergangene, das Gewesene‹ zu beklagen:
Schluß damit, singt von etwas anderem!«
»Recht hast du, und sicher meinst du
Trompete, Maske und Dolch
und befiehlst, allerorten
den toten Vorrat der Gedanken zu beleben:
Ist es nicht so, Freund?« »Keineswegs. Weit gefehlt!
Schreiben Sie Oden, meine Herren,

XXXIII

wie man sie in einem großen Zeitalter schrieb,
wie es ehedem der Brauch war.«
»Nichts als feierliche Oden?
Ach, komm, Freund; ist denn das nicht ganz egal!
Erinnere dich daran, was der Satiriker sagte!
Ist dir der schlaue Lyriker in
›Fremde Meinung‹ etwa erträglicher
als unsere verdrießlichen Dichterlinge?«
»Aber in der Elegie ist alles so unbedeutend;
erbärmlich ist ihr inhaltsloses Ziel;
das Ziel der Ode dagegen ist erhaben
und edel . . .« Hier könnten wir
in Streit geraten, doch ich schweige,
da ich nicht zwei Jahrhunderte miteinander verfeinden will.

XXXIV

Als ein Jünger des Ruhms und der Freiheit
hätte Vladimir in der Erregung seiner sturmdurchtosten
Gedanken
auch Oden geschrieben,
doch Olga machte sich nichts aus ihnen.
Hatten tränenreiche Dichter je das Glück,
ihren Geliebten von Angesicht zu Angesicht ihre Werke
vorzutragen? Man sagt,
einen höheren Lohn habe die Welt nicht zu vergeben.
Und wirklich: Glücklich jener bescheidene Liebhaber,
der dem Gegenstand seiner Lieder und seiner Liebe,
seiner so schön-schmachtenden Liebsten
das Werk seiner Phantasie vorlesen kann!
Glücklich – obwohl jene möglicherweise
in Gedanken ganz woanders ist.

XXXV

Ich aber trage die Früchte
meiner Träumereien und meiner wohlklingenden Einfälle
nur einer alten Amme vor,
der Begleiterin meiner Jugend;
oder ich kriege den Nachbarn, der nach einem
langweiligen Mittagessen bei mir hereinschneit,
unvermutet am Rockzipfel zu fassen
und setze ihm in der Zimmerecke mit einer Tragödie zu;
oder – das ist aber kein Scherz –,
gequält von Sehnsucht und von Reimen,
auf dem Gang längs meines Sees,
erschrecke ich einen Schwarm Wildgänse;
Wenn sie den Gesang süßtönender Strophen vernehmen,
flattern sie vom Ufer auf.

XXXVI

....

XXXVII

Und was ist mit Onegin? Übrigens, Brüder!
Ich bitte um eure Nachsicht:
Ich will euch seine täglichen Beschäftigungen
ausführlich schildern.
Onegin lebte wie ein Anachoret:
Im Sommer erhob er sich nach sechs
und machte sich, leicht bekleidet,
zum Fluß auf, der am Fuß des Berges dahinströmte.
Den Sänger der Gulnara imitierend,
durchschwamm er den Hellespont,
trank dann seinen Kaffee,
besah ein mieses Journal
und kleidete sich an.

XXXVIII

....

XXXIX

Umherstreifen, Lesen, tiefer Schlaf,
Waldschatten, Rieseln des Wassers,
manchmal von einer hübschen Schwarzäugigen
ein frischer, herzhafter Kuß;
ein feuriges Pferd, dem Zaum gehorsam,
ein ziemlich anspruchsvolles Mittagessen,
eine Flasche hellen Weins,

Einsamkeit, Stille:
Das ist das fromme Leben des Onegin;
und unmerklich gab er sich
ihm hin, ohne die schönen Sommertage
in ihrer seligen Sorglosigkeit zu zählen,
die Stadt vergessend und die Freunde
und die Langeweile festlicher Aktivitäten.

XL

Doch unser nördlicher Sommer,
eine Karikatur des südlichen Winters,
leuchtet auf und ist schon wieder zu Ende: Das ist bekannt,
wenn wir es auch nicht zugeben wollen.
Der Himmel war schon ganz herbstlich,
die Sonne schien schon seltener,
und die Tage wurden kürzer;
der Wälder geheimnisvoller Baldachin
entblößte sich unter traurigem Murmeln;
Nebel legte sich auf die Felder,
und der Wildgänse lärmende Karawane
zog gen Süden; es näherte sich
eine ziemlich triste Zeit;
der November stand schon vor der Tür.

XLI

Die Morgenröte ist in kalten Nebel getaucht;
der Lärm der Feldarbeiten ist verstummt;
mit seiner hungrigen Wölfin
erscheint der Wolf auf der Straße;
ihn witternd, schnaubt das
Wegpferd, und der vorsichtige Reisende
jagt in vollem Trab bergan;

schon treibt der Hirte nicht mehr
im Morgengrauen die Kühe aus dem Stall,
und sein Horn ruft sie nicht
um die Mittagsstunde zusammen;
in seiner kleinen Hütte sitzt das Mädchen[23]
singend am Spinnrad, und vor ihr, Freund der
Winternächte, knistert der Kienspan.

XLII

Und jetzt klirren die Fröste,
und silbern schimmern die Felder
(der Leser wartet schon auf den Reim »Wälder« –
da hast du ihn, nimm ihn nur schnell!);
sauberer als ein moderner Parkettfußboden,
blitzt ein Flüßchen, von Eis überzogen;
die Schlittschuhe einer fröhlichen Jungenschar[24]
ritzen es mit einem klingenden Ton;
eine rotbeschuhte schwerfällige Gans,
die vorhat, des Wassers Tiefe zu überqueren,
watschelt vorsichtig auf das Eis,
rutscht aus und kippt um; fröhlich
fällt in hurtigen Wirbeln der erste Schnee
wie ein Sternenregen aufs Ufer.

XLIII

Was kann man zu einer solchen Zeit in der Einöde tun?
Spazierengehen? Um diese Jahreszeit
langweilt die Landschaft unwillkürlich den Blick
durch ihre einförmige Kahlheit.
Reiten in der rauhen Steppe?
Aber das Pferd, das sich mit seinem stumpfen Huf
auf dem unzuverlässigen Eis zu halten versucht,

kann jeden Augenblick stürzen.
Bleibe unter deinem einsamen Dach
und lies: Wie wär's mit Pradt, mit Walter Scott?
Keine Lust? Dann kontrolliere die Ausgaben,
ärgere dich oder trinke, und der lange Abend
wird irgendwie herumgehen; morgen dasselbe,
und du wirst einen famosen Winter verbringen.

XLIV

Wie der echte Childe Harold
gab sich Onegin gedankenvollem Nichtstun hin:
Vom Schlaf gleich in ein Eisbad,
und dann, den ganzen Tag allein
zu Hause, mit einem stumpfen Queue bewaffnet
und in Berechnungen vertieft,
spielt er vom frühen Morgen an
Billard mit zwei Kugeln.
Der ländliche Abend bricht herein;
das Billard wird aufgegeben, der Queue ist vergessen;
vor dem Kamin ist der Tisch gedeckt;
Eugen wartet – und da kommt Lenskij gefahren
in seiner Troika, gezogen von Grauschimmeln.
Jetzt aber wird diniert!

XLV

Der Champagner – gesegnet sei er –
der Witwe Cliquot oder der von Moët
wird für den Dichter in einer eisgekühlten Flasche
sofort serviert.
Wie Hippokrene blitzt er auf;
mit seinem Spiel und seinem Schaum
– an dieses oder jenes erinnernd . . .

hatte er mich in seiner Gewalt: Ihm
habe ich seinerzeit mein letztes bescheidenes Scherflein
geopfert – erinnert ihr euch, Freunde?
Sein Zauberstrom
hat nicht wenig Dummheiten erzeugt,
dafür aber auch wieviel Späße und Gedichte,
Wortgefechte und lustige Träume!

XLVI

Aber mit seinem ausgelassenen Schaum
tut er meinem Magen nicht mehr gut,
und so gebe ich heute
dem gesetzten Bordeaux den Vorzug.
Dem Aí[25] bin ich nicht mehr gewachsen;
er ist ähnlich wie eine Geliebte:
schillernd, flatterhaft, von Leben überschäumend,
kapriziös und leer ...
Du aber, Bordeaux, gleichst einem Freund,
der einem in Kümmernis und Not
immer und überall zur Seite steht,
der bereit ist, uns einen Dienst zu erweisen
oder das stille Nichtstun zu teilen.
Es lebe unser Freund, der Bordeaux!

XLVII

Das Feuer ist erloschen; das Gold der Kohle
ist von einer leichten Aschenschicht überzogen;
der Rauch vergeht in einem kaum
merklichen Strom, und der Kamin
gibt fast keine Wärme mehr ab. Der Pfeifenqualm
steigt in ihm empor. Der blinkende Pokal
schäumt noch auf dem Tisch.

Die Abenddämmerung senkt sich herab
(ich liebe die Geschichten der Freunde
und das freundschaftliche Glas Wein
zu jener Tageszeit, die man
die »Stunde zwischen Hund und Wolf« nennt –
warum sie so heißt, weiß ich allerdings nicht).
Nun unterhalten sich die Freunde:

XLVIII

»Na, was machen die Nachbarn? Wie geht's Tatjana?
Wie geht's deiner ausgelassenen Olga?«
»Gieß mir noch ein halbes Glas ein ...
genug, mein Guter ... Die ganze Familie
ist wohlauf; ich soll dir Grüße bestellen.
Ach, mein Lieber, du ahnst ja nicht, wie schön
Olgas Schultern geworden sind! Und was für ein Busen!
Was für eine Seele ...! Wir
müssen einmal hinfahren; sie würden sich sehr geehrt fühlen;
denn sag doch selbst, mein Freund:
Zweimal hast du vorbeigeschaut
und dann dich nicht mehr blicken lassen.
Apropos – was bin ich für ein Holzkopf!
Du bist für die nächste Woche bei ihnen eingeladen.«

XLIX

»Ich?« »Ja, Samstag ist Tatjanas
Namenstag. Olenka und die Mama
baten mich, es dir auszurichten, und es ist kein Grund vorhanden,
die Einladung nicht anzunehmen.«
»Aber dort wird ein Haufen Volks sein
und allerhand Pack.«

»Ach wo, niemand, ich bin ganz sicher!
Wer da sein wird? Nur die Familie.
Fahren wir, tu mir den Gefallen!
Nun, wie ist's?« »Einverstanden.« »Das ist nett von dir!«
Bei diesen Worten leerte er
sein Glas und ließ die Nachbarin hochleben.
Dann begann er wieder redselig
von Olga zu schwatzen – so ist nun mal die Liebe!

L

Er war in Hochstimmung. Auf heute in zwei Wochen
war der Glückstag festgesetzt,
und das Mysterium des Hochzeitsbettes
und die Krone süßer Liebe
warteten auf sein Entzücken.
Hymens Sorgen und Nöte
und das hernach folgende ernüchterte Gähnen –
das zeigte ihm niemals seine Phantasie.
Wir hingegen, Hymens Feinde,
sehen im häuslichen Leben lediglich
eine Reihe anödender Bilder,
einen Roman im Geschmack Lafontaines[26].
Mein armer Lenskij aber war durch und durch
für das besagte Leben geschaffen.

LI

Er wurde geliebt – oder wenigstens
glaubte er das, und er war glücklich.
Ein hundertfältiger Segen liegt auf dem, der sich den
Glauben erwählt hat;
der, nachdem der kalte Verstand zum Schweigen gebracht,
in seinem Herzen so selig ruht

wie ein betrunkener Wandrer auf seinem Nachtlager
oder – noch weicher – wie ein Schmetterling,
der sich an einer Frühlingsblume festgesogen hat;
zu beklagen aber ist jener, der alles voraussieht,
dem sich der Kopf niemals dreht,
der jede Geste, jedes Wort,
sobald es verdeutlicht wird, haßt,
dessen Herz durch die Erfahrung abgekühlt
und dem es verboten wurde, sich hinreißen zu lassen.

Fünftes Kapitel

> Oh, lerne niemals diese schrecklichen
> Träume kennen, du meine Svetlana!
> Žukóvskij

I

In jenem Jahr hielt sich
das Herbstwetter sehr lange.
Die Natur wartete und wartete auf den Winter.
Doch erst im Januar fiel Schnee,
in der Nacht auf den Dritten.
Früh am Morgen erwacht,
sah Tatjana Hof und Zaun,
Blumenbeete und Dächer ganz in Weiß,
Filigranmuster auf den Fensterscheiben,
die Bäume in winterlichem Silber,
lustige Elstern auf dem Hof
und die vom glitzernden Teppich des Winters
weich zugedeckten Berge.
Alles ist klar, alles ist weiß ringsum.

II

Winter! Der Bauer, in Festtagsstimmung,
zieht mit seinem Lastschlitten die erste Spur,
und sein Pferdchen, das den Schnee gewittert hat,
schlägt einen ungeschickten Trab an;
die Kibitka fliegt kühn dahin
und reißt flaumige Furchen auf;
im Pelz und rot umgürtet
sitzt der Kutscher auf dem Bock.
Da läuft ein Junge vom Gesinde:

Auf den Schlitten hat er einen Hofköter gesetzt
und sich selber in ein Zugpferd verwandelt.
Dem Schlingel ist schon ein Finger erstarrt.
Er weiß nicht, ob er lachen oder weinen soll –
seine Mutter droht ihm dabei aus dem Fenster.

III

Aber vielleicht interessieren Sie
Bilder solcher Art gar nicht;
all das ist ja gemeine Natur;
viel Raffinement gibt es da nicht.
Erwärmt durch den Gott der Inspiration,
hat ein anderer Dichter in prunkvoller Sprache
uns den ersten Schnee und alle
Nuancen der Winterfreuden lebendig ausgemalt[27].
Er wird euch fesseln, davon bin ich überzeugt, durch die Art,
wie er in flammenden Versen
heimliche Schlittenfahrten beschreibt;
aber ich habe vorläufig nicht die Absicht,
mit ihm oder mit dir, Sänger
der jungen finnischen Maid, zu konkurrieren[28]!

IV

Tatjana, in ihrem Herzen eine Russin,
ohne selbst zu wissen warum,
liebte den russischen Winter
mit seiner kühlen Pracht:
die Sonne auf dem Rauhreif an einem frostigen Tag,
Schlitten, im späten Abendrot
das Leuchten des rosigen Schnees
und die Dämmerung der Abende um den Heiligendreikönigstag.

Diese Abende wurden in ihrem Haus
auf alte Weise gefeiert:
Alle Frauen vom Gesinde
sagten ihren jungen Herrinnen die Zukunft voraus
und prophezeiten ihnen jedes Jahr
Offiziere als Ehemann und einen Feldzug.

V

Tatjana glaubte den altertümlichen Überlieferungen
des einfachen Volks,
Träumen, Kartenlegekünsten
und Zukunftsdeutungen aus dem Mond.
Vorzeichen beunruhigten sie;
alle Dinge verkündeten ihr
im geheimen etwas,
Vorahnungen beengten ihre Brust.
Wusch sich der affektierte Kater, auf dem Ofen sitzend,
mit der Pfote schnurrend sein Schnäuzchen,
so war ihr das ein untrügliches Zeichen dafür,
daß Gäste kämen. Erblickte sie plötzlich
das zweigehörnte Gesicht des jungen Mondes
am Himmel auf ihrer Linken,

VI

so zitterte sie und erbleichte.
Wenn aber eine Sternschnuppe
den dunklen Himmel durchquerte
und zerplatzte, dann
beeilte sich Tatjana in höchster Erregung,
solange der Stern noch flog,
ihm ihren Herzenswunsch zuzuflüstern.
Wenn es ihr irgendwo passierte,

daß sie einem schwarzen Mönch begegnete,
oder wenn zwischen den Feldern ein schneller Hase
ihr über den Weg lief,
so wußte sie nicht, was sie tun sollte vor Angst,
und von schlimmen Vorahnungen erfüllt,
erwartete sie schon gleich irgendein Unglück.

VII

Aber seltsam – noch im tiefsten Grauen
fand sie einen geheimnisvollen Zauber:
so hat uns die zum Widerspruch
neigende Natur geschaffen.
Die Weihnachtszeit ist da. Was für eine Freude!
Ans Wahrsagen macht sich die windige Jugend,
die noch nichts zu bedauern hat,
vor der sich hell und unüberblickbar
des Lebens Weite dehnt;
und es wahrsagt das bebrillte Alter,
das alles unwiederbringlich verloren hat,
am Rande seines Sarges.
Aber was ist da für ein Unterschied: Beide belügt
die Hoffnung mit ihrem kindischen Gelalle.

VIII

Tatjana schaut mit neugierigem Blick
auf das geschmolzene Wachs:
Mit seiner wunderlich gegossenen Figur
verkündet es ihr etwas Wunderbares;
aus einer mit Wasser gefüllten Schale
kommen nacheinander Ringe zum Vorschein;
und als *ihr* Ringchen auftaucht,
da wird es von einem kleinen Lied aus alter Zeit begleitet:

»Hier sind die Bauern immer reich,
mit ihren Spaten graben sie Silber;
wem wir dies singen, dem werde Reichtum
und Ruhm!« Doch die klagende Melodie
dieses Liedes verkündet schmerzlichen Verlust;
lieber ist dem Herzen der Mädchen das »Kätzchen«[29].

IX

Frostklar ist der Nachthimmel;
der Gestirne herrlicher Chor
treibt so ruhig, so einträchtig dahin...
Tatjana tritt in einem tief ausgeschnittenen Kleidchen
auf den weiten Hof hinaus
und richtet einen Spiegel auf den Mond;
aber nur der traurige Mond
schwankt in seinem dunklen Glas...
Doch da...! Der Schnee knirscht... jemand geht vorüber;
das Mädchen eilt auf Zehenspitzen zu ihm hin,
und ihr Stimmchen klingt
zärtlicher als die Weise einer Schalmei:
»Wie heißen Sie?«[30] Er schaut auf
und antwortet: »Agathon«.

X

Tatjana, dem Rat ihrer Amme folgend,
plant in dieser Nacht zu zaubern;
heimlich hatte sie befohlen, im Badehaus
einen Tisch für zwei Personen zu decken;
doch plötzlich wurde es ihr unheimlich zumute...
und auch ich, in der Erinnerung an Svetlana,
bekomme es mit der Angst zu tun; lassen wir es,
und zaubern wir nicht mit Tatjana.

Tatjana hat ihren Seidengürtel
gelöst, sich entkleidet und ist
zu Bett gegangen. Über ihr schwebt Lel,
während unter ihrem Daunenkissen
der Mädchenspiegel liegt.
Alles ist verstummt. Tatjana schläft.

XI

Und einen seltsamen Traum hat Tatjana.
Es träumt ihr, sie ginge
über eine verschneite Waldwiese,
eingehüllt in traurige Düsternis;
vor ihr zwischen den Schneewehen
wirbelt tosend seine grauen Wellen
ein schäumender, finsterer,
vom Winter nicht in Fesseln geschlagener Gießbach,
zwei Stangen, durch Eis aneinander haftend,
sind als schwankender, gefährlicher Steg
über den Bach gelegt;
und vor der rauschenden Tiefe,
aufs äußerste verstört,
bleibt sie stehen.

XII

Als werde sie zu ihrem Verdruß von etwas getrennt,
murrt Tatjana gegen den Bach;
sie sieht niemanden, der ihr
vom anderen Ufer aus die Hand reichen könnte.
Doch plötzlich bewegt sich eine Schneewehe,
und was kommt aus ihr hervor?
Ein großer zottiger Bär.
Tatjana schreit auf, er aber brüllt

und reicht ihr seine Tatze mit scharfen Krallen
herüber; sie faßt sich ein Herz,
stützt sich mit zitternder Hand auf
und überquert ängstlich vorwärtsschreitend den Bach;
sie ist drüben – und was kommt jetzt? Der Bär folgt ihr!

XIII

Sie wagt nicht, sich umzudrehen, und
beschleunigt ihren eiligen Schritt,
doch gelingt es ihr nicht,
den zottigen Lakaien abzuschütteln;
grunzend bewegt sich der widerwärtige Bär vorwärts;
vor ihnen erhebt sich ein Wald; unbeweglich stehen
die Kiefern in ihrer düsteren Schönheit;
ihre Zweige biegen sich unter der Last
des Schnees; durch die Wipfel
der kahlen Espen, Birken und Linden
dringt hell ein Strahl von den nächtlichen Gestirnen herab;
kein Weg ist da; Büsche und Abgründe
sind vom Wind zugeweht
und tief unter dem Schnee begraben.

XIV

Tatjana geht in den Wald hinein; der Bär folgt ihr;
der flockige Schnee reicht ihr bis zu den Knien;
bald greift ein langer Ast plötzlich
nach ihrem Hals, oder er reißt ihr
mit Gewalt die goldenen Ringe von den Ohren;
bald versinkt, herabgeglitten vom lieblichen Fuß,
ihr nasser Schuh im lockeren Schnee;
dann läßt sie ihr Taschentuch fallen,
doch hat sie keine Zeit, es aufzuheben: Sie fürchtet sich,

da sie den Bär hinter sich hört,
und sie schämt sich sogar, den Saum ihres Kleides
mit zitternder Hand hochzuheben;
sie läuft, und er immer hinterher,
und schon verlassen sie die Kräfte.

XV

Sie fällt in den Schnee; der Bär fängt sie
geschickt auf und trägt sie;
halb von Sinnen und gehorsam
bewegt sie sich nicht, atmet sie nicht;
er eilt mit ihr einen Waldweg entlang;
plötzlich zwischen den Stämmen eine bescheidene Hütte;
ringsum Waldesdickicht, von allen Seiten
ist sie zugeweht unter dem trostlosen Schnee;
hell leuchtet ein kleines Fenster;
in der Hütte ist Lärm und Geschrei;
der Bär sagt: »Hier wohnt mein Gevatter,
wärme dich bei ihm ein bißchen auf!«
Und ohne Umschweife geht er in den Flur
und legt sie auf der Schwelle nieder.

XVI

Zu sich gekommen sieht Tatjana:
Der Bär ist fort; sie ist in einem Flur;
hinter der Tür Stimmengewirr und Gläserklirren
wie auf einer großen Beerdigung.
Ohne das Geringste zu begreifen,
späht sie vorsichtig durch einen Spalt –
und was sieht sie? Rund um
einen Tisch sitzen Ungeheuer:
eins mit Hörnern und Hundeschnauze,

ein andres mit einem Hahnenkopf,
hier eine Hexe mit einem Ziegenbart
und danach ein steifes und hoheitsvolles Gerippe,
dort ein Zwerg mit einem Schwänzchen,
und schließlich eine Mischung aus Kranich und Katze.

XVII

Noch schrecklicher, noch seltsamer:
da – ein Krebs rittlings auf einer Spinne,
da – auf einem Gänsehals dreht sich
ein Schädel in einer roten Mütze,
da – eine Windmühle geht beim Tanzen in die Hocke
und knarrt und fuchtelt mit ihren Flügeln;
Bellen, Lachen, Singen, Pfeifen und Geklapper,
menschliche Rede und Pferdegestampf[31]!
Aber was für Gedanken müssen Tatjana bewegen,
als sie unter den Gästen
den erkennt, den sie liebt und den sie fürchtet,
den Helden unseres Romans!
Onegin sitzt am Tisch
und blickt verstohlen zur Tür.

XVIII

Er gibt ein Zeichen – und alles lärmt;
er trinkt – alle trinken und alle kreischen;
er beginnt zu lachen – alle lachen schallend auf;
er runzelt die Stirn – alle schweigen;
er ist also der Herr, das ist klar;
und Tatjana ist es schon nicht mehr so bang zumute,
und neugierig geworden
öffnet sie ein wenig die Tür ...
Plötzlich erhebt sich ein Wind und bläst

das Feuer der Nachtlampen aus;
die Geisterbande gerät in Aufruhr;
Onegin erhebt sich blitzenden Auges
mit einem lauten Ruck vom Tisch;
alle stehen auf; er geht zur Tür.

XIX

Panik ergreift sie, und eilig
versucht Tatjana zu fliehen –
es geht nicht; sich drehend und wendend
vor Ungeduld will sie schreien –
sie kann nicht; Eugen hat der Tür einen Stoß versetzt,
und das Mädchen ist den Blicken der
Höllengespenster ausgesetzt; ein wildes und
grausiges Gelächter erschallt; aller Augen,
Hufe, gekrümmte Rüssel,
Schwänze mit einem Schopf, Hauer,
Schnurrbärte, blutige Zungen,
Hörner und knochige Finger –
alles zeigt auf sie,
und alle kreischen: »Meine! Meine!«

XX

»Meine!« ertönt Eugens gebieterische Stimme,
und die ganze Bande ist plötzlich verschwunden;
mit ihm bleibt das junge Mädchen
allein in der frostigen Dunkelheit.
Onegin zieht Tatjana sanft[32]
in eine Ecke, legt sie
auf eine wacklige Bank
und neigt seinen Kopf
auf ihre Schulter herab; plötzlich tritt Olga herein,

hinter ihr Lenskij; Licht flammt auf.
Onegin droht ihnen mit der Faust,
läßt seine Augen wild umherschweifen
und schilt die ungebetenen Gäste;
Tatjana liegt wie leblos da.

XXI

Der Streit schwillt immer mehr an; plötzlich ergreift
Eugen ein langes Messer, und augenblicklich
ist Lenskij niedergestochen; schrecklich verdichten sich
die Schatten; ein Schrei ertönt,
geht durch Mark und Bein ... die Hütte schwankt ...
und Tanja wacht schreckerfüllt auf ...
Sie schaut umher – im Zimmer ist's schon hell;
der purpurne Strahl der Morgenröte spielt
durch das vereiste Glas des Fensters herein;
die Tür geht auf. Olga flattert ins Zimmer,
rosiger als die nördliche Aurora
und leichter als eine Schwalbe.
»So«, sagt sie, »jetzt verrate mir aber,
wen du im Traum gesehen hast!«

XXII

Doch jene, ohne Notiz von ihrer Schwester zu nehmen,
liegt mit einem Buch im Bett,
wendet Blatt um Blatt
und sagt kein Wort.
Obwohl dieses Buch
weder die süßen Erfindungen eines Dichters,
noch weise Wahrheiten, noch Bilder zu bieten hatte,
so gelang es doch weder Vergil noch Racine,
weder Scott, Byron oder Seneca,

und auch nicht dem Journal für Damenmoden,
jemanden derart in Bann zu schlagen:
Es war, Freunde, Martin Zadecka[33],
das Haupt der chaldäischen Weisen,
ein Wahrsager und Traumdeuter.

XXIII

Dieses tiefschürfende Werk
hatte einmal ein fliegender Händler
zu ihnen in ihre Hinterwälder gebracht
und es Tatjana, zusammen mit der
unvollständigen »Malvina«,
für drei Rubel fünfzig abgetreten;
dafür hatte er noch
eine Sammlung zotiger Fabeln,
eine Grammatik, zwei ›Petriaden‹
und den dritten Band von Marmontel draufgegeben.
Martin Zadecka wurde später
Tatjanas Favorit. Er spendet ihr
Trost in allem Kummer
und schläft unzertrennlich neben ihr.

XXIV

Das Traumgesicht beunruhigt Tatjana.
Sie weiß nicht, wie sie es auffassen soll
und will die Bedeutung
der schrecklichen Erscheinung ergründen.
Im kurzen Inhaltsverzeichnis
findet sie in alphabetischer Reihenfolge
die Wörter: Bär, Brücke, Dunkel, Hexe, Igel,
Schneesturm, Sturm, Tanne, Wald
und so weiter. Ihr Rätsel

kann Martin Zadecka nicht lösen;
der unheilverkündende Traum aber prophezeit ihr
viele traurige Ereignisse.
Noch einige Tage danach
hält er sie in Unruhe.

XXV

Aber da führt die Morgenröte[34] an ihrer
purpurnen Hand, zusammen mit der Sonne,
aus den morgendlichen Tälern
das Fest ihres Namenstages herauf.
Vom Morgen an wimmelt das Haus der Larins
von Gästen; familienweise
sind die Nachbarn in schweren und in
gedeckten Fahrzeugen, in Reisewagen und in Schlitten
herbeigeströmt.
Im Vorzimmer herrscht Geschubse und rastloses Hin und
Her;
im Salon: Begrüßung neuer Gesichter,
Mopsgebell, schmatzende Küsse der Mädchen,
Lärm, Gelächter, Gedränge an der Türschwelle,
Verbeugung und Kratzfuß der Gäste,
Ammengezeter und Kindergeplärr.

XXVI

Der dicke Pustjakóv mit seiner
beleibten Ehefrau ist gekommen;
Gvozdín, ein ausgezeichneter Gutsherr,
Gebieter über arme Bauern;
die Skotínins, ein ergrautes Paar
mit Kindern jeden Alters,
von zwei bis dreißig aufwärts;

der Geck des Kreises, Petuškóv;
Bujánov, mein Vetter, mit Bettfedern auf dem Anzug
und einer Schirmmütze auf dem Kopf[35]
(wie Sie ihn ja sicher kennen);
und der Rat i. R. Fljánov,
ein gefährliches Lästermaul, ein alter Gauner und bestechlich,
ein Vielfraß und Possenreißer.

XXVII

Mit der Familie von Panfíl Harlikóv
kam auch Monsieur Triquet,
ein Witzling, kürzlich aus Tambóv hierhergezogen,
mit einer Brille und einer rötlichen Perücke.
Als echter Franzose trug
Triquet in seiner Tasche ein Couplet,
zu singen nach der Melodie von – Kinder kennen sie –:
»Réveillez-vous, belle endormie«;
dieses Couplet hatte unter den
altmodischen Liedern eines gedruckten Almanachs gestanden;
Triquet, ein findiger Poet,
verhalf ihm zu einer phönixgleichen Wiedergeburt,
wobei er an die Stelle von »belle Niná«
kühn »belle Tatianá« setzte.

XXVIII

Und da: Aus dem nächsten Marktflecken
ist der Kompaniechef eingetroffen,
das Idol der reifen Fräulein,
die Freude aller Mütter des Kreises;
er tritt ein ... Hallo, eine Neuigkeit, und was für eine!
Die Militärkapelle kommt:
Der Oberst selbst hat sie geschickt.

Wie herrlich! Es gibt einen Ball!
Die jungen Dinger springen schon im voraus[36].
Doch das Essen ist aufgetragen. Paarweise
schreitet man Arm in Arm zur Tafel.
Die Fräulein scharen sich um Tatjana,
die Männer sind vis-à-vis; und, sich bekreuzigend,
setzt sich die summende Menge an den Tisch.

XXIX

Für einen Augenblick verstummen die Gespräche;
die Münder kauen. Überall
klappern Teller und Besteck und
ist Gläserklirren zu hören.
Doch bald entsteht unter den Gästen
eine allmählich anschwellende Unruhe.
Niemand hört zu; sie schreien,
lachen, streiten und quieken.
Mit einem Mal fliegt die Tür sperrangelweit auf: Lenskij kommt herein
und mit ihm Onegin. »Ach, sieh an!«
ruft die Herrin des Hauses. »Endlich!«
Die Gäste rücken zusammen, jeder schiebt eilig
Gedecke und Stühle zur Seite;
das Freundespaar wird gerufen, und man weist ihnen ihre Plätze an.

XXX

Man placiert sie unmittelbar Tanja gegenüber,
und diese, bleicher als der morgendliche Mond
und zitternder als ein gejagtes Reh,
hebt ihre dunkel werdenden Augen
nicht empor. Die Glut der Leidenschaft

lodert stürmisch in ihr auf; sie wird beklommen und halb ohnmächtig;
den Gruß der beiden Freunde
hört sie nicht; schon wollen ihr die Tränen
aus den Augen stürzen; schon ist die Arme
nahe daran, in Ohnmacht zu fallen;
doch der Wille und die Kraft der Vernunft
behalten die Oberhand. Kaum hörbar
murmelt sie zwei Worte durch die Zähne
und zwingt sich, auszuharren.

XXXI

Hysterische Szenen,
der Mädchen Ohnmachtsanfälle und Tränen,
das konnte Eugen seit langem nicht mehr ausstehen:
Davon hatte er genug mitgemacht.
Die Tatsache, daß er sich auf einem riesigen Fest wiederfand,
hatte den Sonderling schon verärgert. Als er aber
den nervösen Anfall des sich in Sehnsucht verzehrenden Mädchens bemerkte,
da schlug er vor Verdruß die Augen nieder;
Wut stieg in ihm auf, und in seiner Empörung schwor er sich,
Lenskij bis zur Raserei zu treiben
und sich an ihm gehörig zu rächen.
Dann begann er, im voraus triumphierend,
im Geist die Karikaturen
aller Gäste zu entwerfen.

XXXII

Natürlich dürfte wohl nicht nur allein Eugen
Tatjanas Verwirrung bemerkt haben;
doch Hauptgegenstand der Blicke und Kommentare

war zu diesem Zeitpunkt eine fette
(leider versalzene) Pirogge.
Und jetzt wird, zwischen Braten und blancmanger,
in einer mit Pech versiegelten Flasche,
der Cimljanski gebracht,
gefolgt von einer Reihe schmaler, schlanker Gläser,
ähnlich deiner Taille,
Zizí, Kristall meiner Seele,
Gegenstand meiner unschuldigen Gedichte,
lockende Phiole der Liebe,
du, von der ich einmal trunken war!

XXXIII

Unter einem Knall wird die Flasche
vom feuchten Korken befreit; der Wein
schäumt hoch; und voilà: Schon lange
von seinem Couplet geplagt, steht Triquet auf
und wirft sich in Positur; die Versammlung
bringt ihm aufmerksames Schweigen entgegen.
Tatjana ist mehr tot als lebendig; Triquet,
mit dem Blatt in der Hand und sich zu ihr wendend,
beginnt – wenn auch falsch – zu singen. Klatschen und Beifallsrufe
werden ihm zuteil. Sie muß
dem Sänger mit einem Knicks danken,
worauf der große, doch bescheidene Barde
als erster das Glas auf ihre Gesundheit hebt
und ihr das Couplet überreicht.

XXXIV

Dann folgen Grüße und Glückwünsche;
Tatjana dankt allen.

Als aber Eugen an die Reihe kommt,
da ruft des Mädchens betrübter Blick,
seine Verwirrung und seine Mattigkeit,
Mitleid in seinem Herzen hervor:
Er verbeugt sich schweigend vor ihr;
doch irgendwie ist eine rätselhafte Zärtlichkeit
in seinem Blick. Ob es nun daher kommt,
daß er wirklich bewegt ist,
oder daher, daß er kokettierend mit ihr spielt,
ob nun absichtlich oder nicht,
jedenfalls drückt sein Blick diese Zärtlichkeit aus:
und Tatjanas Herz wird durch ihn zum Leben erweckt.

XXXV

Lärmend werden die Stühle zurückgeschoben;
die Menge wälzt sich in den Salon:
So fliegt aus dem leckeren Bienenkorb
der Immen summender Schwarm auf die Flur.
Zufrieden mit dem Festessen
schnauft Nachbar gegenüber Nachbar;
die Damen haben sich um den Kamin niedergelassen;
die Mädchen tuscheln in einer Ecke.
Die mit grünem Tuch bespannten Tische werden aufgedeckt:
Nach den leidenschaftlichen Spielern rufen
Boston und L'hombre für alte Herren,
und der Whist, bis heute noch en vogue –
eine eintönige Sippe
und alles Söhne unbefriedigter Langeweile.

XXXVI

Acht Robber haben die Helden des Whist
schon hinter sich gebracht, achtmal

haben sie ihre Plätze getauscht;
da wird der Tee gereicht. Ich liebe es,
die Stunden mit Hilfe von Diner,
Tee und Souper einzuteilen. Auf dem Lande
wissen wir die Zeit, ohne in Unruhe zu geraten:
Der Magen ist unser treuer Bréguet.
Apropos, ich vermerke in Parenthese,
daß ich in meinen Strophen die Rede
ebensooft auf Festessen,
auf verschiedene Gerichte und Korken bringe,
wie du, göttlicher Homer,
du, Abgott von dreißig Jahrhunderten!

XXXVII. XXXVIII

....

XXXIX

Doch der Tee wird gebracht; kaum haben die Mädchen
artig die Untertassen in die Hand genommen,
da dringen plötzlich aus dem langen Saal
hinter der Tür Fagott- und Flötentöne.
Angenehm erregt durch das Geschmetter der Musik
schreitet Petuškóv, der Paris der umliegenden Städtchen,
sein Glas Tee mit Rum
stehenlassend, auf Olga zu,
Lenskij auf Tatjana; Fräulein Harlikóv,
eine längst überfällige alte Jungfer,
wird von meinem Poeten aus Tambóv erwählt,
Bujánov hat die Pustjakóv entführt;
alle sind in den Saal geströmt,
und der Ball glänzt in seiner ganzen Pracht.

XL

Zu Anfang meines Romans
(siehe erstes Kapitel)
hatte ich vor, in Albanos Manier
einen Petersburger Ball zu schildern;
doch abgelenkt durch leere Träumereien
wurde ich von der Erinnerung an die Füßchen
mir bekannter Damen in Anspruch genommen.
Genug umhergeirrt hinter
euren schmalen Spuren, ihr Füßchen!
Es ist Zeit, daß ich, angesichts meiner
Jugend, die mich im Stich läßt, klüger werde,
mich bessere in Wort und Tat
und dieses fünfte Kapitel
rein halte von Abschweifungen.

XLI

Monoton und sinnverwirrend
wie der Wirbel des jungen Lebens
dreht sich der Walzer in wirbelndem Kreis,
die Paare huschen vorüber.
Der Augenblick der Rache ist gekommen:
Still für sich lächelnd tritt Onegin
auf Olga zu; wie der Wind dreht er sie
nahe an den Gästen vorbei,
führt sie hernach zu ihrem Platz
und beginnt mit ihr eine Unterhaltung über dieses und jenes;
ein oder zwei Minuten später
setzt er den Walzer mit ihr fort;
alles wundert sich. Und auch Lenskij
traut seinen Augen nicht.

XLII

Die Klänge der Mazurka ertönen. Wenn in früheren Zeiten
der Donner der Mazurka dröhnte,
vibrierte in einem großen Ballsaal alles,
das Parkett krachte unter den Absätzen,
die Fenster zitterten und klirrten;
jetzt ist das anders: Wie Damen
gleiten wir über die lackierten Dielenbretter.
In Kleinstädten aber und in Orten auf dem Lande
hat die Mazurka ihren ursprünglichen
Reiz noch bewahrt:
Sprünge, Absätze und Schnurrbärte
sind dieselben; sie sind verschont geblieben
von der fatalen Tyrannei der Mode,
dieser Krankheit der Russen, die up to date sein wollen.

XLIII

....

XLIV

Bujánov, mein feuriger Cousin,
führt zu unserem Helden
Tatjana und Olga; gewandt
führt Onegin Olga davon.
Nonchalant gleitet er mit ihr dahin
und, sich vorbeugend, flüstert er ihr
irgendein abgeschmacktes Kompliment ins Ohr
und drückt ihre Hand – sie fühlt sich geschmeichelt,
und stärker flammt die Röte
in ihrem Gesicht auf. Mein Lenskij
hat alles gesehen; er gerät außer sich, die Wut packt ihn;

in eifersüchtiger Empörung
wartet der Dichter, bis die Mazurka zu Ende ist,
und bittet Olga zum Kotillon.

XLV

Aber sie kann nicht. Kann nicht? Wie denn das?
Nun, Olga hat den Kotillon schon
Onegin versprochen. O Gott, o Gott,
was muß er hören? Sie konnte ...
Ist es denn möglich? Kaum trocken hinter den Ohren
und schon eine Kokette, ein frivoles Mädchen!
Schon versteht sie sich aufs Ränkespiel,
schon beherrscht sie die Kunst des Betrugs!
Diesem Schlag ist Lenskij nicht gewachsen;
die Intrigen der Frauen verfluchend
geht er hinaus, verlangt ein Pferd
und reitet davon. Ein Paar Pistolen,
zwei Kugeln – sonst nichts –
werden in Bälde sein Schicksal entscheiden.

Sechstes Kapitel

Là, sotto i giorni nubilosi e brevi
Nasce una gente a cui l'morir non dole.
Petrarca

I

Als er sah, daß Vladimir verschwunden war,
versank Onegin, zufrieden mit seiner Rache
und erneut vom ennui gequält,
an Olgas Seite in Grübelei.
Nach ihm begann auch Ólenka zu gähnen,
suchte Lenskij mit den Augen,
und der nicht enden wollende Kotillon
wurde ihr lästig wie ein bedrückender Traum.
Aber nun ist er zu Ende. Man begibt sich zum Souper.
Die Betten sind hergerichtet; den Gästen
werden Nachtlager im Hausflur und sogar noch
in der Mägdekammer zugewiesen. Alle brauchen
einen ruhigen Schlaf. Mein Onegin
fährt als einziger fort, um zu Hause zu schlafen.

II

Alles ist ruhig geworden. Im Salon
schnarcht der schwere Pustjakóv
mit seiner gewichtigen besseren Hälfte.
Gvozdín, Bujánov, Petuškóv
und Fljánov (dem nicht ganz gut ist)
haben sich im Speisezimmer auf Stühlen niedergelassen,
während Monsieur Triquet, in einem gestrickten Unterhemd
und mit einer alten Nachtmütze, auf dem Fußboden liegt.
Die Mädchen in den Zimmern von Tatjana

und Olga liegen alle vom Schlaf überwältigt.
Nur die arme Tatjana,
voller Wehmut am Fenster vom Strahl
der Diana beschienen, schläft nicht
und schaut auf das dunkle Land hinaus.

III

Von seinem unerwarteten Erscheinen,
von der flüchtigen Zärtlichkeit seines Blicks
und seinem seltsamen Verhalten gegenüber Olga
ist sie bis auf den Grund ihrer Seele
getroffen; er ist ihr
völlig unbegreiflich; eifersüchtige
Schwermut beunruhigt sie,
als ob eine kalte Hand
ihr das Herz zusammenpreßt, als ob unter ihr
tosend ein dunkler Abgrund gähnt . . .
»Ich gehe zugrunde«, sagt Tanja,
»aber süß ist mir der Untergang durch ihn.
Ich murre nicht, wozu murren?
Glück kann er mir nicht geben.«

IV

Vorwärts, vorwärts, meine Geschichte!
Eine neue Person ruft uns.
Fünf Werst von Krasnogorje,
dem Gut von Lenskij, lebt,
in philosophischer Abgeschlossenheit
und bis auf den heutigen Tag in bester Verfassung,
Zaréckij, in früheren Zeiten ein Raufbold,
Anführer einer Bande von Kartenspielern,
Erzgauner und Tribun der Kneipen,

jetzt aber ein guter und einfacher
unverheirateter Hausvater,
ein zuverlässiger Freund, friedfertiger Gutsbesitzer
und sogar ehrenhafter Mensch –
so bessert sich von selbst unsere Epoche!

V

Früher hob die schmeichlerische Stimme der großen Welt
seine ruchlose Tapferkeit in den Himmel:
Er traf auch wirklich mit der Pistole
aus etwa zehn Metern Entfernung ein As;
und weiter muß man erwähnen, daß er einmal
in einer Schlacht, förmlich in Raserei geraten,
sich dadurch auszeichnete, daß er, voll wie eine Haubitze,
kühn von seinem kalmückischen Pferd in den
Schlamm hinabstürzte und in französische Gefangenschaft
geriet: eine wertvolle Geisel!
Ein moderner Regulus, ein Gott der Ehre,
war er bereit, sich erneut in Gefangenschaft zu begeben,
um jeden Morgen bei Véry[37]
drei Flaschen auf Pump zu leeren.

VI

Zu seiner Zeit zog er die Leute sehr spaßig auf,
verstand es, einen Dummkopf durch den Kakao zu ziehen
und einen Gescheiten tüchtig an der Nase herumzuführen,
entweder coram publico oder im geheimen,
obwohl man auch ihm einige Streiche
nicht ungestraft durchgehen ließ,
obwohl manchmal auch er selbst ganz schön
hereingelegt wurde wie ein Anfänger.
Er konnte lustige Dispute führen,

witzige oder dumme Antworten geben,
manchmal wohlweislich schweigen,
ein andermal aus Berechnung einen Streit vom Zaun
brechen,
junge Freunde miteinander verfeinden
und sie auf den Duellplatz führen

VII

oder sie zwingen, sich zu versöhnen,
um zu dritt zu frühstücken
und sie nachher heimlich durch einen
witzigen Einfall oder ein Lügenmärchen zu diffamieren.
Sed alia tempora! Die Verwegenheit
– wie jener andere Unfug: der Traum der Liebe –
geht vorbei, zusammen mit der lebhaften Jugend . . .
Wie ich sagte, lebt mein Zaréckij,
nachdem er sich schließlich vor den Stürmen
in den Schutz von Faulbeerbäumen und Akazien
geflüchtet hat, wie ein richtiger Weiser,
baut Kohl an, wie Horaz,
züchtet Enten und Gänse
und bringt den Kindern das Alphabet bei.

VIII

Er war nicht auf den Kopf gefallen, und mein Eugen,
der ihn, was sein Herz betraf, niedrig einschätzte,
liebte die Art, wie er etwas beurteilte
und da oder dort seinen gesunden Menschenverstand walten
ließ.
Es bereitete ihm früher Vergnügen,
ihn zu treffen, und so war er
nicht im geringsten erstaunt,

als er ihn am Morgen erblickte.
Jener unterbrach nach der ersten Begrüßung
das begonnene Gespräch
und händigte Onegin augenzwinkernd
ein Billet vom Dichter aus.
Onegin trat ans Fenster
und las es für sich durch.

IX

Es war eine angenehme, vornehme,
kurze Aufforderung, ein ›Kartell‹:
höflich, mit kühler Deutlichkeit,
forderte Lenskij den Freund zum Duell.
Onegin wandte sich zu dem Überbringer dieses Auftrages
und sagte in der ersten Bewegung,
ohne ein überflüssiges Wort
zu verlieren, er sei immer bereit.
Zaréckij erhob sich ohne Erklärungen –
er wollte nicht länger bleiben,
da er zu Hause viel zu erledigen hatte,
und ging gleich weg; Eugen aber,
allein mit seinem Herzen,
war mit sich selber unzufrieden.

X

Und recht geschah ihm: Bei einer strengen Prüfung,
zu der er sich vor die Schranken eines heimlichen Gerichts
rief,
beschuldigte er sich wegen mancherlei:
Zum ersten hatte er sich schon dadurch ins Unrecht gesetzt,
daß er mit einer schüchternen, zärtlichen Liebe
gestern so rücksichtslos seine Späße getrieben hatte.

Zum zweiten aber: Mag sich ein Dichter
doch läppisch aufführen! Mit achtzehn Jahren
ist das verzeihlich. Eugen,
der den jungen Mann von ganzem Herzen lieb hatte,
wäre verpflichtet gewesen, sich nicht als
ein Spielball von Vorurteilen,
nicht als trotziger Knabe, als Raufbold zu erweisen,
sondern als Mann von Ehre und Verstand.

XI

Er hätte Gefühle zeigen können,
nicht aber das Fell sträuben wie ein wildes Tier;
er hätte das junge Herz
entwaffnen sollen. »Doch jetzt
ist es zu spät; entflohen ist die Zeit . . .
Und außerdem«, überlegt er, »hat sich
in diese Angelegenheit ein alter Duellist eingemischt;
er ist boshaft und ein schwatzhaftes Lästermaul . . .
Natürlich, der Preis seiner Frotzeleien
würde Verachtung sein;
aber das Geflüster, das Gekicher der Dummköpfe . . .«
Voilà – das ist die öffentliche Meinung[38]!
Die Triebfeder ist die Ehre, unser Abgott!
Und sie ist es auch, die die Welt in Bewegung hält!

XII

Vor Haß und Ungeduld fast vergehend,
wartet der Dichter zu Hause auf die Antwort;
und da bringt der großsprecherische Nachbar
sie auch schon feierlich herbei.
Was für ein Festtag für den Eifersüchtigen!
Er hatte die ganze Zeit befürchtet, der alte Schelm

würde die Sache irgendwie mit einem Scherz abtun,
eine Ausflucht ersinnen und seine Brust
von der Pistole abwenden.
Jetzt sind die Zweifel beseitigt:
Morgen vor Tagesbeginn
müssen sie zur Mühle fahren,
aufeinander anlegen
und das Visier auf Schenkel oder Schläfe richten.

XIII

Da er beschlossen hat, die Kokette zu hassen,
wollte der erregte Lenskij
Olga vor dem Duell nicht sehen.
Er blickte zur Sonne, konsultierte die Uhr,
winkte schließlich resigniert ab –
und fand sich bei den Nachbarinnen ein.
Er glaubte, er würde Olga in Verlegenheit bringen,
sie durch seine Ankunft verwirren;
doch nichts dergleichen: Ganz wie sonst
sprang Olga von der Vortreppe herab
dem armen Dichter entgegen,
der schwankenden Hoffnung gleichend,
ausgelassen, sorglos, fröhlich –
einfach so, wie sie immer war.

XIV

»Warum haben Sie sich gestern denn so früh aus dem Staub gemacht?«
war Olgas erste Frage.
Lenskijs Sinne verwirrten sich,
und schweigend ließ er den Kopf hängen.
Eifersucht und Verdruß schwanden

vor der Klarheit dieses Blicks,
vor dieser zärtlichen Einfachheit,
vor diesem lebhaften Herzen . . .!
Er schaut in süßer Rührung auf
und sieht: Er wird immer noch geliebt!
Schon ist er, von Reue gequält,
bereit, sie um Verzeihung zu bitten,
er zittert und findet die Worte nicht:
Er ist glücklich und fast wieder wohlauf . . .

XV. XVI

. . . .

XVII

Und wieder nachdenklich und verzagt
vor Olga, seinem Liebling,
hat Vladimir nicht die Kraft,
sie an den gestrigen Tag zu erinnern.
Er überlegt: »Ich werde ihr Retter sein.
Ich werde es nicht dulden, daß der Verderber
mit dem Feuer von Seufzern und Lobreden
das junge Herz in Versuchung führt;
daß der nichtswürdige, giftige Wurm
den Stengel dieser Lilie zernagt;
daß eine Blüte, die gerade erst den Morgen des Lebens kennt,
halbgeöffnet schon verwelkt.«
All das, meine Lieben, bedeutete:
Ich duelliere mich mit meinem Freund.

XVIII

Wenn er gewußt hätte, was für eine Wunde
im Herzen meiner Tatjana brannte!
Wenn Tatjana geahnt hätte,
wenn sie hätte wissen können,
daß morgen Lenskij und Eugen
sich um die Ruhe des Grabes streiten würden –
ach, vielleicht hätte dann ihre Liebe
die Freunde wieder versöhnen können!
Doch jenes Entsetzliche hatte noch niemand,
auch nicht durch Zufall, entdeckt.
Onegin bewahrte Schweigen über das Ganze;
Tatjana verging im stillen vor Gram.
Nur die Amme hätte es wissen können –
und die war schwer von Begriff.

XIX

Den ganzen Abend war Lenskij zerstreut,
mal schweigsam, mal lustig.
Doch der, den die Musen umhegt haben,
ist immer so: Stirnrunzelnd
setzte er sich ans Klavichord
und spielte nur Akkorde auf ihm;
oder, seinen Blick auf Olga richtend,
flüsterte er: »Ich bin glücklich, nicht wahr?«
Doch es ist spät; Zeit fortzufahren. Das Herz
zog sich ihm in Bangigkeit zusammen.
Als er von dem jungen Mädchen Abschied nahm,
war es ihm, als sollte es zerspringen.
Sie sieht ihm ins Gesicht. »Was haben Sie?«
»Nichts.« Und schon ist er auf der Vortreppe.

XX

Zu Hause angekommen, inspizierte er
seine Pistolen, dann legte er
sie wieder in ihren Kasten und schlug,
ausgekleidet und bei Kerzenschein, Schiller auf;
aber nur von einem Gedanken ist er ergriffen;
sein trauriges Herz schläft nicht:
In unsagbarer Schönheit
sieht er Olga vor sich.
Vladimir schließt das Buch
und greift zur Feder; seine Verse,
voll von Liebesunsinn,
tönen und fließen. Er liest
sie laut, in poetischem Feuer,
wie der trunkene Dél'vig auf einem Fest.

XXI

Die Verse haben sich zufällig erhalten;
ich habe sie; hier bitte:
»Wohin, wohin seid ihr entflohen,
goldene Tage meines Frühlings?
Was bringt mir der kommende Tag?
Vergebens sucht mein Blick ihn zu erhaschen;
in dichtem Nebel verbirgt er sich.
Doch das ficht mich nicht an; des Schicksals Gesetz ist gerecht.
Falle ich, vom Pfeil durchbohrt,
oder fliegt er an mir vorbei –
wie es geschieht, ist's gut: Es kommt
die festgesetzte Stunde des Wachens und des Schlafs;
gesegnet sei der Tag der Sorgen,
gesegnet auch die Ankunft der Finsternis!

XXII

Morgen wird der Strahl des Frührots glänzen
und der helle Tag aufleuchten;
ich aber werde vielleicht in des
Grabes verborgenes Dunkel steigen,
und die langsame Lethe wird das Andenken
an den jungen Dichter verschlingen,
die Welt wird mich vergessen; du aber
wirst dann doch kommen, Mädchen der Schönheit,
eine Träne zu vergießen über der frühen Urne
und zu denken: er liebte mich,
mir allein hat er den traurigen Aufgang
seines sturmdurchtobten Lebens geweiht . . .!
Herzensfreundin, du Ersehnte,
komm, o komm: Ich bin dein Gemahl!«

XXIII

So schrieb er ›dunkel und schwächlich‹
(was wir mit Romantik bezeichnen,
obwohl ich darin von Romantik keine Spur
finden kann; doch was soll's?),
und schließlich, vor Sonnenaufgang,
den müden Kopf über das
Modewort ›Ideal‹ geneigt,
schlummerte Lenskij sacht ein;
doch kaum ist er in das berückende Vergessen des
Schlafs getaucht, da tritt schon
der Nachbar in die stille Studierstube
und weckt Lenskij mit dem Ruf:
»Zeit aufzustehen: schon sechs vorbei.
Onegin erwartet uns sicher bereits.«

XXIV

Doch er hatte sich getäuscht: Eugen
schlief zu diesem Zeitpunkt wie ein Murmeltier.
Schon verblassen die Schatten der Nacht,
und Hesperus wird vom Hahn begrüßt;
Eugen liegt immer noch in tiefem Schlaf.
Schon steht die Sonne hoch am Himmel
und der glitzernde Schneestaub
wirbelt auf und fliegt durch die Luft; Eugen aber
hat sein Bett noch nicht verlassen,
noch schwebt der Schlaf über seinem Haupt.
Jetzt endlich ist er erwacht
und schlägt die Bettvorhänge zurück;
er schaut sich um – und er sieht, daß es
schon längst Zeit ist, loszufahren.

XXV

Schnell läutet er. Sein französischer
Diener Guillot kommt herbeigelaufen,
legt Morgenrock und Pantoffeln bereit
und reicht ihm die Wäsche.
Onegin zieht sich eilig an
und befiehlt dem Diener, sich bereit zu halten,
mit ihm zu fahren, sowie
den Kasten für das Duell an sich zu nehmen.
Der Rennschlitten ist abfahrbereit.
Er steigt ein und jagt zur Mühle.
Schnell kommen sie an. Er befiehlt dem Diener,
Lepages[39] todbringende Läufe
hinter ihm herzutragen, während er die Pferde
auf ein Feld zu zwei kleinen Eichen führen läßt.

XXVI

An den Damm gelehnt, hat Lenskij
seit langem voller Ungeduld gewartet;
Zaréckij, der ländliche Mechaniker,
hatte in der Zwischenzeit am Mühlstein etwas zu bemängeln.
Onegin nähert sich mit einer Entschuldigung.
»Aber«, fragt Zaréckij erstaunt,
»wo ist denn Ihr Sekundant?«
In Duellen von klassischer Prinzipienstrenge,
liebte er, aus einem tief verwurzelten Gefühl heraus,
methodisches Verfahren:
Bei ihm hatte das Töten
eines Menschen nicht irgendwie,
sondern nach allen Regeln der Kunst,
in Übereinstimmung mit den überlieferten Regeln der
Vergangenheit, vor sich zu gehen
(was wir an ihm loben sollten).

XXVII

»Mein Sekundant?« sagt Eugen.
»Hier ist er: mein Freund, Monsieur Guillot.
Ich sehe keine Veranlassung, etwas dagegen einzuwenden,
daß ich ihn heranziehe:
Wenn auch ein unbekannter Mensch,
so ist er doch, versteht sich, ein ehrenwerter Bursche.«
Zaréckij beißt sich auf die Lippen.
Onegin fragt Lenskij:
»Also, können wir anfangen?« »Bitteschön, fangen wir an«,
sagt Vladimir. Und sie gehen
hinter die Mühle. Während in einiger Entfernung
unser Zaréckij und der »ehrenwerte Bursche«
ein höchst bedeutsames Gespräch anknüpfen,
stehen die Feinde da, die Augen zu Boden geschlagen.

XXVIII

Feinde! Hat sie denn schon seit langem
ihr Blutdurst voneinander getrennt?
Ist es denn schon so lange her, daß sie die Stunden der Muße,
Mahlzeiten, Gedanken und Taten
freundschaftlich teilten? Heute
bereiten sie böse,
Erbfeinden gleichend und wie in einem schrecklichen
und unverständlichen Traum, in der Stille
kaltblütig einander den Untergang ...
Sollten sie nicht in Lachen ausbrechen, solange
sich ihre Hände nicht rot gefärbt haben,
sollten sie nicht in Freundschaft auseinandergehen?
Doch der Feindeshaß in der Gesellschaft
lebt in panischer Angst vor falscher Scham.

XXIX

Und schon blitzen die Pistolen auf,
das Hämmerchen schlägt gegen den Ladestock;
die Kugeln schieben sich in den gezogenen Lauf,
und der Hahn knackt zum ersten Mal;
in einem grauen Bächlein rinnt
das Pulver auf die Pfanne. Der gekerbte,
sicher eingeschraubte Feuerstein
ist noch nicht in Aktion getreten. Hinter einem nahen Baumstumpf
bezieht der verwirrte Guillot seinen Platz.
Die zwei Feinde werfen ihre Mäntel ab.
Zaréckij hat mit äußerster Präzision
zweiunddreißig Schritt abgemessen;
er postiert die Freunde an den beiden Enden der Strecke,
und jeder greift zu seiner Pistole.

XXX

»Avancez!« Kalten Bluts,
noch ohne zu zielen, haben die Feinde
in festem Tritt, langsam und gleichmäßig,
vier Schritte zurückgelegt,
vier Stufen zum Tode.
Da beginnt Eugen, ohne im Vorwärtsgehen
einzuhalten, als erster langsam
seine Pistole zu heben.
Sie gehen noch fünf Schritte,
und Lenskij, sein linkes Auge zukneifend,
beginnt ebenfalls zu zielen – aber in diesem Moment
hat Onegin gefeuert ... Die Stunde
des Schicksals hat geschlagen: Der Dichter
läßt stumm seine Pistole sinken,

XXXI

langsam führt er die Hand zur Brust
und fällt. Sein trüber Blick
drückt nicht Qualen, sondern den Tod aus.
So gleitet ein Klumpen Schnee,
in der Sonne glitzernd und funkelnd,
den Hang eines Berges allmählich hinab.
Von einem Kälteschauer geschüttelt
eilt Onegin zu dem Jüngling,
schaut, ruft ihn an ... vergebens:
Er ist nicht mehr. Der junge Sänger
hat ein vorzeitiges Ende gefunden!
Der Sturm hat geblasen; die herrliche Blume
ist bei Sonnenaufgang verdorrt,
erloschen ist das Feuer auf dem Altar ...!

XXXII

Er lag ohne Bewegung da, und seltsam
war der matte Friede seiner Stirn.
Unter der Brust befand sich ein glatter Durchschuß;
dampfend floß das Blut aus der Wunde.
Einen Augenblick zuvor hatte
in diesem Herzen Inspiration,
Haß, Hoffnung und Liebe pulsiert,
das Leben geschäumt, das Blut gewallt –
jetzt, wie in einem verlassenen Haus,
ist in ihm alles still und dunkel,
auf immer ist es verstummt.
Geschlossen sind die Läden, die Fensterscheiben sind
mit Kreide übertüncht. Die Hausfrau ist fort.
Aber wo, das weiß Gott allein. Alle Spuren sind verwischt.

XXXIII

Es macht Spaß, mit einem unverschämten Epigramm
einen ungeschickten Feind in Rage zu bringen;
es macht Spaß zu sehen, wie er eigensinnig
seine stößigen Hörner senkt,
sich ungewollt im Spiegel sieht
und voller Scham sich selber erkennt.
Noch lustiger ist es, Freunde, wenn er
in seiner Dummheit herausplatzt: Das bin ja ich!
Noch wohltuender ist es, ihm schweigend
ein ehrenvolles Grab zu bestimmen
und aus einer angemessenen Entfernung
ruhig auf seine bleiche Stirn zu zielen;
ihn jedoch zu seinen Vätern zu schicken,
dürfte Ihnen kaum Vergnügen bereiten.

XXXIV

Was ist, wenn Ihre Pistole
den jungen Freund niedergestreckt hat,
der Sie durch einen herausfordernden Blick oder durch eine Antwort
oder durch sonst irgendeine Bagatelle
bei einer Flasche beleidigt
oder Sie sogar von sich aus, in aufloderndem Zorn,
stolz zu einem Duell gefordert hatte –
sagen Sie: Welches Gefühl
bemächtigt sich Ihres Herzens,
wenn er, regungslos und mit todesblasser
Stirn, vor Ihnen auf der Erde liegt,
allmählich kalt und starr wird,
wenn er auf Ihren verzweifelten Anruf
taub und stumm bleibt?

XXXV

In der Qual seiner Gewissensbisse,
mit der Hand die Pistole umklammernd,
schaut Eugen auf Lenskij.
»Was ist da zu machen – er ist tot«, meint der Nachbar.
Tot ...! Von diesem schrecklichen Ausruf
überwältigt, entfernt sich Onegin
zitternd und ruft seine Leute herbei.
Zaréckij legt den froststarren Leichnam
vorsichtig auf den Schlitten:
Nach Hause fährt er den schrecklichen Schatz.
Die Pferde wittern den Toten; sie schnauben
und scheuen, nässen das stählerne
Gebiß mit weißem Schaum
und fliegen pfeilschnell dahin.

XXXVI

Meine Freunde, euch ist es leid um den Dichter:
Mitten in freudigen Hoffnungen,
die er für die Welt jedoch nicht mehr erfüllen konnte,
kaum den Kinderkleidern entwachsen,
ist er dahin! Wo ist die feurige Erregung,
wo das jugendliche und edle Streben
so erhabener, so zarter, so kühner
Gefühle und Gedanken?
Wo ist der Liebe stürmisches Begehren,
Wissensdurst und Arbeitsbegeisterung,
die Furcht vor Laster und Schande,
und ihr, geheime Träume,
ihr, Erscheinung eines unirdischen Lebens,
ihr, Träume heiliger Poesie!

XXXVII

Vielleicht war er zum Wohle der Welt
oder wenigstens für den Ruhm geboren;
seine verstummte Leier
hätte einen klingenden, in Jahrhunderten
nicht abreißenden Ton hervorbringen können. Es kann sein,
daß den Dichter in der Rangordnung der Welt
eine hohe Stufe erwartet hatte.
Sein leidgeprüfter Schatten
hat womöglich ein heiliges Geheimnis
mit sich genommen, für uns
ist eine lebenschaffende Stimme verlorengegangen,
und seinen Schatten jenseits des Grabes
wird die Hymne der Zeiten,
wird der Segen der Völker nicht erreichen.

XXXVIII

....

XXXIX

Doch es kann sich auch anders verhalten: Vielleicht
erwartete den Dichter das übliche Los.
Die Jahre der Jugend wären vorbei:
Die Glut seines Herzens wäre erkaltet.
In vielem verändert,
hätte er sich von den Musen getrennt und sich verheiratet
und trüge auf dem Lande als glücklicher
Hahnrei einen wattierten Morgenrock;
er würde das Leben erkennen, wie es wirklich ist,
hätte mit vierzig Jahren Podagra,
würde trinken, essen, sich langweilen, dick, schließlich siech
werden
und endlich in seinem Bett,
zwischen Kindern, heulenden Weibern
und Ärzten, den Geist aufgeben.

XL

Aber sei es, wie es wolle, mein Leser,
welches Unglück – der junge Liebhaber,
der Dichter, der gedankenvolle Träumer
ist von des Freundes Hand gefallen!
Es gibt einen Ort: Linker Hand vom Dorf,
wo der Zögling der Inspiration gelebt hatte,
erheben sich zwei Kiefern, die mit ihren Wurzeln
zusammengewachsen sind;
unter ihnen haben sich die Wasserläufe
des Bachs vom benachbarten Tal einen Weg gebahnt.

Dort ruht der Pflüger gerne aus,
und die Schnitterinnen kommen herbei, um ihre
hell aneinanderschlagenden Krüge in die Wellen zu tauchen.
Dort am Bach, im dichten Schatten,
ist ein einfaches Denkmal errichtet.

XLI

Unter ihm (wenn der Frühlingsregen
auf die Pflanzen der Felder zu tröpfeln beginnt)
singt der Hirt, während er seine bunten Bastschuhe
flicht, von den Wolgafischern.
Und wenn die junge Städterin,
die den Sommer auf dem Lande verbringt,
allein in gestrecktem Galopp
über die Felder dahinjagt,
bringt sie bei ihm das Pferd zum Stehen,
zieht die ledernen Zügel an,
schlägt ihren Hutschleier zurück
und liest mit flüchtigem Blick
die anspruchslose Inschrift – und eine Träne
umflort ihre lieblichen Augen.

XLII

Und in Träumereien versinkend
reitet sie im Schritt über das weite Land;
lange Zeit ist ihre Seele
unwillkürlich vom Schicksal Lenskijs erfüllt;
und sie denkt: »Was ist wohl aus Olga geworden?
Hat ihr Herz lange gelitten,
oder ging die Zeit der Tränen schnell vorbei?
Und wo mag jetzt ihre Schwester sein?
Und wo ist jener, der Menschen und Welt geflohen hatte,

der modischen Schönheiten modischer Feind;
wo ist der griesgrämige Sonderling,
der Mörder des jungen Dichters?«
Zu gegebener Zeit werde ich euch
über alles genauestens Rechenschaft ablegen,

XLIII

doch nicht jetzt. Obwohl ich meinen Helden
von Herzen liebe,
obwohl ich natürlich zu ihm zurückkehren werde,
so ist mir in diesem Augenblick nicht danach.
Die Jahre neigen sich zur rauhen Prosa,
sie jagen den Reim, diesen Wildfang, davon,
und ich – mit einem Seufzer gestehe ich es –
schleppe mich immer träger hinter ihm her.
Die Feder verspürt nicht mehr die gleiche Lust wie ehedem,
flüchtige Blätter vollzukritzeln;
andere kühle Träume,
andere strenge Sorgen beunruhigen
den Schlaf meiner Seele, im Lärm der Welt
wie in der Stille.

XLIV

Ich habe die Stimme anderer Wünsche,
ich habe eine neue Traurigkeit kennengelernt;
was die ersteren angeht, so habe ich keine Hoffnung mehr,
und um die alte Traurigkeit ist es mir leid.
Träume, Träume! Wo ist eure Wonne?
Wo ist – der traditionelle Reim hierfür – der Jugend Sonne?
Ist es am Ende vielleicht wirklich wahr,
daß ihr Kranz verwelkt ist, verwelkt?
Ist etwa in der Tat –

alle elegischen Verschnörkelungen beiseite gelassen –
der Frühling meiner Tage ganz einfach vorbei
(was ich bis jetzt im Spaß wiederholt gesagt habe)?
Und kehrt er etwa nicht mehr zurück?
Ist es möglich, daß ich bald dreißig bin?

XLV

So ist denn mein Mittag gekommen, und ich sehe,
ich muß es wohl zugeben.
Aber sei's drum: Scheiden wir in Freundschaft voneinander,
o meine leichte Jugend!
Ich danke dir für die Genüsse,
für die Melancholie, für die geliebten Qualen,
für den Lärm, die Stürme, die Feste,
für alle, alle deine Gaben;
ich danke dir. An dir
ergötzte ich mich, in der Aufregung
wie in der Ruhe ... und zwar vollkommen;
doch genug! Mit heiterer Seele
mache ich mich jetzt auf einen neuen Weg,
um mich von meinem vergangenen Leben zu erholen.

XLVI

Laßt mich zurückschauen. Lebt wohl, ihr verborgenen Orte,
wo meine Tage in der Einöde dahinflossen,
erfüllt von Leidenschaften und von Trägheit
und von den Träumen einer nachdenklichen Seele.
Du aber, junge Inspiration,
errege meine Phantasie,
belebe mein schlummerndes Herz,
fliege öfters in meinen Winkel,
laß nicht zu, daß die Seele eines Dichters erkaltet,

daß sie verbittert wird und sich verhärtet
und schließlich zu Stein wird
im tödlichen Rausch der Welt,
in diesem Mahlstrom, wo ich
mit euch, ihr Freunde, herumschwimme![40]

Siebentes Kapitel

Moskau, Rußlands geliebte Tochter,
wo wäre eine zu finden, die dir gleicht?

Dmítriev

Wie sollte man das heimatliche Moskau nicht lieben?

Baratýnskij

Moskau schmähen! Das kommt davon,
wenn man die Welt sieht!
Wo ist es denn besser?
Wo wir nicht sind.

Gribojédov

I

Durch die Strahlen des Frühlings in die Flucht geschlagen,
sind von den umliegenden Bergen
die Schneemassen schon als trübe Bäche
auf die überschwemmten Wiesen herabgeströmt.
Mit einem heiteren Lächeln begrüßt die Natur
den noch im Schlaf liegenden Morgen des Jahres;
blau leuchtet der Himmel.
Die noch durchsichtigen Wälder scheinen einen Flaum
zu tragen – sie werden grün.
Die Biene fliegt aus ihrer wächsernen Zelle,
um sich den Tribut der Felder zu holen.
Die Täler werden trocken und färben sich bunt;
die Herden lärmen, und schon hat die Nachtigall
im Schweigen der Nacht gesungen.

II

Wie traurig stimmt mich dein Erscheinen,
Frühling, Frühling, Zeit der Liebe!

Welch qualvolle Erregung
ist in meinem Herzen, in meinem Blut!
Mit welch bedrückender Ergriffenheit
ergötze ich mich in tiefster ländlicher
Stille am Frühlingswehen,
das mein Gesicht umfächelt!
Oder ist der Genuß mir fremd,
und erzeugt alles, was sich freut, was lebt,
alles, was jubelt und strahlt,
Langeweile und Pein
in meiner längst schon abgestorbenen Seele,
und erscheint ihr alles düster?

III

Oder erinnern wir uns, ohne Freude
über die Erneuerung der im Herbst
verfaulten Blätter, an bitteren Verlust,
wenn wir das neue Rauschen der Wälder hören?
Oder vergleichen wir in Gedanken
voller Bestürzung das Hinwelken unserer Jahre,
für die es keine Wiedergeburt gibt,
mit der belebten Natur?
Vielleicht kommt uns mitten im
poetischen Traum ein anderer,
ein vergangener Frühling in den Sinn
und läßt unser Herz schneller schlagen
beim träumerischen Schwärmen von einer fernen Gegend,
von einer herrlichen Nacht, vom Mond . . .

IV

Das ist die richtige Zeit: ihr lieben Faulenzer,
weisen Epikureer;

ihr, gleichgültige Schoßkinder des Glücks,
ihr, Grünschnäbel aus der Schule von Ljóvšin[41],
ihr, ländliche Ebenbilder des Priamus,
und ihr, empfindsame Damen –
euch ruft der Frühling aufs Land,
die Jahreszeit der Wärme, der Blumen, der Arbeiten,
die Zeit begeisterter Wanderungen
und verführerischer Nächte.
Auf die Felder, meine Freunde, schnell, schnell;
in schwer bepackten Wagen,
mit eigenen oder mit Postpferden,
fahrt nacheinander zu den Stadttoren hinaus.

V

Und du, geneigter Leser,
verlasse in deiner importierten Kalesche
die nie ruhende Stadt,
wo du dich im Winter vergnügt hast;
machen wir uns mit meiner eigenwilligen Muse
auf, das Rauschen eines Wäldchens
über einem namenlosen Fluß auf dem
Lande zu hören, wo mein Eugen,
ein untätiger und mutloser Eremit,
vor noch nicht langer Zeit den Winter über
in der Nachbarschaft der jungen Tanja gelebt hatte,
meiner holden Träumerin,
wo er aber jetzt nicht mehr anzutreffen ist . . .,
wo er eine traurige Spur hinterließ.

VI

Begeben wir uns dorthin, wo, von Bergen
in einem Halbkreis umgeben, ein Bächlein

sich durch eine grüne Wiese schlängelt
und durch ein Lindenwäldchen zum Fluß läuft.
Die Nachtigall, des Frühlings Liebhaber,
singt dort die ganze Nacht; die Heckenrose blüht,
und das geschwätzige Murmeln der Quelle ist zu hören.
Dort kann man im Schatten zweier
alter Kiefern einen Grabstein sehen.
Dem Fremden verkündet die Inschrift:
»Hier liegt Vladimir Lenskij,
der früh den Tod der Tapferen gestorben ist,
im Jahre soundso, in dem und dem Alter.
Ruhe sanft, junger Dichter!«

VII

Früher einmal schaukelte die morgendliche Brise
über dieser bescheidenen Urne
einen rätselhaften Kranz
auf einem sich herabneigenden Kiefernzweig.
Es gab eine Zeit, da kamen in den Mußestunden des Abends
zwei Freundinnen hierher
und umarmten sich unter Tränen
beim Mondschein am Grab.
Doch jetzt ist das traurige Grabmal
vergessen. Der gewohnte Pfad zu ihm
ist von Unkraut zugewachsen. Kein Kranz hängt mehr am Zweig.
Nur der graue und altersschwache Hirt
singt wie früher unter ihm
und flicht sein armes Schuhwerk.

VIII. IX

. . . .

X

Mein armer Lenskij! Nicht lange weinte sie
in ihrem tiefen Gram.
Ach! Die junge Braut
ist ihrer Trauer untreu geworden.
Ein anderer lenkte ihre Aufmerksamkeit auf sich,
ein anderer verstand es, sie durch schmeichelnde Liebesworte
ihr Leid vergessen zu lassen:
einem Ulanen gelang es, sie zu fesseln,
ein Ulan wird von ihrem Herzen geliebt . . .
Und sieh – da steht sie schon verschämt
und mit gesenktem Kopf neben ihm
am Altar unter dem Brautkranz,
Feuer in den zu Boden gerichteten Augen,
auf den Lippen ein leichtes Lächeln.

XI

Mein armer Lenskij! Entrüstete er sich,
der niedergeschlagene Barde, jenseits des Grabes,
auf dem Territorium der tauben Ewigkeit,
über die schicksalsschwere Nachricht von diesem Treubruch?
Oder wird der Dichter, auf Lethes Fluten eingelullt
und mit Unempfindlichkeit gesegnet,
durch nichts mehr beunruhigt,
ist ihm die Welt verschlossen und stumm . . .?
So ist es! Gleichgültiges Vergessen
erwartet uns nach dem Grabe.
Die Stimme der Feinde, der Freunde, der Geliebten
verstummt plötzlich. Nur über dem Vermögen
beginnt der wütende Chor der Erben
einen unschicklichen Streit.

XII

Und bald ist Oljas klangvolle Stimme
in der Familie der Larins verstummt.
Der Ulan, Sklave seines Schicksals,
mußte sich mit ihr dem Regiment anschließen.
Während die Alte, bitterlich weinend,
von der Tochter tränenreichen Abschied nahm,
schien es, als sollte sie es nicht überleben;
Tanja hingegen konnte nicht weinen,
ihr melancholisches Gesicht bedeckte sich
nur mit Todesblässe.
Als alle auf die Treppe hinausgingen
und beim Abschied sich alles
um den Wagen des jungen Paars drängte,
da gab Tatjana ihnen das Geleit.

XIII

Und lange, wie durch Nebel,
sah sie ihnen nach . . .
Und nun ist Tatjana allein, allein!
O welcher Schmerz! Die Gefährtin so vieler Jahre,
ihr junger Liebling,
ihre einzige Busenfreundin,
wird vom Schicksal in die Ferne getragen,
ist auf immer von ihr getrennt.
Wie ein Schatten schweift sie ziellos umher
und schaut dazwischen in den verödeten Garten . . .
Nirgends und durch nichts wird ihr Trost zuteil,
sie findet keine Erleichterung
für die zurückgehaltenen Tränen,
und ein Riß geht mitten durch ihr Herz.

XIV

Und in der grausamen Einsamkeit
brennt noch stärker ihre Leidenschaft,
spricht das Herz ihr lauter
vom fernen Onegin.
Sie wird ihn nicht sehen;
sie muß in ihm den Mörder
ihres Bruders hassen;
der Dichter ist zugrunde gegangen . . ., aber schon
erinnert sich niemand mehr an ihn, schon
hat sich die ihm versprochene Braut einem anderen
hingegeben.
Das Andenken an den Dichter hat sich verflüchtigt
wie Rauch am blauen Himmel.
Vielleicht trauern noch zwei Herzen
um ihn . . . Wozu trauern?

XV

Es war Abend. Der Himmel wurde dunkel. Das Wasser
floß ruhig dahin. Ein Käfer surrte.
Die Reigentänze hatten sich längst aufgelöst.
Schon flackerte hinter dem Fluß qualmend das Feuer
von Fischern empor. Lange ging Tatjana,
in ihre Träumereien versunken,
beim silbrigen Schein des Mondes
allein über das weite Land.
Sie geht und geht. Und plötzlich sieht sie
von einem Hügel aus ein herrschaftliches Haus vor sich,
eine Siedlung, ein Gehölz am Fuße des Hügels
und einen Garten über einem glänzenden Fluß –
und während sie schaut, beginnt ihr Herz
schneller und heftiger zu schlagen.

XVI

Zweifel verwirren sie:
»Soll ich weitergehen, soll ich umkehren...?
Er ist nicht hier. Man kennt mich nicht...
Ich will einen Blick auf das Haus, auf jenen Garten werfen.«
Und so geht Tatjana den Hügel hinunter;
fast stockt ihr der Atem; unschlüssig
wirft sie einen Blick in die Runde...
und betritt den verlassenen Hof.
Hunde stürzen ihr bellend entgegen.
Auf ihren erschrockenen Schrei
läuft die Kinderschar des Gesindes
lärmend zusammen. Nicht ohne Kampf
jagen die Bengel die Köter auseinander
und nehmen das Fräulein unter ihren Schutz.

XVII

»Könnte ich vielleicht das Haus der Herrschaften sehen?«
fragt Tanja. Schnell
laufen die Kinder zu Anisja,
um von ihr die Schlüssel für den Flur zu holen.
Anisja kommt ihr sogleich entgegen,
die Tür öffnet sich vor ihnen,
und Tanja tritt in das leere Haus,
wo unlängst unser Held gewohnt hat.
Und sie sieht: Im Saal vergessen
ruht ein Queue auf dem Billardtisch,
auf dem zerknitterten Sofa liegt
eine Reitpeitsche. Tanja geht weiter;
die alte Frau sagt zu ihr: »Und das ist der Kamin;
hier pflegte der Herr allein zu sitzen.

XVIII

Hier speiste mit ihm im Winter
der verstorbene Lenskij, unser Nachbar
Hierher bitte, folgen Sie mir.
Dies ist das Arbeitszimmer des Herrn;
hier schlief er, trank Kaffee,
hörte die Berichte des Verwalters an
und las morgens ein Buch ...
Hier hatte auch der alte Herr gelebt;
sonntags geruhte er, bei diesem Fenster hier,
wenn er seine Brille aufgesetzt hatte,
Sechsundsechzig mit mir zu spielen.
Gott rette seine Seele
und gebe seinen Gebeinen Ruhe
im Grab, in der feuchten Mutter Erde.«

XIX

Tatjana schaut mit gerührtem Blick
alles um sich herum an,
und alles scheint ihr von unschätzbarem Wert,
alles belebt die matte Seele
mit qualvermischtem Trost:
der Tisch mit seiner erloschenen Lampe,
ein Bücherstapel und unter dem Fenster
das Bett, mit einer Decke bezogen,
und der Blick durch das Fenster in die mondbeschienene
Düsternis,
und dieses bleiche Zwielicht,
und das Porträt Lord Byrons,
und eine kleine Säule, darauf eine gußeiserne Statuette
mit einer umwölkten Stirn unter dem Hut
und mit kreuzweise verschränkten Armen.

XX

Lange steht Tatjana in der modischen Zelle
wie unter einem Zauber.
Doch es ist spät. Ein kalter Wind hat sich erhoben.
Es ist dunkel im Tal. Das Wäldchen schläft
über dem nebelverhangenen Fluß;
der Mond hat sich hinter dem Hügel versteckt,
und für die junge Pilgerin ist es
schon längst Zeit, nach Hause zu gehen.
Und Tanja, ihre Erregung verbergend,
wenn auch nicht ohne einen Seufzer auszustoßen,
begibt sich auf den Rückweg.
Zuvor aber bittet sie um die Erlaubnis,
das verlassene Schloß besuchen zu dürfen,
um hier für sich Bücher zu lesen.

XXI

Vor dem Tor hat sich Tatjana von der Wirtschafterin
verabschiedet. Einen Tag später
erschien sie schon wieder am frühen Morgen
an dem einsamen Zufluchtsort,
und im schweigenden Arbeitszimmer,
für eine Zeitlang alles auf der Welt vergessend,
endlich allein,
weinte sie lange.
Dann griff sie zu den Büchern.
Zuerst war es ihr nicht nach Lesen zumute,
doch die Auswahl erschien ihr
seltsam. Mit begieriger Seele
überließ Tatjana sich dem Lesen;
und eine andere Welt eröffnete sich ihr.

XXII

Obwohl wir wissen, daß Eugen
seit langem vom Lesen abgekommen war,
so hatten doch einige Werke
Gnade vor ihm gefunden:
der Sänger des Giaour und des Juán
und mit ihm noch zwei oder drei Romane,
in denen sich das Jahrhundert widerspiegelte
und wo ein ziemlich getreues Abbild
des modernen Menschen gegeben wurde
mit seiner amoralischen Seele,
die, egozentrisch und teilnahmslos,
träumerischer Grübelei maßlos ergeben ist,
mit seinem erbitterten Verstand,
ständig brodelnd in leerer Geschäftigkeit.

XXIII

Viele Seiten trugen noch die scharfe
Markierung von Fingernägeln;
auf sie richtet das aufmerksame Mädchen ihr
Auge ganz besonders.
Tatjana sieht zitternd,
welcher Gedanke, welche Bemerkung
Onegin beeindruckt hatte,
worin er schweigend gleicher Meinung war.
An ihren Rändern begegnet sie
den Strichen seines Bleistifts.
Überall offenbart sich ungewollt
Onegins Seele, mal durch
ein kurzes Wort, mal durch ein Kreuzchen,
mal durch ein Fragezeichen.

XXIV

Und ganz allmählich beginnt
meine Tatjana – Gott sei Dank –
jenen klarer zu verstehen,
nach dem sich zu sehnen
sie durch ein gebieterisches Schicksal verurteilt ist:
Ein melancholischer und gefährlicher Exzentriker,
ein Geschöpf der Hölle oder des Himmels,
dieser Engel, dieser hochmütige Teufel,
was ist er? Ist er vielleicht eine Imitation,
ein erbärmliches Blendwerk, oder
ein Moskauer in Harolds Mantel,
ein Glossar der Grillen fremder Menschen,
ein vollständiges Lexikon der Modewörter . . .?
Oder ist er nicht vielleicht eine Parodie?

XXV

Hat sie wohl das Rätsel gelöst?
Hat sie das ›Wort‹ gefunden?
Die Stunden fliehen; sie hat vergessen,
daß man sie seit langem zu Hause erwartet,
wo sich zwei Gäste eingefunden haben
und wo über sie ein Gespräch im Gang ist.
»Was soll man machen? Tatjana ist kein Kind«,
sagte die Alte mit einem Seufzer,
»Ólenka ist doch jünger als sie.
Wirklich und wahrhaftig: Zeit, daß das Mädchen
unter die Haube kommt; was soll ich nur mit ihr tun?
Allen fährt sie in die Parade mit ihrem ewigen:
›Ich heirate nicht.‹ Und immer fängt sie Grillen
und wandert allein durch die Wälder.«

XXVI

»Könnte es nicht sein, daß sie verliebt ist?« »In wen denn?
Bujánov freite um sie: abgelehnt.
Ivan Petuškóv – ebenfalls.
Der Husar Pychtín war bei uns zu Gast;
du meine Güte, wie hat er Tanja schöngetan,
wie ist er um sie herumscharwenzelt!
Ich dachte: Vielleicht klappt es.
Pustekuchen! Und wieder alles im Eimer.«
»Na und, meine Verehrteste, wie ist dem abzuhelfen?
Nach Moskau, auf den Brautmarkt!
Man sagt, dort gebe es noch viele freie Plätze.«
»Ach, mein Guter! Mein Einkommen ist zu gering.«
»Für einen Winter wird's schon reichen;
notfalls leih ich Ihnen was.«

XXVII

Die Alte begann, an dem vernünftigen,
vortrefflichen Rat Gefallen zu finden;
sie machte einen Voranschlag – und sofort beschloß sie,
im Winter die Fahrt nach Moskau zu unternehmen.
Tanja erfuhr die Neuigkeit.
Sich mit dem klaren Wesen
provinzieller Einfachheit,
mit diesen altmodischen Kleidern
und dieser antiquierten Redeweise
dem Urteil der überkritischen Gesellschaft aussetzen;
die spöttischen Blicke der Moskauer
Gecken und Circen auf sich lenken . . .!
O Schreck! Nein, besser und sicherer,
sie bleibt in ihren einsamen Wäldern.

XXVIII

Mit den ersten Strahlen schon auf,
eilt sie jetzt auf die Felder,
läßt gerührt den Blick
über sie hinschweifen und sagt:
»Lebt wohl, ihr friedlichen Täler
und ihr, Gipfel der vertrauten Berge,
und ihr Wälder, die ich liebgewonnen habe!
Leb wohl, Schönheit des Himmels;
auf immer, du fröhliche Natur!
Ich tausche eine liebgewordene stille Welt
gegen den Lärm blendender Eitelkeiten . . .
Leb wohl auch du, meine Freiheit!
Wohin und weshalb strebe ich fort?
Was verkündet mir mein Schicksal?«

XXIX

Ihre Spaziergänge werden ausgedehnter.
Bald hält Tatjana hier ein Hügel,
dort ein Bach durch seinen
Zauber unwillkürlich fest.
Wie zu alten Freunden
eilt sie, um mit Wäldchen und Wiesen
noch einmal zu plaudern.
Doch der flüchtige Sommer vergeht.
Der goldene Herbst ist da.
Die Natur, zitternd, bleich,
ist reich geschmückt wie ein Opfer . . .
Und da hat der Nord geblasen, geheult,
Wolken vor sich hergejagt – und sieh, der Winter kommt,
er ist es, der Unvergleichliche.

XXX

Er kam und er streute sich aus: In Flocken
hing er an den Zweigen der Eichen;
in gewellten Teppichen legte er sich
zwischen die Täler und um die Hügel;
Ufer und reglosen Fluß glich er
mit einer Decke aus Flaum einander an.
Der Frost blitzte. Spaß machen uns
die Streiche des geliebten Winters.
Nur Tanjas Herz kann sich an ihm nicht erfreuen.
Sie geht nicht hinaus, den Winter zu begrüßen,
den Froststaub einzuatmen
und mit dem ersten Schnee vom Dach des Badehauses
Gesicht, Schultern und Brust zu waschen.
Tatjana fürchtet den Winterweg.

XXXI

Der Tag der Abreise ist schon lange überfällig;
nun verstreicht auch die letzte Frist.
Die der Vergessenheit anheimgefallene Schlittenkutsche
wird inspiziert, neu beschlagen, generalüberholt.
Der übliche Troß von drei Kibitkas
führt die Hausgeräte mit sich:
Kasserollen, Stühle, Kisten,
Eingemachtes in Gläsern, Matratzen,
Federbetten, Käfige mit Hähnen,
Töpfe, Schüsseln et cetera –
kurz: alles mögliche Hab und Gut.
Und jetzt dringt aus der Gesindehütte
Lärm und Abschiedsweinen:
Auf den Hof werden achtzehn Klepper geführt

XXXII

und an die herrschaftliche Kutsche gespannt;
die Köche bereiten das Frühstück;
die Kibitkas werden turmhoch bepackt;
Weibergezank, Kutscherflüche.
Auf einer hageren und zottigen Mähre
sitzt ein bärtiger Vorreiter.
Am Tor hat sich das Gesinde versammelt,
um von den Herrschaften Abschied zu nehmen. Nun
steigen sie ein, und die ehrwürdige Schlittenkutsche
schiebt sich gleitend zum Tor hinaus.
»Lebt wohl, ihr friedlichen Plätze!
Leb wohl, du mein einsamer Zufluchtsort!
Werde ich euch jemals wiedersehen . . .?« Und aus Tatjanas
Augen
ergießt sich ein Strom von Tränen.

XXXIII

Wenn wir die Grenzen der
heilsamen Aufklärung noch erweitern,
so werden sich mit der Zeit
(nach Berechnungen mit Hilfe philosophischer Tabellen
in etwa fünfhundert Jahren) die Straßen
bei uns bestimmt in ungeahnter Weise verändern:
Eine feste Fahrbahn wird Rußland durchschneiden
und mancherlei Punkte miteinander verbinden.
Gußeiserne Brücken werden sich in riesigen
Bögen über die Gewässer spannen;
wir werden Berge verschieben, unter dem Wasser
kühne Tunnels graben,
und an jeder Station wird die
getaufte Welt ein Wirtshaus errichten.

XXXIV

Zur Zeit sind die Straßen bei uns schlecht[42].
Vergessene Brücken verfaulen;
auf den Stationen gönnen einem die Wanzen und Flöhe
keine Minute Schlaf;
Wirtshäuser gibt es nicht. In einer kalten Hütte
hängt, zur Schau, eine bombastisch klingende,
in Wirklichkeit magere Speisekarte
und erregt vergeblichen Appetit,
während die ländlichen Zyklopen
vor einem langsamen Feuer
mit ihren russischen Hämmern
Europas empfindliche Ware reparieren
und dabei die Fahrrinnen und Gräben
der heimatlichen Erde segnen.

XXXV

Dafür ist zur kalten Winterzeit
das Fahren angenehm und leicht.
Der Winterweg ist so glatt
wie ein gedankenleerer Vers in einem neumodischen Lied.
Unsere Automedonen sind flink,
unsere Troikas unermüdlich,
und die Werstpfähle, Abwechslung für den gelangweilten Blick,
huschen an den Augen vorüber wie ein Zaun[43].
Zum Unglück bewegte sich Frau Larin,
die das teure Fahrgeld gescheut hatte,
nicht auf Postpferden, sondern auf eigenen Pferden im Schneckentempo voran,
und so genoß unser Mädchen die Eintönigkeit
des Weges in vollen Zügen:
Sieben Tage und Nächte waren sie unterwegs.

XXXVI

Aber jetzt ist es nicht mehr weit. Vor ihnen
flammen wie Feuer mit ihren goldenen
Kreuzen die alten Kuppeln
des weißen, steinernen Moskau auf.
Ach, Freunde, wie glücklich war ich,
als sich vor mir plötzlich der Halbkreis
von Kirchen und Glockentürmen,
von Gärten und Palästen auftat!
Wie oft habe ich bei einer schmerzlichen Trennung,
im Laufe meines unsteten Lebens,
an dich, Moskau, gedacht!
Moskau . . . wieviel ist für ein russisches Herz
in diesem Klang vereinigt!
Wieviel schwingt in ihm mit!

XXXVII

Hier steht, von seinem Park umschlossen,
das Petróvskijsche Palais. Düster
brüstet es sich mit kürzlich errungenem Ruhm.
Vergeblich hatte Napoleon, berauscht
von der Höhe seines Glücks,
auf Moskaus Kniefall
und die Schlüssel des alten Kreml gewartet:
Nein, mein Moskau ist nicht
mit gebeugtem Nacken zu ihm gegangen.
Keinen Festtag, kein Gastgeschenk –
einen Brand
hat es dem ungeduldigen Helden bereitet.
Von hier aus, in Gedanken versunken,
hatte er auf die furchtbare Flamme gestarrt.

XXXVIII

Adieu, Zeuge verblichenen Ruhms,
Palais Petróvskij. Vorwärts! Bleib nicht stehen,
weiter! Schon leuchten die weißen Pfosten
der Schlagbäume auf; und jetzt jagt die Kutsche
über die Schlaglöcher der Tverskája.
Es fliegen vorbei: Schilderhäuschen, Frauen,
Laufburschen, Läden, Laternen,
Paläste, Gärten, Klöster,
Händler orientalischer Waren, Schlitten, Gemüsegärten,
Kaufleute, Bretterbuden, Bauern,
Boulevards, Türme, Kosaken,
Apotheken, Modegeschäfte,
Balkons, Löwen an den Pforten
und Schwärme von Dohlen auf den Kreuzen.

XXXIX

....

XL

Bei dieser ermüdenden Promenade
geht eine Stunde vorüber, eine zweite, und da,
in einer Gasse nahe bei St. Chariton,
hält die Schlittenkutsche am Tor
eines Hauses. Sie sind jetzt bei einer
alten Tante angekommen, die
das vierte Jahr an Schwindsucht leidet.
Ein grauer bebrillter Kalmücke in einem zerrissenen
Kaftan und mit einem Strumpf in der Hand
öffnet vor ihnen sperrangelweit die Tür.
Im Empfangssaal werden sie von einem Aufschrei

der Fürstin, die auf einem Sofa liegt, begrüßt.
Die Alten fallen sich weinend um den Hals,
und ein Schwall von Ausrufen ergießt sich:

XLI

»Fürstin, mon ange!« »Pachette!« »Alína!«
»Wer hätte das gedacht?« »Wie lang ist's her!«
»Für wie lange seid ihr gekommen?« »Liebste! Kusine!«
»Setz dich – wie seltsam das ist!
Wirklich, wie in einem Roman...«
»Und das ist meine Tochter Tatjana.«
»Ach, Tanja! Komm her zu mir –
es kommt mir vor wie ein Traum...
Kusine, erinnerst du dich noch an Grandison?«
»Was? Grandison...? Ach so, Grandison!
Ja, ja, ich erinnere mich. Wo ist er?«
»In Moskau, er lebt bei St. Simeon;
am Weihnachtsabend hat er mich besucht;
kürzlich hat er seinen Sohn verheiratet.

XLII

Jener aber... doch nachher werden wir uns
alles erzählen, nicht wahr? Tanja wollen wir
gleich morgen ihrer ganzen Verwandtschaft präsentieren.
Schade, daß ich nicht die Kraft zum Herumfahren habe;
ich kann mich kaum auf den Beinen halten.
Aber ihr seid müde von der Reise;
ruhen wir uns zusammen ein bißchen aus...
Ach, kraftlos bin ich... meine Brust ist schwach...
sogar die Freude wird mir jetzt zur Last,
nicht nur das Leid. Meine Liebe,
ich tauge zu nichts mehr...

im Alter ist das Leben etwas so Abscheuliches . . .«
Und hier bekam sie, in Tränen
und aufs äußerste erschöpft, einen Hustenanfall.

XLIII

Das freundliche Wesen der Kranken und ihre Freude
rühren Tatjana; aber,
gewöhnt an ihr Zimmer,
fühlt sie sich nicht wohl in der neuen Wohnung.
Unter dem Seidenvorhang in dem
ungewohnten Bett findet sie keinen Schlaf,
und das zeitige Läuten der Glocken,
Signal für die Morgenarbeiten,
treibt sie aus dem Bett.
Tanja setzt sich ans Fenster.
Das Dunkel lichtet sich; doch sie
findet nicht ihre Felder wieder:
Vor ihr ist ein unbekannter Hof,
ein Pferdestall, eine Küche und ein Zaun.

XLIV

Und jeden Tag fährt man jetzt mit Tanja
auf ein anderes Familiendiner
und führt den Großmüttern und Großvätern
ihr gedankenverlorenes Nichtstun vor.
Der aus weiter Ferne angereisten Verwandten
wird überall ein herzlicher Empfang,
freudiges Erstaunen und Salz und Brot zuteil.
»Wie Tanja gewachsen ist! Ist es denn schon so
lange her, daß ich dich getauft habe?«
»Und daß *ich* dich auf meinen Armen getragen habe?«
»Und daß *ich* dich bei den Ohren gezogen habe?«

»Und daß *ich* dich mit Pfefferkuchen gefüttert habe?«
Und im Chor wiederholen die Großmütter:
»Wie unsere Jahre dahingehen!«

XLV

Aber eine Veränderung ist an ihnen nicht wahrzunehmen;
alles folgt bei ihnen dem alten Muster:
Die unverheiratete Fürstin, Tante Eléna,
trägt immer dasselbe Tüllhäubchen;
Lukérja L'vóvna legt immer noch weiße Schminke auf;
Ljubóv' Petróvna lügt wie eh und je;
Ivan Petróvič ist der gleiche Dummkopf geblieben,
Semjón Petróvič der gleiche Geizhals;
Pelagéja Nikolávna hat immer noch
jenen Freund, Monsieur Finemouche,
und den gleichen Spitz und den gleichen Ehemann –
und dieser ist immer noch ein eifriges Klubmitglied,
genauso sanftmütig, genauso taub,
und ißt und trinkt immer noch für zwei.

XLVI

Ihre Töchter umarmen Tanja.
Die jungen Moskauer Grazien
mustern sie zuerst schweigend
von Kopf bis Fuß;
sie finden sie etwas befremdlich,
provinziell und geziert
und ein wenig bleich und mager,
sonst aber durchaus nicht übel;
dann, dem Gebot der Natur folgend,
befreunden sie sich mit ihr, führen sie zu sich,
küssen sie ab, drücken ihr zärtlich die Hand,

toupieren ihr die Locken nach neuester Mode
und vertrauen ihr in ihrem Singsang
Geheimnisse des Herzens, Mädchengeheimnisse an,

XLVII

fremde und eigene Eroberungen,
Hoffnungen, Streiche, Träumereien.
Unter einer leichten Beimischung von Verleumdung
plätschern die harmlosen Gespräche dahin.
Dann, als Gegenleistung für ihr Geplapper,
fordern sie schmeichelnd
das Geständnis *ihres* Herzens.
Doch Tanja, wie im Traum,
hört ihren Reden teilnahmslos zu,
versteht nichts
und hütet unterdessen schweigend
das Geheimnis ihres Herzens,
den verborgenen Schatz von Tränen und von Glück,
und teilt ihn mit niemand.

XLVIII

Tatjana möchte den Unterhaltungen, der allgemeinen
Konversation aufmerksam zuhören;
aber alle im Salon sind mit
einem so zusammenhanglosen und abgeschmackten Unsinn befaßt;
alles ist bei ihnen so farblos, so gleichgültig;
nicht einmal interessant verleumden können sie;
in der sterilen Phantasielosigkeit ihrer Reden,
Fragereien, Klatschgeschichten und Neuigkeiten
blitzt in vierundzwanzig Stunden, und sei's wenigstens durch Zufall

oder aufs Geratewohl, kein einziger Gedanke auf;
der matte Verstand lächelt nicht,
das Herz erzittert nicht einmal zum Spaß.
Und selbst eine komische Dummheit kann man
bei dir, du hohle Gesellschaft, nicht finden.

XLIX

Die Schar der ›Archiv-Jünglinge‹
betrachtet Tanja affektiert
und redet über sie
untereinander in einem abfälligen Ton.
Irgend jemand, ein melancholischer Narr,
findet sie ›ideal‹
und tüftelt, an einen Türpfosten
gelehnt, eine Elegie für sie aus.
Einmal hat sich Vjázemskij, als er sie
bei einer langweiligen Tante traf, zu ihr gesetzt,
und es gelang ihm, sie gut zu unterhalten.
Ein alter Mann, der sie neben ihm
bemerkt hatte, rückte seine Perücke zurecht
und erkundigte sich nach ihr.

L

Dort aber, wo der langgezogene Schrei
der rasenden Melpomene ertönt,
wo sie ihren Umhang aus Flittergold
vor der unbeeindruckten Menge umherschwenkt;
wo Thalia sanft schlummert
und den freundlichen Beifall nicht hört;
wo lediglich über Terpsichore
der jugendliche Zuschauer in Staunen gerät
(was in früheren Jahren, zu eurer und

zu meiner Zeit, nicht anders war) –
dort wurden weder die eifersüchtigen
Lorgnetten der Damen
noch die Operngläser ausgepichter Connaisseurs
aus Loge oder Sperrsitz auf sie gerichtet.

LI

Auch auf die ›Versammlung‹ führt man sie.
Dort ist Gedränge, Aufregung, Hitze,
Schmettern der Musik, Kerzenschimmer,
der Wirbel vorbeihuschender flinker Paare;
dort gibt es leicht gekleidete Schönheiten,
auf den Galerien bunte Menschenmengen,
den weiten Halbkreis der Mädchen, die auf Brautschau sind –
all das stürzt sinnverwirrend auf uns ein.
Hier setzen sich notorische Stutzer
mit ihren Frechheiten, ihren Gilets
und ihren nachlässigen Lorgnetten in Szene.
Husaren auf Urlaub haben es eilig,
hierher zu kommen, ihren Theaterdonner zu vollführen,
sich hervorzutun, Eindruck zu schinden und fortzuschwirren.

LII

Viele herrliche Sterne gibt es in der Nacht,
viele Schönheiten gibt es in Moskau.
Doch heller als alle seine Freundinnen im
luftigen Blau des Himmels leuchtet der Mond.
Jene aber, die ich mit meiner Leier
nicht zu stören wage,
leuchtet einsam zwischen den Frauen und Mädchen
wie die majestätische Luna.

Mit welch göttlichem Stolz
berührt sie die Erde!
Welche Wonnen verheißt ihr Busen!
Wie sehnsuchtsvoll ist ihr herrlicher Blick ...!
Aber genug, genug; halte ein:
Deinen Tribut an die Narrheit hast du entrichtet.

LIII

Lärm, Gelächter, Gerenne, Verbeugungen,
Galopp, Mazurka, Walzer ...
zwischen zwei Tanten, bei einer Säule,
von niemandem bemerkt,
schaut unterdessen Tatjana – ohne zu sehen,
und Abscheu erfüllt sie vor dem Treiben der großen Welt;
es ist ihr heiß ... und in Gedanken
drängt sie fort zu dem Leben auf dem Lande,
zu den Feldern, zu den armen Dörflern,
zu dem einsamen Winkel,
wo ein klares Bächlein fließt,
zu ihren Blumen, zu ihren Romanen,
ins Dunkel der Lindenalleen,
dorthin, wo *er* ihr erschienen war.

LIV

So schweifen ihre Gedanken weit fort:
Vergessen ist die große Welt und der lärmende Ball;
inzwischen aber hat ein würdevoller General
seinen Blick nicht von ihr gewandt.
Die Tanten blinzeln einander zu
und stoßen Tanja gleichzeitig mit den Ellbogen an,
und jede flüstert ihr ins Ohr:
»Guck mal schnell nach links.«

»Nach links? Wo? Was gibt es dort?«
»Ist ja egal, guck jedenfalls hin ...
In der Gruppe da, siehst du? vorn,
dort, wo außerdem noch zwei in Uniform stehen ...
jetzt geht er weiter ... jetzt ist er im Profil zu sehen ...«
»Wer? Der dicke General da?«

LV

An dieser Stelle wollen wir meiner geliebten Tatjana
zu der Eroberung gratulieren
und unseren Weg seitwärts lenken,
um nicht zu vergessen, von wem ich singe ...
Apropos, in diesem Zusammenhang zwei Worte:
»Ich besinge einen jungen Freund
und viele seiner Grillen.
Segne meine lange Arbeit,
o du, Muse des Epos!
Drücke mir einen sicheren Stab in die Hand,
und laß mich nicht kreuz und quer in der Irre gehen.«
Das genügt. Herunter von meinen Schultern mit der Last!
Dem Klassizismus habe ich den gebührenden Respekt
gezollt:
Wenn auch spät, so ist eine Einleitung nun vorhanden.

Achtes Kapitel

> Fare thee well, and if for ever
> Still for ever fare thee well.
>
> Byron

I

In jenen Tagen, als ich in den Gärten des Lyzeums,
vor allen Stürmen behütet, aufblühte,
las ich gern Apuleius,
Cicero hingegen las ich nicht;
in geheimnisvollen Tälern,
im Frühling, beim Schrei der Schwäne,
an still leuchtenden Gewässern,
begann mir zu jener Zeit die Muse zu erscheinen.
Meine studentische Zelle erstrahlte
mit einem Mal: In ihr eröffnete
die Muse einen Festschmaus jugendlicher Einfälle,
besang kindliche Vergnügungen,
den Ruhm unserer Altvordern
und die bangen Träume des Herzens.

II

Und die Welt nahm sie mit einem Lächeln auf;
der erste Erfolg beflügelte uns;
der betagte Deržávin wurde auf uns aufmerksam
und gab uns, auf seinem Weg ins Grab, seinen Segen.
....

III

Und als ich die Willkür der Leidenschaften
zum alleinigen Gesetz erhoben und begonnen hatte,
meine Gefühle mit der Menge zu teilen,
da führte ich meine ausgelassene Muse
in den Lärm der Feste und turbulenten Dispute,
– Schrecken mitternächtlicher Patrouillen;
und zu den wilden Zechgelagen
steuerte sie ihre Gaben bei;
sie gebärdete sich so trunken wie eine Bacchantin,
sang beim Becher für die Gäste,
und die Jugend vergangener Zeiten
lief ihr mit Hallo hinterdrein;
ich aber brüstete mich vor den Freunden
mit meiner frivolen Geliebten.

IV

Doch ich verlor die Verbindung mit meinen Freunden
und floh in die Ferne . . . Sie folgte mir.
Wie oft hat mir die zärtliche Muse
durch den Zauber einer rätselhaften Erzählung
den stummen Weg versüßt!
Wie oft ist sie bei Mondschein
über die Felsen des Kaukasus als Lenore
mit mir auf dem Pferd geritten!
Wie oft hat sie mich an den Ufern
von Tauris in die nächtliche Finsternis
geführt, damit ich das Rauschen des Meeres höre,
das nie verstummende Flüstern der Nereide,
den tiefen, ewigen Chor der Wogen,
den Preisgesang auf den Herrn der Welten.

V

Sie vergaß den Glanz und die lärmenden Feste
der fernen Hauptstadt
und suchte in der Einöde des traurigen Moldawien
die bescheidenen Zelte
umherziehender Stämme auf;
unter ihnen wurde sie menschenscheu
und vergaß die Sprache der Götter
zugunsten ärmlicher, seltsamer Idiome,
zugunsten der Steppenlieder, die ihr teuer waren.
Plötzlich veränderte sich alles ringsum,
und siehe da: In meinem Garten
ist sie erschienen, als ein Provinzfräulein,
mit einem nachdenklichen Ausdruck in den traurigen Augen
und einem französischen Buch in der Hand.

VI

Und heute führe ich meine Muse
zum ersten Mal auf einen Rout[44] in höheren Kreisen;
mit eifersüchtiger Besorgnis
ruht mein Blick auf ihrem ländlichen Charme.
Sie gleitet durch die dichten Reihen von Aristokraten,
geschniegelten Militärs, Diplomaten
und hochmütigen Damen;
und schon hat sie sich still hingesetzt, schaut nun umher
und erfreut sich an der lärmerfüllten Enge,
am Aufblitzen von Roben und Reden,
an den Gästen, die sich gemessenen Schritts
der jungen Herrin des Hauses nähern,
und an dem dunkeln Rahmen der Männer,
der sich um das Bild der Damen schließt.

VII

Ihr gefällt die harmonische Abfolge
der oligarchischen Gespräche,
die Kühle ruhigen Stolzes
und diese Mischung von Rängen und Jahren.
Doch wer steht da schweigend und mit
umwölkter Stirn in der Schar der Auserwählten?
Jedem scheint er fremd zu sein.
Die Gesichter tauchen vor ihm auf
wie eine Reihe lästiger Gespenster.
Was steht auf seinem Gesicht: Spleen oder
gequälter Hochmut? Weshalb ist er hier?
Wer ist es? Etwa Eugen?
Ist er es wirklich ...? Ja, in der Tat.
»Ist es schon lange her, seit es ihn zu uns verschlagen hat?

VIII

Ist er immer noch der Alte, oder hat er sich die Hörner
abgestoßen?
Spielt er etwa immer noch den Exzentriker?
Sagen Sie, als was ist er zurückgekehrt?
Welche Rolle wird er uns wohl jetzt vorspielen?
Als was wird er heute erscheinen? Als Melmoth,
als Kosmopolit, Patriot,
Harold, Quaker, Scheinheiliger,
oder wird er eine andere Maske vorführen,
oder wird er ganz einfach ein vernünftiger Mensch sein,
so wie Sie und ich, so wie die ganze Welt?
Ich gebe jedenfalls folgenden Rat:
Eine überholte Mode muß man aufgeben.
Er hat der Welt genug blauen Dunst vorgemacht ...«
»Sie kennen ihn?« »Ja und nein.«

IX

»Warum äußern Sie sich
so negativ über ihn?«
Etwa deshalb, weil wir unermüdlich
in alles unsere Nase stecken, über alles unser Urteil abgeben
müssen?
Weil die Unvorsichtigkeit lebhafter Temperamente
die selbstgefällige Hohlheit
entweder beleidigt oder zum Lachen bringt?
Weil ein Verstand, der die Freiheit liebt, beengt?
Weil wir allzuoft und nur zu gern
Worte für Taten nehmen?
Weil die Dummheit leichtfertig und böse ist?
Weil ernsthafte Menschen Lappalien ernst nehmen,
und weil allein die Durchschnittlichkeit
nicht über unsere Kräfte geht und uns nicht befremdet?

X

Glücklich, wer in seiner Jugend jung war;
glücklich, wer zur rechten Zeit reif wurde;
wer es mit den Jahren lernte,
die Kälte des Lebens allmählich zu ertragen;
wer sich niemals seltsamen Träumen hingab;
wer den mondänen Mob nicht mied;
wer mit zwanzig ein Geck oder ein schneidiger Bursche war
und mit dreißig eine gute Partie gemacht hat;
wer mit fünfzig seine Privat-
oder sonstigen Schulden losgeworden ist;
wer in Sachen Reputation, Geld und Beförderung
gelassen warten konnte, bis die Reihe an ihn kam;
von dem man sein Leben lang nicht müde wird zu
wiederholen:
N. N. ist ein prachtvoller Mensch.

XI

Traurig aber macht der Gedanke,
daß die Jugend uns umsonst gegeben war,
daß wir sie stündlich verrieten,
daß sie uns betrog;
daß unsere besten Bestrebungen,
daß unsere frischen Träume
in schneller Folge verfault sind
wie die Blätter im feuchten Herbst.
Unerträglich ist es, vor sich nichts als eine
lange Reihe von Diners zu erblicken,
das Leben wie eine Zeremonie zu betrachten
und der wohlanständigen Menge
nachzulaufen, obwohl man mit ihr weder
allgemeine Ansichten noch Leidenschaften gemeinsam hat.

XII

Wenn man zum Gegenstand von laut herausposaunten
Urteilen wird,
so ist es unerträglich – Sie werden mir da recht geben –,
unter vernünftigen Leuten
als die Imitation eines Sonderlings
oder als ein armer Irrer,
als eine Ausgeburt der Hölle
oder gar als mein Dämon zu gelten.
Onegin – ihm will ich mich wieder widmen –,
nachdem er im Duell seinen Freund getötet
und ohne Ziel und ohne Arbeit bis
zu seinem sechsundzwanzigsten Lebensjahr dahingelebt
und sich in diesem tatenlosen Müßiggang
ohne Dienst, ohne Frau, ohne Beschäftigung gequält hatte –
Onegin konnte nicht daran denken, irgendeiner Tätigkeit
nachzugehen.

XIII

Unruhe hatte Besitz von ihm ergriffen
und eine Neigung, den Aufenthaltsort häufig zu wechseln
(eine äußerst qualvolle Angewohnheit,
ein nur von wenigen freiwillig auf sich genommenes Kreuz).
Er hatte seine Siedlung
und die Einsamkeit der Wiesen und Wälder verlassen,
wo ihm jeden Tag
ein blutiger Schatten erschienen war,
und begonnen, ziellos umherzureisen,
nur einem Gefühl zugänglich;
und auch das Reisen, wie alles
auf der Welt, wurde ihm langweilig.
Er kehrte zurück und geriet,
wie Čáckij, vom Schiff auf einen Ball.

XIV

Aber da: Eine Bewegung ist durch die Menge gegangen
und ein Raunen durch den Saal ...
Der Gastgeberin näherte sich eine Dame,
gefolgt von einem imposanten General ...
Sie ging ohne Hast,
war weder kühl noch gesprächig,
ohne einen verächtlichen Blick für alle,
ohne Prätention auf Erfolg,
ohne jene kleinen Manieriertheiten,
ohne gewisse mimetische Kunstkniffe;
alles an ihr war ruhig und einfach.
Sie schien eine genaue Verkörperung
des comme il faut zu sein ... (Šiškóv verzeih:
Ich weiß nicht, wie ich es übersetzen soll.)

XV

Die Damen drängten sich näher an sie heran;
die alten Frauen lächelten ihr zu;
die Männer verbeugten sich tiefer
und suchten einen Blick von ihr zu erhaschen;
vor ihr gingen die Mädchen leiser
durch den Saal, und höher als alle anderen
trug seine Nase und hob seine Schultern
der sie begleitende General.
Niemand hätte sie als Schönheit
bezeichnen können; aber niemand hätte an ihr,
vom Kopf bis zu den Füßen, auch nur eine Spur
von dem finden können, was von der autokratischen Mode
in den exklusiven Londoner Kreisen
›vulgar‹ genannt wird (ich kann es nicht –

XVI

ich mag dieses Wort durchaus,
ich kann es aber nicht übersetzen;
vorderhand ist es bei uns noch neu
und dürfte kaum in Ansehen stehen;
doch zu einem Epigramm könnte es schon taugen . . .).
Aber ich wende mich wieder meiner Dame zu.
Gewinnend durch ihren sorglosen Charme,
saß sie an einem Tisch
mit der glänzenden Nína Voronskój,
dieser Kleopatra der Neva;
und sicher hättet ihr mir beigepflichtet,
daß Nina mit ihrer marmornen Schönheit –
wenn sie auch von einer blendenden Makellosigkeit war –
ihre Nachbarin nicht ausstechen konnte.

XVII

»Ist es möglich?« denkt Eugen:
»Sollte sie es sein? Ja, tatsächlich ... Nein ...
Wie! Aus der rustikalen Weltabgeschiedenheit ihrer
Dörfer ...«
Und alle Augenblick richtet er die
zudringliche Lorgnette auf jene,
deren Anblick ihn vage
an vergessene Gesichtszüge erinnert.
»Sag mal, Fürst, weißt du nicht, wer die Dame ist,
die dort, in dem himbeerfarbenen Barett,
mit dem spanischen Gesandten spricht?«
Der Fürst schaut Onegin an.
»Aha! Du warst schon lange nicht mehr in Gesellschaft.
Warte, ich stell sie dir vor.«
»Aber wer ist sie denn?« »Meine Frau.«

XVIII

»Du bist also verheiratet! Das ist mir ganz neu!
Schon lange?« »Ungefähr zwei Jahre.«
»Mit wem?« »Mit einer Larin.« »Mit Tatjana!«
»Sie kennt dich?« »Ich bin ihr Nachbar.«
»Ach so, dann komm.« Der Fürst geht zu
seiner Gattin und stellt ihr
seinen Verwandten und Freund vor.
Die Fürstin schaut ihn an ...
und was auch ihre Seele beunruhigen mag,
wie sehr sie auch
erstaunt, betroffen ist,
so verrät sie doch nichts:
Ihr Ton bleibt derselbe,
und ebenso ruhig ist ihre Verbeugung.

XIX

Wirklich! Nicht nur, daß sie nicht erbebte,
daß sie nicht plötzlich bleich wurde oder errötete –
mit keiner Wimper hat sie gezuckt,
selbst die Lippen hat sie nicht aufeinandergepreßt.
Obwohl er sie mit der größten Aufmerksamkeit beobachtete,
konnte Onegin keine Spur von der
einstigen Tatjana entdecken.
Er wollte eine Unterhaltung mit ihr anknüpfen,
und – und es gelang ihm nicht. Sie fragte,
ob er schon länger hier sei, woher er käme:
ob nicht vielleicht aus der Heimat?
Dann wandte sie sich mit müdem Blick
zu ihrem Gatten und schwebte davon . . .
Und regungslos blieb Eugen zurück.

XX

Ist das etwa dieselbe Tatjana,
der er unter vier Augen,
zu Anfang unseres Romans,
in einer fernen, trübseligen Gegend,
im lobenswerten Eifer zu belehren,
Verhaltensmaßregeln gegeben hatte;
dieselbe, von der er einen Brief
besitzt in der Sprache ihres Herzens,
wo sich alles unverhüllt und frei offenbart;
jenes kleine Mädchen . . . oder ist das ein Traum? –
jenes kleine Mädchen, das er, als es noch
eine bescheidene Rolle spielte, gering geachtet hatte –
konnte es sein, daß sie jetzt ihm gegenüber
so gleichgültig, so kühn war?

XXI

Er verläßt das Gedränge der Abendgesellschaft
und fährt nachdenklich nach Hause;
ein Traum, mal traurig, mal zauberhaft,
beunruhigt seinen späten Schlaf.
Beim Aufwachen wird ihm ein Brief
gebracht: Fürst N. gibt sich die Ehre,
zu einer Soiree zu laden. »O Gott – zu ihr!
Natürlich komme ich!« Und hastig
kritzelt er eine höfliche Antwort hin.
Was ist mit ihm? In was für einem seltsamen Traum ist er
befangen!
Was hat sich in der Tiefe seiner kalten
und trägen Seele geregt?
Verdruß? Ein Gefühl von Eitelkeit? Oder von neuem
die Sorge der Jugend – die Liebe?

XXII

Wieder zählt Onegin die Stunden,
wieder kann er das Ende des Tages nicht erwarten.
Doch da schlägt es zehn; er fährt los,
jagt dahin, ist schon an der Vorhalle
und geht mit einem Beben zur Fürstin hinein;
er findet Tatjana allein,
und einige Minuten sitzen sie
beieinander; die Worte wollen
Eugen nicht von den Lippen. Mürrisch,
linkisch bringt er mit Müh und Not
eine Antwort zustande. In seinem Kopf
hat sich ein hartnäckiger Gedanke festgesetzt.
Sein Blick ist trotzig, während sie
ruhig und gelöst vor ihm sitzt.

XXIII

Ihr Mann nähert sich. Er unterbricht
dieses peinliche tête-à-tête;
er erinnert sich mit Onegin
an die Streiche und Scherze früherer Jahre.
Sie lachen. Die Gäste kommen.
Jetzt begann die Boshaftigkeit, dieses grobkörnige Salz
der vornehmen Gesellschaft, die Konversation zu beleben;
vor der Gastgeberin sprühten ohne jede
ärgerliche Affektation die Funken harmlosen Unsinns,
hin und wieder unterbrochen von einer vernünftigen
Diskussion ohne abgedroschene Themen,
ohne die ›ewigen Wahrheiten‹ und ohne Pedanterie,
und niemandes Ohr wurde durch ihre
ungehemmte Lebhaftigkeit schockiert.

XXIV

Immerhin befand sich hier die Blüte der Residenz,
die crème de la crème von Adel und Mode,
Gesichter, die man überall trifft,
und die obligaten Holzköpfe;
da saßen Damen, nicht mehr die Jüngsten, in rosengeschmückten Hauben
und mit einem bösen Gesichtsausdruck;
hier sah man einige Fräulein,
die niemals lächelten;
dort war ein Botschafter, der über
Staatsangelegenheiten sprach;
und ein Greis mit pomadisiertem
weißen Haar scherzte auf die alte Art:
unendlich subtil und geistreich,
was heutzutage ein wenig lächerlich wirkt.

XXV

Da war ein auf Epigramme versessener Herr,
den alles in Rage brachte:
der zu stark gesüßte Tee der Gastgeber,
die Platitüden der Damen, der Konversationston der Herren,
die Kommentare zu einem verworrenen Roman,
das kaiserliche Monogramm, das zwei Schwestern verliehen worden war,
die Verlogenheit der Presse, der Krieg,
der Schnee und seine eigene Frau.
....

XXVI

Da war Prolásov, der sich durch die Niedertracht seiner Seele
eine gewisse Berühmtheit erworben
und in allen Alben deine Bleistifte,
St. Priest, stumpf gemacht hat;
im Türeingang stand, wie eine Illustration
aus einem Journal, ein weiterer Ball-Diktator,
so rosig wie ein Palmsonntags-Cherub,
eng geschnürt, stumm und unbeweglich;
und ein Reisender, der auf der Durchfahrt war,
ein Frechling mit übertrieben gestärktem Kragen,
rief unter den Gästen durch seine
einstudierte Körperhaltung ein Lächeln hervor,
und die stumm ausgetauschten Blicke
sprachen ihm sein einhelliges Verdammungsurteil.

XXVII

Mein Onegin aber hatte den ganzen Abend
nur für Tatjana Augen;
nicht für jenes schüchterne,
verliebte, arme und einfache Mädchen,
sondern für die gleichgültige Fürstin,
für die unzugängliche Göttin
der prunkvollen, königlichen Neva.
O ihr Menschen! Ihr gleicht alle der
Urmutter Eva.
Was euch gegeben ist, reizt euch nicht,
euch lockt beständig die Schlange
zu sich, zu dem geheimnisvollen Baum:
Um jeden Preis müßt ihr die verbotene Frucht bekommen,
sonst ist das Paradies für euch kein Paradies.

XXVIII

Wie hat Tatjana sich verändert!
Wie unerschütterlich hat sie sich in ihre Rolle gefunden!
Wie schnell hat sie sich die Lebensgewohnheiten,
die der lästige gesellschaftliche Rang mit sich brachte, zu eigen gemacht!
Wer wäre darauf gekommen, in dieser majestätischen,
gelassenen Gesetzgeberin der Salons
jenes zarte kleine Mädchen zu suchen?
Und *er* hatte ihr Herz in Erregung versetzt!
Ihm hatte einmal im Dunkel der Nacht,
solange Morpheus noch nicht herbeigeflogen kam,
ihre mädchenhaft-reine Trauer gegolten;
seinetwegen hatte sie ihre sehnsuchtsvollen Augen zum Mond erhoben
und davon geträumt, eines Tages zusammen mit ihm
die bescheidene Reise durchs Leben anzutreten!

XXIX

Der Liebe sind alle Alter untertan;
für jugendliche, reine Herzen aber
sind ihre Ausbrüche so wohltuend
wie für die Felder die Frühlingsstürme:
Im Regen der Leidenschaften leben sie auf,
erneuern sich und reifen –
und das kraftvolle Leben schenkt
üppige Blüte und süße Frucht.
Im vorgerückten und unfruchtbaren Alter aber,
an der Wende unserer Jahre,
ist die Spur einer abgestorbenen Leidenschaft etwas Trauriges:
so verwandeln die kalten Herbststürme
die Wiese in einen Sumpf
und entlauben den Wald ringsum.

XXX

Es gibt keinen Zweifel: O weh, Eugen
ist in Tatjana verliebt wie ein Schuljunge;
Tag und Nacht verbringt er in
schmerzlichem Liebesbegehren.
Ohne die strengen Vorhaltungen seines Verstandes zu beachten,
fährt er jeden Tag zu ihrer Vorhalle,
zum gläsernen Vestibül;
wie ein Schatten folgt er ihr;
er ist glücklich, wenn er ihr die
flauschige Boa um die Schultern legen darf,
wenn er in feuriger Erregung ihre Hand
berührt, wenn er ihr einen Weg
durch die bunte Schar der Livreen bahnt
oder ihr Tüchlein aufhebt.

XXXI

Aber mag er sich auch noch so abmühen –
sie nimmt keine Notiz von ihm.
Zu Hause empfängt sie ihn ungezwungen,
sind sie bei anderen zu Gast, wechselt sie zwei oder drei
Worte mit ihm;
manchmal begrüßt sie ihn nur mit einer Verbeugung,
ein andermal bemerkt sie ihn überhaupt nicht.
In alledem ist nichts von Koketterie:
Die vornehmen Kreise dulden das nicht.
Onegin fängt an, die Farbe zu verlieren –
entweder sieht sie es nicht, oder es kümmert sie nicht;
Onegin verfällt: Die Schwindsucht
ist nicht mehr fern.
Alle schicken ihn zu Ärzten,
diese schicken ihn einstimmig zur Kur.

XXXII

Er aber fährt nicht. Eher ist er gewillt,
seine Väter vom baldigen
Wiedersehen in Kenntnis zu setzen; Tatjana aber
interessiert das alles nicht (so ist nun mal ihr Geschlecht);
er bleibt hartnäckig, will nicht aufgeben,
hat noch Hoffnung, setzt alle Hebel in Bewegung;
und kühner als ein Gesunder schreibt er als Kranker
der Fürstin mit schwacher Hand
einen leidenschaftlichen Brief,
und das, obwohl er im Schreiben prinzipiell,
und das mit Recht, kaum einen Sinn sah;
doch offensichtlich hatte die Qual seines Herzens
das Maß des Erträglichen überschritten.
Hier ist sein Brief, Wort für Wort.

Onegins Brief an Tatjana

Ich sehe alles voraus: Die Offenbarung
eines traurigen Geheimnisses muß Sie beleidigen.
Welch bittere Verachtung
drückt Ihr stolzer Blick aus!
Was bezwecke ich? Mit welcher Absicht
öffne ich Ihnen meine Seele?
Für welches boshafte Vergnügen
liefere ich vielleicht einen Anlaß!

Als ich Sie damals zufällig traf
und einen Funken von Zärtlichkeit in Ihnen bemerkte,
wagte ich nicht, ihm zu glauben:
Ich gab der liebgewordenen Gewohnheit nicht nach;
meine verhaßte Freiheit
wollte ich nicht verlieren.
Noch etwas trennte uns:
Lenskij fiel als ein unglückliches Opfer . . .
Von allem, was meinem Herzen nahe war,
riß ich mich los;
ein Fremdling allen, durch nichts gebunden,
dachte ich: Freiheit und Ruhe
sind ein Ersatz fürs Glück. Mein Gott!
Wie habe ich mich geirrt, wie bin ich dafür bestraft worden!

Nein – Sie jeden Augenblick zu sehen;
Ihnen überall hin zu folgen;
das Lächeln Ihrer Lippen, die Bewegung Ihrer Augen
mit verliebten Blicken zu erhaschen;
Ihnen lange zuzuhören, mit der Seele
Ihre ganze Vollkommenheit zu erfassen;
vor Ihnen in Qualen zu ersterben,
hinzuwelken und zu verlöschen . . . das ist Seligkeit!

Und ich bin dessen beraubt: Ihretwegen
schleppe ich mich auf gut Glück überall hin;

wo doch jeder Tag, jede Stunde kostbar geworden ist,
vergeude ich in nutzlosem Stumpfsinn
die mir vom Schicksal zugebilligte Zeit,
die mir ohnehin schon beschwerlich genug ist.
Ich weiß: Meine Tage sind gezählt.
Aber damit mein Leben sich verlängere,
dazu muß ich morgens sicher sein,
daß ich Sie im Laufe des Tages sehe.

Ich fürchte: In meiner bescheidenen Bitte
wird Ihr strenger Blick
die Schliche einer verachtungswürdigen List sehen –
und ich kann schon Ihren zornigen Vorwurf hören.
Wenn Sie wüßten, wie furchtbar es ist,
sich in Liebessehnsucht zu verzehren,
zu brennen – und mit dem Verstand
den Aufruhr des Blutes ständig beruhigen zu müssen;
was das Verlangen bedeutet, Ihre Knie zu umarmen,
in Tränen auszubrechen und zu Ihren Füßen
Bitten, Geständnissen, Klagen,
allem, allem, was ich ausdrücken könnte, freien Lauf zu lassen –
und bei alledem Rede und Blick mit
vorgeschützter Kälte zu tarnen,
eine ruhige Unterhaltung zu führen,
Sie mit heiterem Blick anzusehen . . .!

Aber komme, was kommen mag: Ich kann nicht
länger gegen mich selbst ankämpfen.
Alles ist entschieden: Ich bin in Ihrer Gewalt,
und ich überlasse mich meinem Schicksal.

XXXIII

Es kam keine Antwort. Er schickte ein neuerliches Schreiben:
Auch diesem, auch dem dritten

wird keine Antwort zuteil. Er geht auf eine Gesellschaft;
kaum ist er eingetreten, kommt sie
ihm entgegen. Wie streng sie ist!
Sie geruht nicht, ihn zu sehen, ein Wort an ihn zu richten;
huh! Von welch eisiger Kälte
ist sie jetzt umgeben!
Wie ängstlich sind ihre Lippen bemüht,
ihren Unwillen zurückzuhalten!
Onegin fixiert sie mit einem scharfen Blick:
Wo, wo ist Verwirrung oder Mitleid?
Wo sind Tränenspuren? Nichts dergleichen, nichts!
Auf diesem Gesicht ist nur der Ausdruck von Unwillen ...

XXXIV

und vielleicht von geheimer Angst,
daß der Gemahl oder die Gesellschaft
eine Liebelei, eine zufällige Schwäche entdecken könnte,
alles, wovon mein Onegin wußte ...
Es gibt keine Hoffnung! Er fährt ab,
verflucht seinen Wahnsinn –
und sagt sich, völlig besessen von ihm,
zum zweiten Mal von der Welt los.
Und in seinem stillen Arbeitszimmer
kam ihm die Zeit in den Sinn,
da der grausame Spleen ihn
im Trubel der großen Welt
gefangen, am Kragen gepackt
und in ein dunkles Loch gesperrt hatte.

XXXV

Wieder begann er wahllos zu lesen.
Er las Gibbon, Rousseau,

Manzoni, Herder, Chamfort,
Mme. de Staël, Bichat, Tissot,
er las den skeptischen Bayle,
die Werke Fontenelles,
las von den unsrigen den einen oder andern,
ohne irgend etwas zurückzuweisen:
weder Almanache noch Journale,
wo sich unaufhörlich Belehrungen über uns ergießen,
wo man mich heute sehr beschimpft,
in denen ich aber auch hin und wieder
auf solche Lobeshymnen gestoßen bin –
E sempre bene, meine Herren.

XXXVI

Doch ach – die Augen lasen,
die Gedanken aber waren weit weg;
Traumgesichte, Wünsche, Trauer
drangen tief in seine Seele.
Zwischen den gedruckten Zeilen las er
mit seinem geistigen Auge
andere Zeilen. Und in *sie*
war er völlig vertieft.
Das waren geheimnisvolle Überlieferungen
aus der grauen Vorzeit, die dem Herzen nah,
gänzlich zusammenhanglose Träume,
Drohungen, Gerüchte, Prophezeiungen,
oder der lebhafte Unsinn eines langen Märchens,
oder Briefe eines jungen Mädchens.

XXXVII

Und allmählich fällt er in einen Dämmerzustand
von Gefühlen und Gedanken,

und die Phantasie mischt vor ihm
ihr buntes Pharo.
Und er sieht: Auf dem geschmolzenen Schnee,
als ob er auf einem Nachtlager ruhe,
liegt regungslos ein Jüngling, und er hört
eine Stimme »Was ist da zu machen – er ist tot«.
Dann sieht er vergessene Feinde,
Verleumder, boshafte Feiglinge,
eine Schar von jungen Ungetreuen,
einen Kreis verachtungswürdiger Freunde;
und dann ein Landhaus, und am Fenster
sitzend *sie* ... und immer sie...!

XXXVIII

Es war ihm so gewohnt geworden, sich an all das zu verlieren,
daß er darüber fast den Verstand eingebüßt hätte
oder ein Dichter geworden wäre.
Offen gestanden: Dadurch hätte er uns zu großem Dank verpflichtet!
Und wirklich: Durch die Kraft des Magnetismus
hätte mein unvernünftiger Schüler
zu jener Zeit den Mechanismus
des russischen Verses beinahe begriffen.
Wie ähnelte er einem Dichter,
wenn er allein in einem Winkel saß
und neben ihm das Kaminfeuer loderte
und er vor sich hin summte »Benedetta«
oder »Idol mio« und dabei mal einen Pantoffel,
mal ein Journal in die Flammen fallen ließ.

XXXIX

Die Tage flogen vorüber; in den lauen Lüften
nahte das Ende des Winters;
Onegin ist kein Dichter geworden,
er ist nicht gestorben und hat auch nicht den Verstand
verloren.
Der Frühling belebt seine Geister: Zum ersten Mal
verläßt er an einem klaren Morgen
seine hermetisch abgeschlossenen Zimmer,
wo er wie ein Murmeltier überwintert hat,
die Doppelfenster und seine Kaminecke,
und fährt im Schlitten an der Neva entlang.
Auf dem blauen, von Spuren durchzogenen Eis
spielt die Sonne; auf den Straßen
taut schmutzig der aufgewühlte Schnee.
Wohin lenkt Onegin über ihn weg

XL

seinen schnellen Lauf? Ihr habt's schon im voraus
erraten; genauso ist's:
Zu ihr, zu seiner Tatjana
eilt mein unverbesserlicher Sonderling.
Er tritt ein – wie eine wandelnde Leiche sieht er aus.
Im Flur ist keine Menschenseele.
Er geht in den Saal; dann weiter: niemand.
Er öffnet die Tür. Was
ist der Grund für seine unbeschreibliche Überraschung?
Die Fürstin sitzt vor ihm, allein,
bleich und in einfacher Kleidung;
sie liest einen Brief
und vergießt, die Wange in die Hand gestützt,
stumm eine Flut von Tränen.

XLI

Ach, wer hätte in diesem kurzen Augenblick
nicht ihre verschwiegenen Qualen gelesen!
Wer hätte jetzt in der Fürstin nicht
die frühere Tanja, die arme Tanja, wiedererkannt!
Von wahnsinniger Reue gepackt
fällt Eugen ihr zu Füßen;
sie erbebt und schweigt,
sie schaut ohne Verwunderung,
ohne Zorn auf Onegin ...
Sein kranker, erloschener Blick,
sein flehender Gesichtsausdruck, sein stummer Vorwurf –
sie versteht alles. Das einfache
verträumte Mädchen mit seinem Herzen von damals
ist in ihr wieder auferstanden.

XLII

Sie heißt ihn nicht aufstehen
und entzieht seinen gierigen Lippen,
ohne ihren Blick von ihm zu wenden,
nicht ihre schlaffe Hand ...
Worüber grübelt sie jetzt?
Das Schweigen dauert lange,
und schließlich sagt sie sanft:
»Genug; stehen Sie auf. Ich muß
mich offen mit Ihnen aussprechen.
Onegin, erinnern Sie sich an jene Stunde,
als uns im Garten, in der Allee,
das Schicksal zusammenführte und ich so demütig
Ihre Zurechtweisung anhörte?
Heute ist die Reihe an mir.

XLIII

Onegin, ich war damals jünger,
ich war, so scheint mir, hübscher,
und ich liebte Sie; aber
was fand ich in Ihrem Herzen?
Welche Antwort? Nur Schroffheit.
Stimmt es nicht? Die Liebe eines bescheidenen Mädchens
war für Sie nichts Neues?
Noch heute – mein Gott! – erstarrt mir das Blut in den Adern,
wenn ich mich nur an Ihren kalten Blick
und an jene Predigt erinnere ... Aber das soll
kein Vorwurf sein: In jener schrecklichen Stunde
handelten Sie edel,
verhielten Sie sich mir gegenüber korrekt.
Dafür danke ich Ihnen von ganzem Herzen ...

XLIV

Damals – ist es nicht so? – in der Weltabgeschiedenheit,
fern von allem hohlen Geschwätz,
gefiel ich Ihnen nicht ... Warum dann
verfolgen Sie mich heute?
Warum haben Sie ein Auge auf mich geworfen?
Etwa darum, weil ich mich jetzt
in der vornehmen Gesellschaft bewegen muß,
weil ich reich bin und einen Titel habe,
weil mein Mann in Schlachten Wunden davongetragen hat
und wir deshalb bei Hofe gut angeschrieben sind?
Etwa darum, weil meine Schmach
nicht lange verborgen bliebe
und Ihnen in der Gesellschaft
einen skandalumwitterten Ruhm einbringen würde?

XLV

Ich weine ... Wenn Sie Ihre Tanja
noch nicht vergessen haben,
so wissen Sie: Die verletzende Schärfe Ihres Tadels,
Ihre kalten und strengen Worte
hätte ich, wenn es in meiner Macht stünde,
einer kränkenden Leidenschaft
und diesen Briefen und Tränen vorgezogen.
Damals hatten Sie für meine kindlichen Träume
wenigstens Mitleid übrig,
Sie nahmen wenigstens Rücksicht auf meine Jugend ...
Aber heute! Was hieß Sie zu meinen Füßen
niederfallen? Wie klein das ist!
Wie kann ein Mann mit Ihrem Herzen, mit Ihrem Geist
Sklave eines niedrigen Gefühls sein?

XLVI

Dieser ganze Luxus aber, Onegin,
der Flitterglanz eines verhaßten Lebens,
meine Erfolge im Wirbel der Welt,
mein modisches Haus und die Abendgesellschaften –
was bedeutet es mir? Mit dem größten Vergnügen
gäbe ich all diesen Maskenball-Plunder,
all diesen Glanz und Lärm und Rausch
für ein Regal mit Büchern, für einen verwilderten Garten,
für unsere armselige Behausung,
für jene Orte hin, wo ich Sie,
Onegin, zum ersten Mal sah,
und für den bescheidenen Friedhof,
wo heute ein Kreuz ist und der Schatten von Zweigen
über meiner armen Njanja ...

XLVII

Und doch – das Glück war möglich,
es war so nah . . .! Aber mein Schicksal
ist schon entschieden. Vielleicht habe ich
unbedacht gehandelt:
Meine Mutter beschwor mich, flehte mich unter
Tränen an; für die arme Tanja
waren alle Schicksale gleich . . .
Ich habe geheiratet. Sie müssen
mich verlassen, ich bitte Sie.
Ich weiß, daß in Ihrem Herzen
beides ist: Stolz und echtes Ehrgefühl.
Ich liebe Sie, warum es verhehlen;
aber ich bin einem anderen gegeben worden.
Ich werde ihm mein Leben lang treu sein.«

XLVIII

Sie ist hinausgegangen. Eugen steht da
wie vom Donner gerührt.
In welch einen Sturm von Empfindungen
ist sein Herz geworfen!
Doch da ertönt unverhofft Sporenklirren,
und Tatjanas Mann erscheint;
und hier nun, mein Leser, in einem für
unseren Helden schlimmen Augenblick,
verlassen wir ihn auf lange . . .
auf immer. Lange genug
haben wir hinter ihm auf demselben Weg
die Welt durchstreift. Gratulieren wir
uns gegenseitig, daß wir Land erreicht haben: Hurra!
Das war (oder nicht?) schon längst fällig!

XLIX

Wer du auch seist, mein Leser,
ob Freund oder Feind, heute möchte ich
in Freundschaft von dir scheiden.
Leb wohl. Was auch immer du
hier in meinen nachlässigen Strophen gesucht hast –
stürmische Erinnerungen,
Erholung von der Arbeit,
lebensvolle Bilder, witzige Bemerkungen
oder grammatikalische Fehler –
Gott gebe, daß du in diesem Buch
wenigstens ein ganz kleines bißchen zu deiner Zerstreuung,
etwas zum Träumen, etwas fürs Herz
oder für die Scharmützel der Journale gefunden hast.
Worauf wir uns nun trennen wollen, lebe wohl!

L

Leb wohl auch du, mein seltsamer Gefährte,
und du, mein treues Ideal,
und du, mein beständiges und von Leben erfülltes,
wenn auch kleines Werk. Mit euch habe ich
alles gekostet, was für einen Dichter begehrenswert ist:
Vergessen des Lebens in den Stürmen der Welt
und die traute Unterhaltung mit Freunden.
Viele, viele Tage sind seit jener Zeit
vergangen, als mir die junge Tatjana
und mit ihr Onegin in einem trüben Traum
zum ersten Mal erschienen waren
und als ich durch den magischen Kristall
die Ferne des freien Romans
noch nicht klar zu erkennen vermochte.

LI

Aber jene, denen ich im Freundeskreis
die ersten Strophen vorgelesen hatte . . .
Einige sind nicht mehr, andere sind fern,
wie es Saadi vor Zeiten einmal ausgedrückt hat.
Onegins Bild ist ohne sie zu Ende gezeichnet worden.
Und jene, nach der das teure
Ideal ›Tatjana‹ geformt worden ist . . .
Ach, viel, viel hat das Schicksal hinweggerafft!
Glücklich, wer das Fest des Lebens frühzeitig
verließ, ohne den mit Wein gefüllten
Becher bis auf den Grund geleert zu haben,
glücklich, wer des Lebens Roman nicht zu Ende las
und sich plötzlich von ihm trennen konnte
wie ich mich von meinem Onegin.

Puškins Anmerkungen

1 Geschrieben in Bessarabien.
2 Dandy, Stutzer.
3 Hut à la Bolivar.
4 Berühmter Restaurateur.
5 Zeichen eines erkalteten Gefühls, würdig eines Childe Harold. Die Balletts des Herrn Didelot sprühen vor Phantasie und sind von einer ungewöhnlichen Anmut. Einer unserer romantischen Schriftsteller fand in ihnen weit mehr Poesie als in der gesamten französischen Literatur.
6 Tout le monde sut qu'il mettait du blanc; et moi, qui n'en croyais rien, je commençai de le croire, non seulement par l'embellissement de son teint et pour avoir trouvé des tasses de blanc sur sa toilette, mais sur ce qu'entrant un matin dans sa chambre, je le trouvai brossant ses ongles avec une petite vergette faite exprès, ouvrage qu'il continua fièrement devant moi. Je jugeai qu'un homme qui passe deux heures tous les matins à brosser ses ongles, peut bien passer quelques instants à remplir de blanc les creux de sa peau.

(»Confessions« de J. J. Rousseau)

Grimm war seiner Zeit voraus: Heutzutage säubert man sich im ganzen aufgeklärten Europa die Nägel mit einer speziellen Bürste.
7 Diese ganze ironische Strophe ist nichts anderes als ein feinsinniges Lob auf unsere schönen Landsmänninnen. Ebenso bringt auch Boileau, im Gewand eines Tadels, Ludwig XIV. ein Lob dar. Unsere Damen vereinen Aufgeklärtheit mit Liebenswürdigkeit und äußerste moralische Makellosigkeit mit jenem Charme des Ostens, der Mme. de Staël so bezaubert hat (vgl. »Dix ans d'exil«).
8 Die Leser erinnern sich an die zauberhafte Schilderung der Petersburger Nacht in der Idylle von Gnědič [das Gedicht wird hier in Prosa wiedergegeben – d. Übers.]:

Die Nacht ist da; doch die goldenen Streifen der Wolken
verblassen nicht.
Ohne Sterne und ohne Mond erstrahlt doch der ganze
Horizont.
An der fernen Küste sieht man die silbernen Segel

kaum erkennbarer Schiffe, die über den blauen Himmel zu
gleiten scheinen.
In ungetrübtem Glanz leuchtet der nächtliche Himmel,
und der Purpur des Sonnenuntergangs fließt mit dem Gold
des Ostens zusammen:
als führte Aurora in der Spur des Abends
den rosigen Morgen hervor. Es war jene goldene Zeit,
da die Sommertage die Herrschaft der Nacht an sich reißen;
da den Blick des Fremdländers am nördlichen Himmel
das zaubrische Ineinanderfließen von Schatten und süßem
Licht in Bann schlägt,
durch das der südliche Himmel niemals geschmückt ist;
eine Klarheit, ähnlich dem Liebreiz eines Mädchens aus dem
Norden,
über dessen himmelblaue Augen und purpurrote Wangen
die brünetten Wellen der Locken kaum einen Schatten
werfen.
Dann sieht man über der Neva und dem prunkvollen
Petropolis
den Abend ohne Dunkel und die kurzen Nächte ohne
Schatten;
dann, kaum daß sie ihre mitternächtlichen Lieder beendet
hat,
stimmt Philomele die Lieder an, die den aufgehenden Tag
begrüßen.
Doch es ist spät; Frische weht über die Tundren der Neva;
der Tau ist herabgestiegen . . .
Mitternacht ist da: Nachdem sie den Abend über mit
Tausenden von Rudern gelärmt,
bewegt sich die Neva nicht; die städtischen Gäste haben sich
zerstreut;
kein Laut am Ufer, kein Kräuseln auf dem Strom, alles ist
still;
nur manchmal läuft von den Brücken ein Dröhnen über das
Wasser;
nur ein langgezogener Schrei fliegt aus einem fernen Dorf
herbei,
wo in der Nacht zwei Wachtposten einander anrufen.
Alles schläft . . .

9 Wachend sieht der verzückte Poet
die gütige Göttin,

während er, an den Granit gelehnt,
eine schlaflose Nacht verbringt.
(Murav'jóv, »Der Göttin der Neva«)

10 Geschrieben in Odessa.
11 Siehe die erste Ausgabe des »Eugen Onegin«.
12 Aus dem ersten Teil der »Dnepróvskaja Rusálka«.
13 Die klangreichsten griechischen Namen, wie z. B. Agathon, Philetus, Theodora, Thecla usw., werden bei uns nur im gemeinen Volk gebraucht.
14 Grandison und Lovelace, die Helden zweier berühmter Romane [»Sir Charles Grandison« und »Clarissa Harlowe« von Samuel Richardson].
15 »Si j'avais la folie de croire au bonheur, je le chercherais dans l'habitude« (Chateaubriand).
16 »Poor Yorick!« – Ausruf Hamlets über dem Schädel des Narren (siehe Shakespeare und Sterne*).
17 Durch einen Druckfehler hieß es in der vorherigen Ausgabe statt »nach Hause eilen sie« »im Winter eilen sie« (was nicht den geringsten Sinn ergab). Rezensenten, die das nicht bemerkten, sahen in den folgenden Strophen einen Anachronismus. Wir wagen zu behaupten, daß in unserem Roman die Zeitabfolge dem Kalender entspricht.
18 Julie Wolmar, die Neue Heloïse; Malek-Adhel, Held eines mittelmäßigen Romans von Mme. Cottin; Gustave de Linar, Held einer reizenden Erzählung der Baronesse Krüdener.
19 »Der Vampir«, eine fälschlicherweise Lord Byron zugeschriebene Erzählung; »Melmoth«, das geniale Werk Maturins; »Jean Sbogar«, der bekannte Roman von Charles Nodier.
20 »Lasciate ogni speranza, voi ch'entrate.« Unser bescheidener Autor hat nur die erste Hälfte des berühmten Verses übersetzt.
21 Eine Zeitschrift, deren Herausgabe von dem verstorbenen A. Izmájlov ziemlich nachlässig besorgt wurde.
22 E. A. Baratýnskij.
23 In den Zeitschriften wunderte man sich darüber, wie man ein einfaches Bauernmädchen »Mädchen« nennen kann, wenn man ein Stück weiter Landedelfräulein »junge Dinger« nennt.
24 »Das will sagen«, bemerkt einer unserer Kritiker, »daß die Jungen Schlittschuh laufen.« Genauso ist es.
25 In der Blüte meiner Jahre
gefiel mir der poetische Aí

* [Mit Sterne ist der englische Schriftsteller des 18. Jahrhunderts gemeint.]

mit seinem prickelnden Schaum,
dieses Ebenbild der Liebe
oder der ausgelassenen Jugend . . .

(Epistel an L. P.*)

26 Auguste Lafontaine, Autor einer Vielzahl von Familienromanen.

27 Siehe »Erster Schnee«, ein Gedicht des Fürsten Vjázemskij.

28 Siehe die Beschreibung des finnischen Winters in Baratýnskijs »Eda«.

29 Der Kater ruft das Kätzchen,
in der Ofennische zu schlafen.

Die Voraussage einer Heirat; das erste Lied verkündet Tod.

30 Auf diese Weise findet man den Namen seines zukünftigen Verlobten heraus.

31 In den Zeitschriften wurden die Wörter ›chlop‹ [Geklapper], ›molv'‹ [Rede] und ›top‹ [Gestampf] als mißlungene Neologismen verurteilt. Diese Wörter sind urrussisch. »Bova trat aus seinem Zelt, um frische Luft zu schöpfen und hörte auf dem freien Feld menschliche Rede und Pferdegestampf« (Das Märchen von Bova, dem Königssohn). ›Chlop‹ wird in der einfachen Volkssprache für ›chlopanie‹ [Klappern] verwendet, ebenso ›šip‹ [Gezisch] für ›šipenie‹ [Zischen]**:

Er gab ein schlangenartiges Gezisch von sich.

(Alte russische Gedichte)

Man sollte nicht störend auf die Freiheit unserer reichen und schönen Sprache einwirken.

32 Einer unserer Kritiker findet, wie es scheint, diese Verse unanständig, was uns aber nicht einleuchten will.

33 Wahrsagebücher erscheinen in unserem Land unter der Firma des Martin Zadecka, eines ehrenwerten Mannes, der, wie B. M. Fjódorov bemerkt, niemals Wahrsagebücher geschrieben hat.

34 Parodie der bekannten Verse von Lomonósov:

Die Morgenröte führt mit purpurner Hand
von den morgendlichen ruhigen Wassern
mit der Sonne hinter sich . . . usw.

35 Bujánov, mein Nachbar . . .
. . . .
kam gestern zu mir mit unrasiertem Schnurrbart,

* [Puškins Bruder Lev.]

** [Im Deutschen müßte man ›chlop‹ ungefähr mit ›Klapp‹, ›top‹ mit ›Stampf‹, ›šip‹ mit ›Zisch‹ wiedergeben. – Der Übers.]

zerzaust, mit Bettfedern [auf dem Anzug], mit einer Schirmmütze ...

(»Der gefährliche Nachbar«)

36 Unsere Kritiker, treue Verehrer des schönen Geschlechts, verurteilten streng die Ungehörigkeit dieser Zeile [s. Nr. 23].

37 Pariser Restaurateur.

38 Vers von Gribojédov.

39 Ein berühmter Waffenhersteller.

40 In der ersten Ausgabe endete das sechste Kapitel folgendermaßen:

... Im tödlichen Rausch der Welt,
unter Seelenlos-Hochmütigen,
unter glänzenden Dummköpfen,

XLVII

unter hinterlistigen, kleinmütigen,
unvernünftigen, verwöhnten Kindern,
sowohl lächerlichen als auch langweiligen Bösewichtern,
sturen, zanksüchtigen Richtern,
unter devoten Koketten,
unter freiwilligen Kriechern,
inmitten alltäglicher Szenen, die gerade Mode sind,
höflicher, sanfter Verrätereien,
inmitten der kalten Urteilssprüche
hartherziger Selbstgefälligkeit,
inmitten der empörenden Leere
von Berechnungen, Gedanken und Gesprächen,
in diesem Mahlstrom, wo ich mit euch,
liebe Freunde, herumschwimme.

41 Ljóvšin, Verfasser zahlreicher Werke auf dem Gebiet der Wirtschaft.

42 Unsere Straßen sind für das Auge ein Garten:
Bäume, ein Erdwall mit Rasen, Rinnsteine;
viel Arbeit, viel Ruhm;
schade nur, daß man hin und wieder nicht durchkommt.
Von den Bäumen, die auf Wache stehen,
haben die Reisenden wenig Nutzen;
die Straßen, werden Sie sagen, sind schön,
erinnern sich dabei aber des Verses: »für Vorübergehende!«*

* Für solche, die sich auf der Straße nicht fortzubewegen brauchen.

Unbehindert ist das Fahren in Rußland
nur in zwei Fällen:
wenn unser McAdam- oder McEva-*
Winter, knirschend vor Wut,
seinen verheerenden Überfall durchführt
und die Straßen mit seinem Belag aus gußeisernem Eis
versieht,
und Pulverschnee die Spuren
mit flaumigem Sand bestreut.
Oder wenn die Felder eine
derartige trockene Dürre durchzieht,
daß eine Fliege mit geschlossenen Augen
eine Pfütze durchwaten kann.

(»Die Station« von Fürst Vjázemskij)

43 Der Vergleich ist K. entliehen, der so bekannt ist für seine spielerische Phantasie. K. erzählt, daß er, als er einmal als Kurier von Fürst Potjómkin zur Kaiserin geschickt wurde, so schnell gefahren sei, daß sein Degen, der mit der Spitze aus dem Wagen herausragte, gegen die Werstpfähle geschlagen habe, als fahre er an einem Zaun entlang.

44 Rout [engl.], Abendgesellschaft ohne Tanz; bedeutet ursprünglich Menge.

* Der nicht sehr originelle Scherz besteht darin, daß Vjázemskij den Winter den russischen McAdam-Winter nennt (weil er die Straßen ebnet wie der Straßenbauingenieur McAdam) oder, da ›Winter‹ im Russischen ein Femininum ist, den McEva-Winter.

Fragmente aus Onegins Reise

Das ursprünglich achte Kapitel, das Eugen Onegins Reise durch Rußland beschreibt, wurde von Puschkin aus Rücksicht auf die Zensur gestrichen und 1832 von ihm mit folgendem Vorwort gesondert herausgegeben:
»Die weggelassenen Strophen boten des öfteren Anlaß zu Kritik und Spötteleien (die im übrigen der Berechtigung und des Witzes nicht entbehren). Der Autor gesteht ganz aufrichtig ein, daß er aus seinem Roman ein ganzes Kapitel fortließ, in dem die Reise Onegins durch Rußland beschrieben wurde. Bei ihm stand es, dieses weggelassene Kapitel durch Punkte oder durch eine Ziffer zu markieren; doch um Ärgernisse zu vermeiden, entschloß er sich, das letzte Kapitel des ›Eugen Onegin‹ besser nicht als das neunte, sondern als das achte zu bezeichnen und eine seiner Schlußstrophen zu opfern [8, XLVIII a]:

Es ist Zeit: Die Feder bittet um Ruhe;
neun Gesänge habe ich geschrieben;
von der neunten Welle wird mein Boot
ans frohe Ufer getrieben –
Preis euch, den neun Kamönen, etc.

P[ável] A[lexándrovič] Katénin (den ein schönes dichterisches Talent nicht daran hindert, auch ein feinsinniger Kritiker zu sein) ließ uns wissen, daß diese Auslassung, mag sie für die Leser vielleicht auch von Vorteil sein, der Anlage des gesamten Werks jedenfalls schade; und zwar deshalb, weil dadurch der Übergang von Tatjana, dem Provinzfräulein, zu Tatjana, der großen Dame, allzu unerwartet und unvorbereitet käme – eine Beobachtung, die den erfahrenen Künstler ausweist. Der Autor selbst empfand deren Berechtigung, entschied aber, dieses Kapitel, aus Gründen, die für ihn, nicht aber für das Publikum von Belang sind, fortzulassen. Ein paar Bruchstücke wurden gedruckt; wir bringen sie hier unter und fügen ihnen noch einige Strophen hinzu.«

Von Moskau fährt Eugen Onegin nach Nižnij Novgorod*:

[Fortsetzung von IX]

. . . vor ihm
ist Makárjev in geschäftiger Unrast begriffen,
es brodelt vor lauter Überfluß.
Der Inder kam mit Perlen hierher,
der Europäer mit gepanschtem Wein,
der Züchter aus den Steppen
trieb eine Herde ausgebrackter Pferde herbei,
der Spieler brachte seine Kartenspiele
und eine Handvoll gehorsamer Würfel,
der Gutsbesitzer – reife Töchter,
und die Töchterchen – die Mode vom vergangenen Jahr.
Alles rennt herum, lügt wie gedruckt,
und überall herrscht merkantiler Geist.

[X]

Überdruß . . .!

[XI]

Onegin fährt nach Astrachan und von dort in den Kaukasus:

[XII]

Er sieht, wie der eigensinnige Térek
an seinen steilen Ufern gräbt;
vor ihm schwebt ein prachtvoller Adler;
ein Hirsch steht da mit gesenktem Geweih;
im Schatten eines Abhangs ruht ein Kamel;
über die Wiesen jagt das Tscherkessenpferd,
und rund um die Nomadenzelte
grasen die Schafe der Kalmücken.
In der Ferne – die Massen des Kaukasus.
Der Weg zu ihnen ist frei. Der Krieg drang
über seine natürlichen Grenzen,

* Diese Überschriften stammen ebenfalls von Puškin.

über seine gefährlichen Hindernisse:
die Ufer der Arágva und der Kurá
erblickten russische Zelte.

[XIII]

Schon erhebt sich der ewige Wächter der Wüste,
von Hügeln ringsum eingekeilt:
der spitzgipflige Beštú
und der grünende Mašúk,
Mašúk, der Spender heilkräftiger Quellen;
um seine wunderschönen Bächlein
drängt sich die bleiche Schar der Kranken,
einer das Opfer des Kriegsruhms,
ein anderer der Hämorrhoiden, ein dritter der Zypris.
Der Leidende beabsichtigt, seinen Lebensfaden
in den wunderbaren Wellen zu stärken,
die Kokette, die Verwüstungen schlimmer Jahre
auf dem Grund des Wassers zu lassen, und der alte Mann,
jung zu werden – und wenn auch nur für einen Augenblick.

[XIV]

Onegin, unter ihrer traurigen Sippe
bitteren Gedanken nachhängend,
schaut mit einem bedauernden Blick
auf die dampfenden Ströme
und überlegt in düsterem Kummer:
Warum hat nicht meine Brust eine Kugel verwundet?
Warum bin ich nicht ein hinfälliger Greis
wie dieser arme Pächter?
Warum bin ich nicht gelähmt
wie jener Assessor aus Túla?
Warum verspüre ich nicht in der Schulter
wenigstens Rheuma? Ach Gott!
Ich bin jung, das Leben pulsiert kräftig in mir,
was habe ich zu erwarten? Überdruß, Überdruß ...!

Onegin besucht darauf Tauris:

[XV]

. . . .
Ein Land, heilig der Phantasie:
Dort stritt Pylades mit Orest,
dort erdolchte sich Mithridates,
dort schuf Mickiéwicz seine begeisterten Gesänge
und erinnerte sich zwischen den felsigen Ufern
an sein Litauen.

[XVI]

Herrlich seid ihr, Ufer der Tauris,
wenn man euch vom Schiff aus
beim Licht des Morgensterns erblickt,
so wie ich euch zum ersten Mal sah.
Ihr zeigtet euch mir in hochzeitlichem Glanz:
Gegen einen blauen lichten Himmel
schimmerten die Massen eurer Berge;
das Muster aus Tälern, Bäumen, Dörfern
breitete sich vor mir aus.
Und dort, zwischen den kleinen Hütten der Tataren . . .
Was für eine Glut erwachte in mir!
In welch wundersamer Wehmut
zog sich mir die flammende Brust zusammen!
Doch, Muse, vergiß die Vergangenheit!

[XVII]

Welche Gefühle sich auch damals insgeheim in mir
geregt haben mögen – jetzt gibt es sie nicht mehr:
sie sind vergangen oder haben sich verändert . . .
Friede dir, Unrast verflossener Jahre!
Notwendig schienen mir zu jener Zeit
Wüsten, der perlende Saum von Wellen,
und das Rauschen des Meeres und Massen von Felsen,
und das Idealbild des ›stolzen Mädchens‹,
und namenloses Leid . . .
Andere Tage, andere Träume;

bescheiden seid ihr geworden,
ihr hochfliegenden Wunschträume meines Frühlings,
und dem Pokal meiner Poesie
habe ich viel Wasser beigemischt.

[XVIII]

Nach anderen Bildern verlangt es mich jetzt:
Ich liebe einen sandigen Hang,
zwei Ebereschen vor einer Hütte,
eine Pforte, einen zerbrochenen Zaun,
am Himmel graue Wolken,
vor der Tenne Haufen von Stroh
und unter dem Schatten dichter Weiden einen Teich –
Tummelplatz junger Enten;
die Balalaika habe ich jetzt gern
und das trunkene Stampfen des Trepák
vor der Schwelle einer Schenke.
Mein Ideal ist jetzt – eine Hausfrau,
mein Wunsch – Ruhe und
»ein Topf mit Kohlsuppe, aber mein eigener Herr«.

[XIX]

Neulich, als ich bei regnerischem Wetter
zufällig auf den Viehhof geriet –
pfui, was für prosaische Abgeschmacktheiten,
bunter Kehricht der flämischen Schule!
War ich so, als ich aufblühte?
Sag, Springbrunnen von Bachčisaraj!
Hatte dein unaufhörliches Rauschen
mir solche Gedanken eingeflößt,
als ich dir schweigend gegenübersaß
und mir das Bildnis der Zarema vergegenwärtigte
in luxuriösen verlassenen Sälen . . . ?
Als er vor drei Jahren auf meinen Spuren
jene selbe Gegend durchstreifte,
erinnerte sich Onegin an mich.

[XX]

Ich lebte damals im staubigen Odessa ...
Dort ist der Himmel sehr lange klar.
Dort setzt geschäftig
ein reicher Handel seine Segel;
dort ist alles von europäischer Atmosphäre durchweht,
alles strahlt und schillert
in der bunten Mannigfaltigkeit des lebhaften Südens.
Die Sprache des goldenen Italien
erklingt auf der fröhlichen Straße,
über die der stolze Slawe geht,
der Franzose, Spanier, Armenier,
und der Grieche, und der schwerfällige Moldawier,
und der Sohn der ägyptischen Erde,
der Korsar im Ruhestand, Moralí.

[XXI]

Unser Freund Tumánskij hat Odessa
in klangvollen Versen geschildert,
doch zu jener Zeit betrachtete er es
mit voreingenommenen Augen.
Kaum angekommen, machte er sich, als echter Dichter,
auf den Weg, mit seiner Lorgnette allein
über dem Meer dahinzuschweifen – und dann
verherrlichte er mit seiner bezaubernden Feder
die Gärten von Odessa.
Alles gut und schön, die Sache ist nur die,
daß ringsherum kahle Steppe ist;
unlängst brachten es Arbeiten hie und da zuwege,
daß junge Zweige an heißen Tagen
einen mühsamen Schatten spenden.

[XXII]

Aber wo ist denn meine zusammenhanglose Erzählung geblieben?
»Im *staubigen* Odessa«, hatte ich begonnen.
Ebensogut hätte ich sagen können »im *schmutzigen* Odessa« –
und dabei hätte ich wahrhaftig nicht gelogen.
So fünf, sechs Wochen im Jahr ist Odessa,

nach dem Willen des stürmischen Zeus,
überschwemmt, ertränkt,
in dickem Schlamm versunken.
Alle Häuser stecken einen Arschin hoch im Dreck,
und nur auf Stelzen wagt der Fußgänger,
die Straße zu durchwaten;
Kutschen und Menschen sinken ein, bleiben stecken,
und vor den Droschken wird das schwächliche Pferd
vom Ochsen mit seinen gesenkten Hörnern abgelöst.

[XXIII]

Aber schon zerschlägt der Hammer Steine,
und bald wird ein hallendes Pflaster
wie ein schmiedeeiserner Panzer
die gerettete Stadt überziehen.
Jedoch gibt es in diesem feuchten Odessa
noch einen spürbaren Mangel, und zwar
an – was glaubt ihr wohl? – an Wasser.
Schwere Arbeit ist notwendig . . .
Na und? Das ist eine geringe Sorge,
vor allem, wenn der Wein
zollfrei importiert wird.
Und dann die südliche Sonne, das Meer . . .
Was verlangt ihr da noch, Freunde?
Ein gesegnetes Fleckchen Erde!

[XXIV]

Es gab eine Zeit, da ich, kaum daß die Kanone
vom Schiff herunter donnernd den Sonnenaufgang anzeigte,
das steile Ufer hinablief
und mich ans Meer begab.
Dann entzündete ich meine Pfeife,
ließ mich von der salzigen Welle beleben
und schlürfte den orientalischen dicken Kaffee
wie ein Muselman in seinem Paradies.
Oder ich gehe bummeln. Schon ist das
wohlwollende Kasino geöffnet; Gläserklirren
ist zu hören; auf den Balkon
tritt der verschlafene Markör heraus

mit einem Besen in der Hand, und an der Vorfahrt
haben sich bereits zwei Kaufleute eingefunden.

[XXV]

Und schon färbt sich bunt der Marktplatz.
Alles ist lebendig geworden; wo man hinsieht,
laufen Leute herum, in Geschäften oder nicht,
eher aber in Geschäften.
Der Kaufmann, Kind der Kalkulation und des Risikos,
geht fort, um einen Blick auf die Flaggen zu werfen
und in Erfahrung zu bringen, ob der Himmel
die ihm bekannten Segel schickt.
Welche neue Waren
hat man heute unter Quarantäne gestellt?
Sind die Fässer des erwarteten Weins angekommen?
Und wie steht es mit der Pest, und wo sind Brände?
Und gibt es nicht eine Hungersnot, Krieg
oder eine ähnliche Neuigkeit?

[XXVI]

Wir aber, Gesellen ohne Kummer,
erwarteten zwischen den besorgten Kaufleuten
nur Austern von den
Ufern Konstantinopels.
Was ist mit den Austern? Angekommen! Welche Freude!
Und die gefräßige Jugend stürmt davon,
um die fetten und lebenden Gefangenen
der Meeresschalen, ein wenig
mit Zitrone beträufelt, herunterzuschlingen.
Lärm, Streitereien; heller Wein
wird aus dem Keller vom dienstbeflissenen Otón*
auf den Tisch gebracht;
die Stunden vergehen wie im Fluge; unterdessen aber
wächst, unsichtbar, eine erschreckende Rechnung.

* Bekannter Restaurateur in Odessa [Fußnote von Puškin].

[XXVII]

Doch schon dunkelt der blaue Abend –
Zeit, daß wir zur Oper eilen:
Dort ist der berauschende Rossini,
Europas Liebling: Orpheus.
Ohne der grimmigen Kritik Beachtung zu schenken,
ist er immer der Alte – ewig neu;
er verströmt seine Melodien, sie moussieren,
sie fluten dahin, sie brennen
wie jugendliche Küsse,
voll von Liebeswonne, von Liebesfeuer,
wie der Strom und die goldenen Spritzer
des aufschäumenden Aí . . .
Aber meine Herren, ist es denn erlaubt,
do-re-mi-sol mit Wein zu vergleichen?

[XXVIII]

Und herrscht dort denn der Zauber ganz allein?
Wie steht es mit der forschenden Lorgnette?
Und die Stelldicheins hinter den Kulissen?
Und die Primadonna? Das Ballett?
Und die Loge, wo, inmitten einer Schar von Sklaven,
eine junge Kaufmannsfrau,
eitel und mit schmachtendem Blick,
mit ihrer Schönheit prunkt?
Nur mit halbem Ohr vernimmt sie
deren Kavatinen, Flehen und
Scherzen, halb vermischt mit Schmeichelei . . .
Und ihr Mann – döst hinter ihr in einer Ecke;
er ruft im Halbschlaf »da capo«,
gähnt – und schnarcht weiter.

[XXIX]

Das Finale dröhnt; der Saal leert sich;
Lärmen und Hasten bei der Abfahrt;
die Menge rennt beim Licht
der Lampen und der Sterne auf den Platz.
Die Söhne des glücklichen Ausonien

trällern ein spielerisches Motiv,
das sie ganz absichtslos behalten haben,
während wir ein Rezitativ röhren.
Doch es ist spät. Odessa liegt in ruhigem Schlaf.
Die warme stumme Nacht
scheint nicht zu atmen. Der Mond ist aufgegangen,
ein leichter, durchsichtiger Schleier
verhüllt den Himmel. Alles schweigt;
nur das Rauschen des Schwarzen Meeres ist zu hören . . .

[XXX]

Und so lebte ich damals in Odessa . . .

Weitere Kapitel zu »Fragmente aus Onegins Reise«

I

(ist identisch mit Strophe X des letzten, 8. Kapitels: Glücklich, wer ...)

II

Glücklich, wer die strenge Stimme
der irdischen Notwendigkeit verstand;
wer im Leben auf der großen Straße ging,
der großen Straße mit den Wegmarken;
wer ein Ziel hatte und zu ihm strebte;
wer wußte, wozu er auf die Welt gekommen ist,
und wer seine Seele Gott übergab
wie ein Pächter oder ein General.
Seneca hat gesagt: »Wir sind geboren
zum Nutzen unserer Nächsten und zu unserem eigenen«
(einfacher und klarer geht es nicht) –
aber schwer ist es, nachdem man ein halbes Jahrhundert durchlebt hat,
im Vergangenen nur die Spur
vergeudeter, unfruchtbarer Jahre zu sehen.

III

(ist, mit Ausnahme des ersten Verses, identisch mit Strophe XI von Kap. 8)

Unerträglich aber ist der Gedanke, umsonst
....

IV

(ist identisch mit Strophe XII von Kap. 8)

V

Nachdem er es satt hatte, als ein Melmoth zu gelten
oder sich in fremder Maske zur Schau zu stellen,

erwachte in ihm irgendwann,
in einer langweiligen, regnerischen Zeit, der Patriot.
Rußland, meine Herren, gefiel ihm
sofort ganz außerordentlich,
und es ist beschlossene Sache. Schon ist er verliebt,
schon phantasiert er nur noch von der Rus',
schon haßt er Europa
mit seiner trockenen Politik,
mit seiner unwürdigen Hast.
Onegin macht sich auf den Weg; er wird
die Heilige Rus' sehen: ihre Felder,
Einöden, Städte und Meere.

VI

Schließlich war er für die Reise gerüstet, und dafür sei Gott Dank.
Am dritten Juli
trug ihn eine leichte Kalesche,
mit Postpferden bespannt, auf die Reise.
Mitten in einer halb wüstenartigen Ebene
sieht er Groß-Novgorod.
Still sind seine Plätze geworden – die Glocke des Aufruhrs
ist auf ihnen verstummt,
die Schatten der Riesen streifen nicht mehr umher:
der Sieger aus Skandìnavien,
der Gesetzgeber Jarosláv
samt dem Paar der schrecklichen Ivans;
und rund um die niedergebeugten Kirchen
brodelt das Volk vergangener Tage.

VII

Überdruß, Überdruß! Eugen beeilt sich,
fortzukommen: Jetzt
tauchen flüchtig, wie Schatten,
Valdáj, Toržók und Tver vor ihm auf.
Hier nimmt er aufdringlichen Bäuerinnen
drei Bündel Fastenkringel ab,
dort kauft er Pantoffeln; schließlich
fährt er schlafend an den stolzen

Ufern der Wolga entlang. Die Pferde jagen
bald über Berge, bald längs eines Flusses dahin;
die Werstpfähle fliegen vorüber, die Kutscher
singen, pfeifen, fluchen;
Staub wirbelt. Und schon wacht mein Eugen
in Moskau auf der Tverskája auf.

VIII

Moskau empfängt Onegin
mit seiner hochmütigen Geschäftigkeit,
lockt mit seinen Mädchen,
bewirtet mit seiner Sterlet-Suppe.
Auf der Versammlung des Englischen Klubs
(geprobte Nationalversammlungen),
in schweigendes Nachdenken versunken,
hört er, wie leeres Stroh gedroschen wird.
Man wird auf ihn aufmerksam. Über ihn rätselt
das widersprüchliche Gerücht;
Moskau beschäftigt sich mit ihm,
nennt ihn einen Spion,
macht ihm zu Ehren Verse
und befördert ihn zum Freier.

IX

Überdruß, Überdruß! Er will nach Nižnij,
in die Heimat von Mínin. Vor ihm
ist Makárjev in geschäftiger Unrast begriffen ...
(weiter siehe Anfang der »Fragmente«)

X

Überdruß! Eugen wartet auf besseres Wetter.
Schon ruft ihn die Wolga, »Muster aller Flüsse und Seen«,
auf ihre prächtigen Wogen,
unter die Segel aus Leintuch.
Einen Willigen anzulocken ist nicht schwer:
er mietet sich ein Kaufmannsschiff
und fährt flott den Fluß hinab.
Die Wolga schwillt; die Treidler,

auf die stählernen Hakenstangen gestützt,
singen mit schwermütiger Stimme
von manchem Räubernest,
von manch kühnen Raubzügen,
als in alter Zeit Sténka Rázin
die Wellen der Wolga mit Blut rötete.

XI

Sie singen von jenen ungebetenen Gästen,
die brandschatzten und mordeten. Doch da,
zwischen seinen sandigen Steppen,
auf dem Ufer salziger Wasser,
entfaltet sich das handelstüchtige Astrachan.
Kaum vertieft sich Onegin
in die Erinnerung vergangener Tage,
da wird er von der Hitze südlicher Strahlen begrüßt
und von Wolken frecher Stechmücken,
die ihn von allen Seiten mit unerträglichem Geräusch
umsummen; und in Wut geraten
verläßt er die Treibsandufer
der Kaspischen Gewässer unverzüglich.
Überdruß! Er fährt in den Kaukasus.

XV

(Anfang der Strophe, die in den »Fragmenten« beginnt mit:
Ein Land, heilig der Phantasie . . .)

Glücklich, wer alt ist! Glücklich, wer krank ist,
über dem die Hand des Schicksals liegt!
Ich aber bin gesund, jung, frei.
Was habe ich zu erwarten? Überdruß, nichts als Überdruß . . .!
Lebt wohl, Gipfel der Schneegebirge,
und ihr, Ebenen des Kubán;
er fährt zu anderen Ufern,
er erreicht von Tamán kommend die Krim,
ein Land, heilig der Phantasie
. . . .

XXX

(die letzte Strophe der »Fragmente«)

Und so lebte ich damals in Odessa
zwischen neu erwählten Freunden
und vergaß den düsteren Nichtsnutz,
den Helden meiner Erzählung.
Onegin konnte sich niemals dessen rühmen,
mit mir in freundschaftlichem Briefverkehr zu stehen,
und ich, ein glücklicher Mensch,
habe mein Leben lang
mit niemandem korrespondiert. Urteilt nun,
wie groß meine Überraschung war,
als er wie eine ungebetene Erscheinung
vor mir auftauchte,
wie laut die Überraschungsrufe der Freunde waren
und wie sehr ich mich freute!

XXXI

(Schluß nicht vorhanden)

Heilige Freundschaft! Stimme der Natur ...!
Als wir uns nun gegenseitig ansahen
wie die beiden Auguren Ciceros,
da brachen wir in ein leises Lachen aus ...

XXXII

Nicht lange schweiften wir gemeinsam
am Strand der Euxinischen Gewässer entlang.
Wieder wurden wir durch die Nornen getrennt
und auf einen neuen Marsch beordert.
Onegin, kühl geworden
und von dem, was er gesehen hatte, übersättigt,
brach zu den Ufern der Neva auf.
Und ich fuhr fort von den lieblichen Frauen des Südens,
von den fetten Austern des Schwarzen Meeres,
von der Oper, von dunklen Logen
und, Gott sei Dank, von den Magnaten,

fuhr fort in den Schatten der Wälder von Trigórsk,
in einen fernen nördlichen Bezirk,
und traurig war meine Ankunft.

XXXIII

Ach, wo mir auch das Schicksal
einen namenlosen Winkel bestimmt,
wo ich auch sei, wohin es auch
meinen bescheidenen Kahn treibt,
wo auch immer es einen späten Frieden für mich bestimmt,
wo mich auch das Grab erwartet,
überall, überall werde ich in meiner Seele
meine Freunde segnen.
Nein, nein, nirgends werde ich
ihre liebevollen, herzlichen Gespräche vergessen.
In der Ferne, allein unter den Menschen,
werde ich mir immer euch vorstellen,
Schatten der Uferweiden,
euch, Friede und Schlaf der Felder von Trigórsk.

XXXIV

Und das abschüssige Ufer der Sórot,
und die gestreiften Hügel,
und im Gehölz die verborgenen Pfade,
und das Haus, wo wir feierten –
unser Refugium im Strahlenkranz der Musen,
vom jungen Jazýkov besungen,
als er vom Tempel der Weisheit
in unseren ländlichen Kreis kam
und die Nymphe der Sórot verherrlichte
und die Felder ringsum
mit dem zauberhaften Klang seiner Verse erfüllte;
aber dort habe auch ich eine Spur hinterlassen,
dort, dem Wind zum Geschenk, habe ich an eine dunkle Tanne
meine tönende Schalmei gehängt.

Die im Textteil ausgelassenen Strophen*

Erstes Kapitel

IX

Früh quält uns das Liebesverlangen,
und Chateaubriand sagt,
daß nicht die Natur uns die Liebe lehre,
sondern der erste Schundroman.
Wir dürsten danach, das Leben im voraus zu kosten,
und begegnen ihm im Roman.
Die Jahre rücken heran, unterdessen aber
haben wir nichts genossen –
dadurch, daß wir der herrlichen Erfahrung zuvorkommen,
schaden wir nur dem Glück.
Mag sich zwar die Unkenntnis verflüchtigen, so verschwindet
mit ihr aber auch das jugendliche Feuer.
Dies hatte Onegin erfahren;
dafür kannte er aber die Frauen.

XIII

Wie verstand er es, den demütigen Blick
der ehrbaren Witwe auf sich zu lenken
und mit ihr, bescheiden und verwirrt,
errötend ein Gespräch zu beginnen,
zu fesseln mit rührender Unerfahrenheit
. . . und durch die Treue zuverlässiger
Liebe, die es auf der Welt nicht gibt,
und durch die Leidenschaftlichkeit unschuldiger Jahre.
Wie konnte er mit jeder beliebigen Dame
über den Platonismus diskutieren,
mit dem Dummchen harmlose Spielchen spielen
und sie plötzlich durch ein unerwartetes Epigramm
verwirren und schließlich triumphierend
ihren Kranz zerreißen.

* Ab der zweiten Auflage des Romans, die Puschkin selbst redigierte, erschienen sie nur noch kleingedruckt oder fielen weg.

XIV

(lohnt sich nicht)

XXXIX. XL. XLI

(nicht vorhanden)

Zweites Kapitel

(keine Auslassungen)

Drittes Kapitel

III

(Fortsetzung)

. . . .
Wassermelonen und goldene Pfirsiche.
Einen anderen Zeitvertreib, eine andere Belustigung
gibt es auf dem Lande nach dem Mittagessen nicht.
Die Arme fest verschränkt, haben sich an der Tür
die Mädchen vom Gesinde versammelt,
um den neuen Gast zu sehen,
und auf dem Hof begutachtet
die Schar der Knechte ihre Pferde.

Viertes Kapitel

I

Am Anfang meines Lebens beherrschte mich
das schöne, schlaue, schwache Geschlecht;
damals erhob ich dessen Laune
zu meinem einzigen Gesetz.
Meine Seele hatte gerade erst begonnen, sich dem Feuer zu nähern,

und meinem Herzen erschien die Frau
wie eine hehre Gottheit.
Sie nahm Gefühl und Verstand gefangen
und strahlte in Vollkommenheit.
Vor ihr schmolz ich in der Stille dahin.
Ihre Liebe erschien mir
eine unerreichbare Seligkeit;
zu ihren Füßen zu leben und zu sterben –
einen anderen Wunsch hatte ich nicht.

II

Dann wieder haßte ich sie plötzlich,
zitterte und vergoß Tränen,
und mit Verzagtheit und Schrecken sah ich in ihr
das Geschöpf böser, verborgener Kräfte;
ihr durchdringender Blick,
ihr Lächeln, ihre Stimme, ihre Gespräche,
alles an ihr war vergiftet,
durchtränkt von bösem Verrat,
alles an ihr gierte nach meinen Tränen und meinem Stöhnen
und nährte sich von meinem Blut . . .
Dann wieder sah ich mit einem Mal in ihr den Marmor
vor dem Flehen des Pygmalion,
kalt noch und stumm,
doch bald heiß und voller Leben.

III

Mit den Worten eines prophetischen Dichters
darf auch ich sagen:
»Thamyra, Daphne und Lileta
habe ich schon lange vergessen wie einen Traum.«
Doch eine war in ihrer Schar . . .
Von einer war ich lange gefesselt.
Aber wurde ich geliebt, und von wem,
und wo, und dauerte es lange . . .? Wozu
braucht Ihr das zu wissen? Darum handelt es sich nicht!
Was war, ist vergangen, ist Geschwätz;
jetzt dreht es sich darum, daß seit jener Zeit
mein Herz endgültig erkaltet ist;

es hat sich der Liebe verschlossen,
und alles in ihm ist öde und finster.

IV

Ich habe die Entdeckung gemacht, daß die Damen selber,
das Geheimnis ihres Herzens verratend,
sich nicht genug über uns wundern können,
wenn sie sich offen und ehrlich einschätzen.
Unser eigensinniges Rasen
wirkt auf sie sehr ergötzlich;
und wirklich, wir sind unsrerseits
von einer unverzeihlichen Komik.
Nachdem wir uns zu Sklaven gemacht haben,
erwarten wir zum Lohn dafür ihre Liebe,
rufen in unserem Wahnsinn nach ihr,
als ob man
von Schmetterlingen oder Lilien
tiefe Gefühle und Leidenschaften verlangen könnte.

V

Gesteh ich's euch? Zu jener Zeit
hatte ich nichts als den Genuß;
teuer war mir meine Verblendung,
später reute sie mich.
Doch mit dem verführerischen Rätsel
quälte ich mich nicht lange im geheimen . . .
Sie selbst halfen mir,
flüsterten mir von sich aus das ›Wort‹ zu;
es war der vornehmen Gesellschaft bekannt
und schien schon seit langem
niemandem mehr komisch vorzukommen.
Als ich so dieses Rätsel gelöst hatte,
sagte ich: Ist das alles, Freunde?
Daß ich darauf nicht von selbst gekommen bin!

VI

Die ruhelosen Sorgen der Leidenschaften
sind vergangen und werden nicht mehr zurückkehren!

Die betäubte Seele kann in ihrem Schlafzustand
von der Liebe nicht mehr wachgerüttelt werden.
Dem gefälligen Gleißen der hohlen Schönheit des Lasters
ist eine Frist gesetzt.
Es ist Zeit, daß ich die Verfehlungen früher Tage
durch mein Leben wiedergutmache!
Das Gerücht hat spielend meine
ersten Jahre angeschwärzt.
Die Verleumdung half ihm dabei
und brachte die Freundschaft nur zum Lachen;
aber zum Glück wird das Urteil des Gerüchts
manchmal umgestoßen . . .!

XXXVI

In der Ferne schon sucht sie mein Blick . . .
Aber der Jäger, der durch den Wald schleicht,
flucht auf die Poesie, und pfeifend entspannt er
vorsichtig den Hahn.
Jedem Tierchen sein Pläsierchen.
Lieblingsbeschäftigungen gibt es so manche:
Einer zielt mit dem Gewehr auf Enten;
ein anderer phantasiert in Reimen wie ich;
ein Dritter schlägt mit der Klatsche nach den frechen Fliegen;
ein Vierter lenkt in Gedanken eine Menschenmenge;
ein Fünfter hat sein Vergnügen am Krieg;
ein Sechster läßt seine Sinne von traurigen Gefühlen umschmeicheln;
ein Siebter ergibt sich dem Wein:
Und das Gute ist mit dem Bösen vermischt.

XXXVIII

Er trug eine russische Bluse,
umgürtet von einem seidenen Tuch;
einen offenen tatarischen Bauernrock
und einen Hut mit einem Dach, nicht unähnlich
einem wandelnden Haus. Durch diesen seltsamen Aufzug,
›unsittlich‹ und ›verwegen‹,
fühlte Madame Durina aus Pskov
sich sehr gekränkt,
und mit ihr Mizínčikov. Vielleicht,

daß Eugen die Kommentare seiner Aufmerksamkeit nicht für würdig hielt,
oder daß er gar nichts von ihnen wußte –
jedenfalls dachte er nicht daran, ihnen zuliebe
seine Gewohnheiten zu ändern;
daher kam es, daß er seinen Nächsten unausstehlich war.

Fünftes Kapitel

XXXVII

Im Hinblick auf Feste bin ich ungehorsamerweise bereit,
mit deiner Göttlichkeit in einen Wettstreit zu treten;
doch bekenne ich großmütig,
daß du mich auf einem anderen Gebiet besiegt hast:
Deine grimmigen Helden,
deine ungeordneten Kämpfe,
deine Zypris und dein Zeus
übertreffen bei weitem
meinen kalten Onegin,
die verschlafene Einöde der Felder,
meine Istomina,
unsere moderne Bildung;
Tanja aber, das schwöre ich, ist lieblicher
als deine gemeine Helena.

XXXVIII

Darüber wird niemand auch nur streiten wollen,
obwohl für seine Helena Menelaus
noch weitere hundert Jahre nicht aufhören wird,
das arme Phrygische Land zu bestrafen;
obwohl die Versammlung der Alten von Pergamon,
wenn sie, um den trefflichen Priamus geschart,
sie von weitem erblickt, wiederum entscheidet:
Menelaus hat recht und Paris hat recht.
Was die Schlachten betrifft, so bitte ich euch,
ein wenig zu warten:
Habt die Freundlichkeit, weiterzulesen;

urteilt über den Anfang nicht zu streng;
eine Schlacht wird es geben, ich lüge nicht,
dafür kann ich mein Ehrenwort verpfänden.

XLIII

Wie die Peitsche im Sand der Manege
die an der Leine laufenden ausgelassenen Füllen antreibt,
so trieben und stießen die Männer
in einem quirlenden Kreis die Mädchen:
Die Schuheisen und Sporen von Petuškóv
(Kanzleibeamter i. R.)
ertönen. Unter Bujánovs Absätzen
bleibt der Fußboden ringsum kaum heil;
Krachen, Stampfen, Poltern wechseln sich ab:
je tiefer der Wald, desto mehr Holzklötze gibt's.
Jetzt sind die Hauptkerle dran, einen aufs Parkett
zu legen – womöglich einen Hocktanz?
Ach, leichter, leichter! Sonst zermalmen
die Absätze noch die Zehenspitzen der Damen!

Sechstes Kapitel

XV

Ja, ja, die Anfälle von Eifersucht
sind genauso eine Krankheit wie die Pest,
wie der schwarze Spleen, wie Fieber,
wie eine Geisteskrankheit.
Sie flammt auf wie ein Fieberanfall,
sie hat ihre Glut, ihr Delirium,
ihre bösen Träume und ihre Schreckgesichter.
Daß Gott erbarm, meine Freunde!
Eine schlimmere Strafe als ihre furchtbaren Martern
gibt es nicht mehr auf der Welt.
Glaubt mir: Wer sie ertragen hat,
der steigt, gegen jede Angst gefeit,
auf den brennenden Scheiterhaufen
oder bietet seinen Hals dem Beil des Henkers dar.

XVI

Ich möchte nicht mit einem vergeblichen Vorwurf
die Ruhe des Grabes stören;
du bist nicht mehr, o du, dem
ich in den Stürmen meines jungen Lebens
schreckliche Erfahrung
und einen wollüstigen Augenblick des Paradieses verdankte.
Wie man ein schwaches Kind lehrt,
so lehrtest du die zarte Seele, sie verwirrend,
tiefen Kummer.
Mit Sinnenlust brachtest du das Blut in Wallung,
entzündetest in ihm die Liebe
und die Flamme der grausamen Eifersucht;
doch er ist vorbeigegangen, jener schwere Tag.
Ruhe, quälender Schatten!

XXXVIII

Hätte er, ohne viel Gutes zu tun,
sein Leben mit Gift durchtränkt –
oho, da hätte er die Nummern der Zeitungen
mit unsterblichem Ruhm füllen können.
Die Menschen belehrend, die Zunftbrüder zum Narren haltend,
hätte er, im Sturm des Beifalls oder der Verwünschungen,
einen furchteinflößenden Weg zurücklegen können,
um schließlich seinen letzten Atemzug
im Anblick strahlender Trophäen zu tun,
wie unser Kutúzov, oder wie Nelson,
oder wie Napoleon in der Verbannung;
vielleicht aber auch, um gehängt zu werden, wie Ryléjev.
. . . .

XLVII

Unter hinterlistigen, kleinmütigen,
unvernünftigen, verwöhnten Kindern,
sowohl lächerlichen als auch langweiligen Bösewichtern,
sturen, zanksüchtigen Richtern,
unter devoten Koketten,
unter freiwilligen Kriechern,

inmitten alltäglicher Szenen, die gerade Mode sind,
höflicher, sanfter Verrätereien,
inmitten der kalten Urteilssprüche
hartherziger Selbstgefälligkeit,
inmitten der empörenden Leere
von Berechnungen, Gedanken und Gesprächen,
in diesem Mahlstrom, wo ich mit euch,
meine lieben Freunde, bade!

Siebentes Kapitel

VIII

Doch einmal in der Abendstunde
kam eines der Mädchen hierher.
Es schien, als bedrücke sie
ein tiefer Kummer;
angstvoll und unruhig, so schien es,
stand sie in Tränen vor der geliebten Asche,
den Kopf gesenkt
und die zitternden Hände gefaltet;
doch da hat sie mit eiligen Schritten
ein junger Ulan eingeholt:
in straffer Uniform, von gutem Wuchs und frischer Farbe,
mit einem schwarzen Schnurrbart paradierend,
mit breiten, vorgewölbten Schultern
und stolzem Sporenklirren.

IX

Sie sah auf den Krieger.
Sein Blick loderte vor Zorn,
und sie wurde bleich und seufzte,
sagte aber nichts;
und schweigend entfernte sich
Lenskijs Braut mit ihm
von dem verwaisten Ort, und von da an
kam sie niemals mehr von ihren Hügeln hierher.
Genauso erwartet uns jenseits des Grabes

gleichgültiges Vergessen;
die Stimme der Feinde, Freunde und Geliebten
verstummt. Nur über das Vermögen
stimmt der mißgünstige Chor der Erben
einen ungehörigen Streit an.

XXXIX

(nicht vorhanden)

Achtes Kapitel

II

(umfaßt nur 10 Zeilen)

Und Dmítriev war nicht unser Tadler;
und der Bewahrer russischen Brauchtums,
seine Schriftrollen verlassend, nahm von uns Notiz
und koste die schüchterne Muse.
Und du, von allem Schönen
tief inspirierter Sänger,
du, Idol reiner Herzen,
warst du es nicht, von Zuneigung fortgerissen,
der mir die Hand reichte
und mich aufrief zu ungetrübtem Ruhm?

XXV

(verschiedene unwichtige Varianten)

»Zehntes Kapitel«

I

Ein schwacher und verschlagener Herrscher,
ein glatzköpfiger und arbeitsscheuer Geck,
ein zufälliger Günstling des Ruhms,
regierte damals über uns.
. . . .

II

Wir lernten ihn als einen sehr friedfertigen Menschen kennen,
als nicht *unsere* Köche
den doppelköpfigen Adler
beim Zelt Napoleons rupften.
. . . .

III

Das Gewitter vom Jahre 1812
brach herein – wer half uns da?
Die Volkswut?
Barclay, der Winter oder der russische Gott?
. . . .

IV

Doch Gott half – das Murren wurde schwächer,
und bald, durch die Macht der Umstände,
fanden wir uns in Paris wieder,
und der russische Zar war König aller Könige.
. . . .

V

Und je fetter, desto schwerer.
O unser dummes russisches Volk,
sag, warum eigentlich
. . . .

VI

Vielleicht, du nationales Schibboleth,
hätte ich dir eine Ode gewidmet,
wenn mir nicht schon ein Reimschmied
von vornehmer Geburt zuvorgekommen wäre.

....

Die Meere wurden Albion zugesprochen

....

VII

Vielleicht wird sich, seine Leibrente vergessend,
der Bigotte in einem Kloster einschließen;
vielleicht wird, auf einen Wink von Nikolaus,
Sibirien den Familien ...
zurückgegeben ...
Vielleicht werden sie für uns die Wege instand setzen

....

VIII

Jener Mann des Schicksals, jener kriegerische Wanderer,
vor dem sich die Könige erniedrigten,
jener Reiter, gekrönt von einem Papst,
verschwunden wie ein Schatten des Morgenrots,

....

Gemartert durch die Strafe der Ruhe

....

IX

Drohend erbebten die Pyrenäen,
der Vulkan von Neapel loderte,
der einarmige Fürst blinzelte schon
aus Kišinjóv den Freunden der Morea zu.

....

Der Dolch von L, der Schatten von B

....

X

Ich werde, mit meinem Volk, jeden zügeln –
sprach unser Zar vor dem Kongreß,
um dich aber kümmert er sich einen Dreck,
du bist ein Sklave Alexanders.
. . . .

XI

Das drollige Heer Peters des Titanen,
ein Gefolge von alten Schnurrbartträgern,
die früher einmal einen Tyrannen
dem wilden Haufen von Henkern ausgeliefert hatten.
. . . .

XII

Rußland beruhigte sich wieder,
und eifriger begann der Zar seine Zechgelage abzuhalten;
doch der Funke einer anderen Flamme,
vielleicht schon seit langem,
. . . .

XIII

Sie hatten ihre Zusammenkünfte;
bei einem Becher Wein,
bei einem Glas russischen Wodkas
. . . .

XIV

Berühmt für ihr ätzendes Rednertalent,
versammelten sich die Mitglieder jener Vereinigung
beim unruhigen Nikíta,
beim vorsichtigen Iljá.
. . . .

XV

Lúnin, der Freund von Mars, Bacchus und Venus,
legte hier kühn
seine einschneidenden Maßnahmen dar,
und die Inspiration ließ ihn nur noch undeutlich reden.
Puškin trug seine Weihnachtslieder vor,
der melancholische Jakúškin
scheint schweigend
den Dolch zum Tyrannenmord entblößt zu haben.
Der lahme Turgénjev,
für den es auf der Welt nur Rußland gab und der hier
sein Ideal verfolgte, hörte ihnen zu
und sah, ein Hasser der Sklaverei und ihrer Peitschen,
in dieser Schar von Adligen
im voraus die Befreier der Bauern.

XVI

So verhielt es sich an der eisbedeckten Neva;
doch dort, wo zeitiger der Frühling
über der schattigen Kámenka
und über den Hügeln von Tulčín glänzt,
wo die Abteilungen Wittgensteins
sich auf den vom Dnjepr bespülten Ebenen
und auf den Steppen des Bug lagerten –
dort nahmen die Dinge eine entschieden andere Wendung.
Dort . . . Péstelj für die Tyrannen,
und der kaltblütige General
stellte ein . . . Heer auf,
und Murav'jóv, erfüllt von Wagemut und Kraft,
suchte ihn zu überreden
und drängte auf den Augenblick des Aufstands.

XVII

Anfangs waren diese Verschwörungen
zwischen Lafitte und Clicquot
lediglich freundschaftliche Streitgespräche,
und von der Kunst, eine Revolution zu machen,
waren sie kaum beleckt;

all das war nur Langeweile,
Müßiggang junger Köpfe,
Zeitvertreib erwachsener Taugenichtse,
es schien . . .
Knoten zu Knoten . . .
und langsam, mit einem geheimen Netz
. . . Rußland . . .
Unser Zar schlief . . .

Anmerkungen zum Text

Die folgenden Anmerkungen sind kein Kommentar. Sie wollen nicht mehr bieten als die Voraussetzung für das erste Verständnis des Textes. Wo sie diesen eng gesteckten Rahmen verlassen, handelt es sich lediglich um Andeutungen.

Den besten Kommentar zum »Eugen Onegin« bietet Vladímir Nabókov: Eugen Onegin. A novel in verse by Alexandr Pushkin. Translated from the russian, with a commentary, by Vladímir Nabókov in four volumes. Routledge & Kegan Paul. London 1964.

Der Übersetzer weiß sich diesem Werk in vieler Hinsicht verpflichtet. Es ist für eine eingehendere Beschäftigung mit dem »Eugen Onegin« unentbehrlich.

Das Motto des Romans: Er war von Eitelkeit durchdrungen, mehr aber noch von jener Art Hochmut, der sich mit derselben Gleichgültigkeit zu guten wie zu schlechten Taten bekennt, Folge eines Gefühls von – vielleicht nur eingebildeter – Überlegenheit (Aus einem Privatbrief).

Das Motto gibt Puškin in Form eines fingierten Briefzitats.

Erstes Kapitel

Motto: Das Motto stammt aus dem Gedicht »Pérvyj sneg« – »Erster Schnee« des Fürsten Vjázemskij (1792–1878); Vjázemskij, russischer Dichter und Literatur-Kritiker, war Vorkämpfer der Romantik, ohne jedoch die Vorzüge einer recht verstandenen Klassik gegenüber den Nachteilen einer falsch verstandenen romantischen Schwärmerei zu übersehen. Dies gilt ebenfalls für Puškin.

II, 5 Gemeint ist Puškins Verserzählung »Ruslán i Ljudmíla« (1820).

II, 9 Der Name des Helden ist von dem ins Weiße Meer mündenden Fluß Onéga genommen.

II, 10 *Neva:* Fluß, an dessen Mündung Leningrad (früher St. Petersburg) liegt.

II, 14 Der Norden ist für Puškin deshalb schädlich, weil ihn die Gesellschaft der Hauptstadt zu scharfen Epigrammen provoziert, was schließlich seine Verbannung nach Bessarabien zur Folge hatte. Dort, in Kišinjóv, begann Puškin am 9. Mai 1823 seinen »Eugen Onegin«.

III, 6 *Madame:* die französische Gouvernante.

III, 7 *Monsieur:* der französische Hauslehrer.

III, 14 *Sommergarten:* ein öffentlicher Park am Kai der Neva.

IV, 4 Keine poetische Übertreibung: Ein Vorfahre Puškins hängte einen französischen Hauslehrer ganz einfach auf, als er ihn heimlicher Beziehungen zu seiner Frau verdächtigte.

V, 7 *Pedant:* Für die gebildete französische Gesellschaft des 17. und 18. Jahrhunderts und ihre russischen Nacheiferer gab es nichts Schlimmeres, als von den überklugen und endlosen Reden eines ›Pedanten‹ belästigt zu werden, eines Mannes, der nicht merkt, daß seine selbstgefällig vorgetragenen gelehrten Auslassungen langweilen und die gesellige Atmosphäre zerstören (siehe auch Kap. 8, XXIII, 12). In Puškins »Dubróvskij« heißt es vom Fürsten Verjéjskij: »Er sprach über die Bilder nicht in den traditionellen Termini des pedantischen Kenners, sondern mit Gefühl und Phantasie.« (Ob in diesem Lob nicht doch ein wenig Ironie steckt – bei Puškin ist das Gefühl meist durch Klarheit und Abstand gebändigt –, mag dahingestellt sein.)
Puškin hat den Ausdruck ›Pedant‹ aus dem Französischen.

VI, 5 *Juvenal* (zwischen 50 und 70 bis 127 n. Chr.), römischer Satiriker.

VI, 8 *Äneis:* Epos von Vergil (70 bis 19 v. Chr.).

VI, 11 Zu diesem Bild dürfte Puškin von Nikoláj Karamzín (1766 bis 1826) angeregt worden sein. In dessen »Briefe eines reisenden Russen«, die kurz vor Puškins Zeit eine große Wirkung ausübten, heißt es bei der Wiedergabe der Geschichte von Paris: ». . . soll ich Ihnen mit dem gelehrten Staub dieser Autoren die Augen blenden . . .?«
Puškin verdankt Karamzín außerordentlich viel. Dieser ebnete ihm mit seiner einfachen, klaren, von schwerfälligen kirchenslawischen Mustern befreiten Sprache den Weg für seine meisterhafte Prosa.

VII, 5 *Theokrit:* griechischer Dichter (um 310 bis um 250 v. Chr.), Begründer der sogenannten Hirtendichtung.

VII, 6 *Adam Smith* (1723–90), britischer Philosoph und Volkswirtschaftler, Begründer der klassischen Nationalökonomie.

VIII, 10 *Ovid:* Ovidius Naso (43 v. Chr. bis 18 n. Chr.), römischer Dichter; in der Verbannung am Schwarzen Meer gestorben, wohin auch Puškin ins Exil mußte; Verfasser der »Ars amatoria« (Liebeskunst) und der »Metamorphosen«.

XII, 10 *Faublas:* Held eines Romans von Baptiste Louvet de Couvray (1760–97).

XVI, 6 *Kavérin:* Pjotr Kavérin (1794–1855), Husar, Freund Puškins.

XVI, 8 *Kometenwein:* Anspielung auf den Kometen von 1811, der Europa erschreckte; dieses Jahr war ein besonders gutes Weinjahr – Goethes unermüdliche Erquickung am ›Eilfer‹ bezeugt es.

XVII, 3 *Bréguet:* eine Uhr.

XVII, 9 Vgl. Voltaires Gedicht »Le mondain«, dem Puškin in Wortwahl und Bildern viel entlehnt hat. Nach Puškins eigenem Bekenntnis war Voltaire sein Lehrmeister in der Prosa.

XVII, 11 *entrechat:* Kreuzsprung (Ballett).

XVII, 12 *Phädra:* Stück eines klassizistischen Nachahmers von Racine; welches Stück mit *Kleopatra* gemeint ist, ist nicht festzustellen.

XVII, 13 *Moïna:* Heldin von V. Ózerovs Tragödie »Fingal«.

XVIII, 3 *Fonvízin:* Denis Fonvízin (1745–92), russischer Dramatiker; schrieb die satirische Komödie »Nédorosl'« – »Der Landjunker«, das einzige heute noch in Rußland gespielte Stück des 18. Jahrhunderts.

XVIII *Knjažnín, Ózerov, Katénin, Šachovskój:* die ersten beiden und der vierte sind drittrangige Dramatiker; Katénin versuchte sich an der Übersetzung von Corneilles »Cid«.

XVIII, 7 *Didelot:* französischer Ballettmeister in St. Petersburg. (In gewissen deutschen Übersetzungen des »Eugen Onegin« wird ihm die Ehre angetan, mit Denis Diderot, dem großen französischen Aufklärer, verwechselt zu werden.)

XIX, 7 *Terpsichore:* Muse des Tanzes und des Chorgesanges.

XX, 3 *Olymp:* hier Galerieplatz im Theater.

XX, 8 *Istomina:* eine sehr begabte Schülerin von Didelot.

XX, 12 *Äolus:* griechischer Windgott.

XXIII, 8 *Baltisches Meer:* russische Bezeichnung für die Ostsee.

XXIII, 12 Dürfte Karamzíns »Briefen eines reisenden Russen« entnommen sein: ». . . alles, vom Luxus zur Versüßung des Lebens erfunden . . .«, findet Karamzín in den Luxusläden rund um den Palais Royal in Paris.

XXIV, 10 *Grimm:* bezieht sich auf eine Stelle aus J.-J. Rousseaus »Confessions« (siehe Anm. Nr. 6 von Puškin); gemeint ist Frédéric Melchior Grimm (1723–1807), der französische Enzyklopädist deutscher Abstammung.

XXV, 5 *Čaadájev:* Pjotr Čaadájev (1793–1856); hatte großen Einfluß als freidenkerischer Philosoph; machte auf die Rückständigkeit Rußlands gegenüber dem Westen aufmerksam; griff in den Streit zwischen den ›Westlern‹ und den ›Slawophilen‹ ein; Freund Puškins.

XXVI, 14 Gemeint ist das unter Katharina II. von den Nachfolgern Lomonósovs geschaffene Akademie-Wörterbuch.

XXXI, 3 Von schönen Frauenfüßen war auch Bátjuškov (1787 bis 1855) begeistert (siehe sein Gedicht »O parížskich žénščinach« – »Über die Frauen von Paris«). Bátjuškov war für Puškin durch seine an französischen und italienischen Vorbildern geschulte dichterische Sprache von entscheidender Bedeutung. Das Entleihen von Motiven war zu Puškins Zeit noch eine Selbstverständlichkeit.

XXXI, 12 Siehe Anm. zu Kap. 1, II, 14.

XXXII, 3 Siehe Anm. zu Kap. 1, XIX, 7.

XXXIII, 10 *Armida:* eine der Heldinnen des »Befreiten Jerusalem« von Torquato Tasso.

XXXV, 7 *Ochta:* östlicher Stadtteil von Petersburg.

XXXV, 14 *Vasisdas:* kleines Klappfenster in einem Fenster; verstümmeltes deutsches Wort, das ins Französische gelangte.

XXXVIII, 9 *Childe Harold:* »Childe Harold's Pilgrimage«, die erste große Dichtung Lord Byrons (1788–1824). Der Romantiker Byron, von Goethe hoch geschätzt (siehe Gestalt des Euphorion im 2. Teil des »Faust«), hatte auf die russische Literatur seiner Zeit einen unermeßlichen Einfluß, besonders auf Puškin (in einer bestimmten Periode seiner Entwicklung) und dann auf Lérmontov. Onegin ist, jedenfalls in den ersten Partien des Romans, eine typisch Byronsche Gestalt. Puškin selbst aber darf nicht mit seinem Helden identifiziert werden. Dies macht allein schon der häufig distanziert-ironische Ton deutlich, mit dem der Autor seinen Helden porträtiert und seine Unternehmungen verfolgt. Überhaupt ist es unmöglich, Puškin auf den Typ des romantischen Dichters festlegen zu wollen.

XXXVIII, 11 *Boston:* ein Kartenspiel.

XLII, 6 *Say:* Jean Baptiste Say (1767–1832); französischer Volkswirtschaftler.

Bentham: Jeremy Bentham (1748–1832); englischer Jurist und Philosoph, vertrat die in der damaligen Zeit verbreitete sozialethische Forderung nach dem »größtmöglichen Glück der größtmöglichen Zahl«.

XLVII, 5 *Diana:* römische Göttin der Jagd; da ihr Name ›die Leuchtende‹ bedeutet, wurde sie oft als Mondgöttin aufgefaßt; hier ist die Scheibe des Mondes gemeint, die sich im Wasser spiegelt.

XLVIII, 7 *Milljónnaja:* Straße.

XLVIII, 14 Die in Oktaven geschriebene Dichtung Torquato Tassos (1544–95); Hauptwerk: »Gerusalemme liberata«.

XLIX, 2 *Brenta:* oberitalienischer Fluß.

XLIX, 5 *Apoll:* Eines der sehr verschiedenartigen Wesensmerkmale dieses griechischen Gottes ist das des Spenders der Musik, der Harmonie und der Ordnung; er ist der Musenführer – Musagetes, der die Dichter zu heiliger Begeisterung inspiriert.

XLIX, 6 *Albion:* Gemeint ist Byron (s. Anm. zu XXXVIII, 9), in dessen »Childe Harold's Pilgrimage« eine Schilderung Venedigs vorkommt (Canto IV).

XLIX, 14 *Petrarca:* Francesco Petrarca (1304–74), italienischer Dichter, Begründer des Humanismus; für Puškin war Petrarca sowohl von der Formkunst her vorbildlich als auch durch seine Behandlung des Liebesthemas: Petrarcas berühmte Laura ist in einer für das Mittelalter neuen Weise nicht ein madonnenhaftes, erdenfernes Wesen, sondern eine irdische Erscheinung, die der Dichter mit entsprechend ›weltlichen‹ Begriffen besingt. Wenn man weiß, in welchen, mit anderen europäischen Ländern verglichen, primitiven Urzuständen sich die erotische Dichtung in Rußland vor Puškin befand, so kann man sich vorstellen, welche Bedeutung Dichter wie Petrarca und natürlich erst recht die raffinierte französische Liebesdichtung für Puškin hatten. Puškin befand sich hier sprachlich fast noch auf Neuland, und so darf es nicht wundernehmen, wenn er sich für die Wiedergabe oft sehr unterschiedlicher Liebesempfindungen mit ein und demselben Ausdruck begnügt. Unzählige Male trifft der Leser z. B. auf das Wort ›mečtánie‹ = Träumerei und auf ›tomítel'nyj‹ = quälend (das Wort ›schmachtend‹ stirbt in der Übersetzungsliteratur hoffentlich bald aus).

L, 5 *Gewand:* eigentlich Meßgewand, Ornat; dieses Wort, russ. ríza, als poetisches Bild gebraucht, scheint für den Russen von besonderer Erlesenheit zu sein und ist noch bei Dichtern unseres Jahrhunderts wie Búnin (»El'brus«), Jesénin (»Kraj ljubímyj«) und Mandel'štám (»Rákovina«) zu finden.

L, 11 Puškin war der Urenkel des adligen Mohren (Hannibal) Peters d. Gr., dem er in seinem Prosawerk »Aráp Petrá Velíkogo« – »Der Mohr Peters d. Gr.« ein Denkmal gesetzt hat.

LV, 13 Zu dem Problem, ob hier »Stille« oder »Schatten« stehen muß, siehe Nabókovs Kommentar unter derselben Ziffer. Da wir hier nicht eine Idylle im Stil der Schäferpoesie mit dem Topos von Bächlein, Baum, Schatten usw. vor uns haben, sondern die Rückschau des Dichters auf mehrere Jahre seines Lebens, die den Rahmen einer Idylle von der Dauer, vom Raum und auch vom Sprachlichen und Inhaltlichen her sprengt, schien dem Übersetzer das Wort »Stille« hier angebrachter als »Schatten«.

LVI, 7 *Pasquill:* Schmähschrift.

LVI, 11 *Byron:* Siehe Anm. zu Kap. 1, XXXVIII, 9.

LVII, 8/9 Gemeint sind Puškins Poeme »Kavkázskij plénnik« – »Der Gefangene im Kaukasus« (1822) und »Bachčisarájskij fontán« – »Der Springbrunnen von Bachčisaraj« (1824).

Zweites Kapitel

Motto: o *rus . . .!:* Oh, (du mein) Land . . .; aus Horaz, »Satiren«, Buch II, 6. Das Thema des beschaulichen Landlebens, »procul negotiis« – »fern den Sorgen, dem Getriebe« (der Stadt), ist im »Eugen Onegin« immer wieder zu finden, besonders gegen Ende des Romans. Doch ist Puškin auf diese Lebenshaltung nicht festzulegen, da er in seiner Jugend die Genüsse des Stadtlebens nicht verachtet hat und später, in der Verbannung, mit Bedauern die lebhafte Stadt Odessa verließ (siehe die farbige Schilderung dieser Stadt in den Fragmenten aus Onegins Reise); auch die Fahrt Tatjanas nach Moskau und durch die Straßen der Stadt ist nicht ohne Begeisterung für die Atmosphäre der Großstadt geschrieben (s. Kap. 7).

O *Rus'!:* O Rußland! Rus' ist der alte Name für Rußland. In diesen Lauten schwingt für den Russen sehr viel mit, vor allem die Erinnerung an das ›Heilige Rußland‹ mit seinen Kirchen und Klöstern und dem kirchenslawischen Gesang. Die Kiever Rus' ist das erste russische Reich (907–1169), dem nach einer Periode der Teilfürsten (1125–1242) das Moskauer Reich (1462 bis 1712) folgte, das schließlich von der Petersburger Periode (1712–1917) abgelöst wurde. Das ›heilige‹, ›hölzerne‹ Rußland, das der Technik der Moderne weichen muß, wird auch noch bei Dichtern unseres Jahrhunderts besungen (Blok, Jesénin u. a.).

Nicht zu übersehen ist das Spiel Puškins mit den beiden gleichlautenden Wörtern aus zwei verschiedenen, wenn auch (indogermanisch) verwandten Sprachen. Über die beinahe völlige phonetische Identität hinaus (das ›s‹ im russischen Wort wird anders ausgesprochen) rücken die beiden Wörter einander auch auf der emotionalen Ebene nahe – ein ›Fund‹, an dem der große Sprachexperimentator Chlébnikov sicher seine Freude gehabt hat.

I, 14 *Dryaden:* Baumnymphen, die mit ihrem Baum leben und sterben.

III, 12 Es handelt sich wohl um den »Hofkalender« (»Pridvórnyj kalendár'«), von dem auch zu Beginn von Puškins Roman »Die Hauptmannstochter« die Rede ist; er erschien von 1735 bis 1917 jährlich und berichtete über Beförderungen. Die Lektüre dieses Kalenders zur Charakterisierung eines geistig unentwickelten, politisch unmündigen gehorsamen Dieners des Staates ist auch in Gribojédovs (1795–1829) Drama »Góre ot umá« (»Verstand bringt Kummer«) zu finden (1. Akt, 1. Szene). Dieses Stück ist neben Gógol's »Revizór« die beste russische Komödie. Puškin kannte es, sein Onegin ähnelt in vielem der Hauptperson von Gribojédovs Drama, Čáckij, der die Gesellschaft und die politischen Zustände in Rußland aufs schärfste kritisiert.

IV, 8 *der Knecht:* der leibeigene Bauer.

V, 10 *Freimaurer:* Gemeint ist damit soviel wie Freidenker; das russische farmazón ist eine Entstellung aus ›frankmazon‹ (frz. ›francmaçon‹). Mitglieder der zu Puškins Zeit in Rußland verbotenen Freimaurerlogen galten den hinterwäldlerischen Gutsbesitzern als Freidenker und Revolutionäre.

V,11 *getadelt wird:* Er trinkt den Rotwein unverdünnt und aus einem großen Glas.

VI, 6 Lenskij hat – wie Puškins Freund Kavérin (s. Anm. zu Kap. 1, XVI, 6) – in Göttingen studiert.

VIII, 6 Ein leiser Anklang an Schillers »Bürgschaft«, das Hohelied der Freundschaft. Puškin stand der idealistisch-humanistischen Dichtung wohl skeptisch gegenüber. Der ironische Ton an dieser Stelle ist nur zu deutlich. (Vgl. auch sonst den oft bitteren, desillusionierten Ton im »Eugen Onegin«, wenn von Freundschaft die Rede ist, sowie Strophe XX und XXIII des 6. Kapitels, wo Lenskij Schiller liest und über dem »Modewort ›Ideal‹« einschläft.)

XIII, 5 Da Lenskij im Ausland studiert hat, wird er wie ein halber Ausländer angesehen. Puškins Seitenhiebe auf die Ungebildetheit und Unaufgeklärtheit seiner Landsleute sind zahlreich im »Eugen Onegin«. (Auch hierin erinnert er an Gribojédovs »Verstand bringt Kummer«, siehe Anm. zu III, 12 dieses Kapitels.)

XXI, 14 Reminiszenz an Bátjuškovs (s. Anm. zu Kap. 1, XXXI, 3) Gedicht »Podražánie Arióstu« – »Nachahmung Ariosts«? Das klanglich schöne Gedicht lautet in Prosa:

Nachahmung Ariosts
Das junge Mädchen ähnelt einer zarten Rose,
gehegt vom Frühling unter sicherem Schutz:
Weder die hungrige Herde noch die Blicke der Hirten
kennen den verborgenen Schatz der Wiesen;
der süße Wind aber, die duftenden Haine,
Himmel und Erde sind der Schönen wohl geneigt. (1821)

XXIX, 4 *Richardson:* Samuel Richardson (1689–1761), englischer Romancier; seine empfindsamen Romane haben den heranwachsenden Mädchen im 18. und zu Beginn des 19. Jahrhunderts Tränenströme entlockt. Clarissa Harlowe, die Heldin des gleichnamigen Romans, war die beliebteste Frauengestalt der Empfindsamkeit.
Rousseau: Damit ist natürlich Julie aus dessen Roman »Julie ou La Nouvelle Héloïse« gemeint.

XXX, 3/4 Richardsons (s. Anm. zu Kap. 2, XXIX, 4) Versuch, in »Sir Charles Grandison« eine tugendhafte männliche Gestalt zu zeichnen, mißlang bezeichnenderweise. Lovelace dagegen, der Verführer der Clarissa Harlowe, ist Richardson ausgezeichnet gelungen.

XXXI, 9 Eine Scheidung seitens der Frau war so gut wie unmöglich; die Frau konnte sich von ihrem Mann trennen und, ohne sich scheiden zu lassen, auf ihrem Gut leben.

XXXII, 11 Diejenigen unter den Leibeigenen, die fürs Militär ausgesucht wurden, mußten sich die in die Stirn fallenden Haare abschneiden lassen.

XXXIII, 3 *Polína:* Um den gewöhnlichen russischen Frauennamen Praskóvja zu vermeiden, wird sie mit dem russisch abgewandelten französischen Namen Pauline genannt.

XXXIII, 11/12 Vgl. vorige Anmerkung.

XXXV, 3 *Butterwoche:* Fastnachtswoche (basiert auf einem heidnisch-slawischen Fest zur Verabschiedung oder Austreibung des Winters, ein Brauch, der heute noch in der Tschechoslowakei, in der Schweiz, in süddeutschen Gegenden zu beobachten ist).

XXXV, 12 *Kvas:* russisches Nationalgetränk; meist aus gesäuertem Roggenteig oder Roggenbrot mit Malz hergestellt.

XXXVI, 4 Gemeint ist der (ideelle) Kranz, den man sich nach einem mustergültigen Leben durch den Tod erwirbt. (Der erste Kranz wird bei der Hochzeitszeremonie über den Kopf des Bräutigams gehalten.)

XXXVII, 1 *Penaten:* göttliche Hüter des Hauses bei den Römern.

XXXVII, 9 *Očákov:* Stadt in der Ukraine; die Festung wurde 1788 im türkischen Feldzug von General Suvórov erstürmt.

XXXVII, 14 *Madrigal:* hier eine kurze gedichtartige Aufschrift auf einem Grabstein, ein Epitaph.

XL, 10 *Aoniden:* anderer Name für die Musen; angesprochen wird ein Verehrer der Dichtung.

Drittes Kapitel

Motto: »Sie war ein Mädchen, sie war verliebt« (Malfilâtre). Mit diesem Zitat aus einem reichlich abgeschmackten langen Poem über das Narziß-Thema von Jacques de Malfilâtre (1733–67) möchte Puškin eingangs daran erinnern, daß die Blindheit Tatjanas angesichts ihrer Verliebtheit verzeihlich ist.

II, 5 *Ekloge:* altrömisches Hirtenlied.

II, 9 *Phyllis:* typischer Frauenname in der Schäferdichtung.

V, 3 *Svetlana:* Frauengestalt aus Žukóvskijs gleichnamiger Ballade. Žukóvskij (1783–1852), Vorromantiker, Übersetzer von hohem Rang (Schiller, Goethe, »Odyssee«, »Cid«), war mit seiner Lyrik ein Wegbereiter Puškins.

IX, 10 Siehe Anm. zu Kap. 2, XXIX, 4 und XXX, 3.

X, 3 Siehe Anm. zu Kap. 2, XXIX, 4.
Delphine: Roman der französischen Schriftstellerin Mme. de Staël (1766–1817), die weniger durch ihre Romane als durch ihre Tätigkeit auf dem Gebiet der Literaturkritik und -soziologie (in Ansätzen), die Vermittlung der deutschen Literatur nach Frankreich (»De l'Allemagne«) und ihren Kampf für die Rechte der Frau von großer Bedeutung war.

X, 4 *mit einem gefährlichen Buch:* Gemeint ist Rousseaus Roman »Julie ou La Nouvelle Héloïse«.

XI, 6 Im Russischen: ›predmet‹ – ›Gegenstand‹; direkte Übersetzung des französischen ›objet‹, im klassischen Französisch Klischeewort für ›geliebte Frau‹, seltener für ›geliebter Mann‹.

XII, 8 Gemeint ist ein Poem von Byron, in dem ein Vampir erwähnt wird.

XII, 9 *Melmoth:* »Melmoth der Wanderer«, Schauerroman des Iren Charles Robert Maturin (1782–1824). Den Anfang dieses Romans hat Puškin ganz offensichtlich als Ausgangspunkt für seinen »Eugen Onegin« verwendet.

XII, 10 *der ewige Jude:* in der Sage der Jude, der ewig über die Erde wandern muß zur Strafe dafür, daß er Christus auf seinem Weg nach Golgatha nicht eine Ruhepause gegönnt hat. Die Gestalt wurde um 1600 literarisch fixiert in »Ahasver, der Wanderer«, später oft bearbeitet und ausgeschmückt; sie steht auch für das Schicksal des immer suchenden, ruhelosen Menschen schlechthin.

Der Korsar: Gestalt des gleichnamigen Werks von Byron.

XII, 11 *Sbogar:* »Jean Sbogar«, Erzählung von Charles Nodier.

XIII, 5 *Phoebus:* Beiname des Apollo (s. Anm. zu Kap. 1, XLIX, 5).

XIII, 6 Puškin, auf dem Gipfel des Ruhms als Lyriker, ließ sich auf den Versuch ein und wurde auch auf dem Gebiet der Prosa ein Meister. Die Prosa war zu Puškins Zeit tatsächlich »bescheiden«, der Dichter betrat hier fast noch Neuland. (Vgl. auch Kap. 6, XLIII, 5.)

XXI, 14 Puškin will seiner Heldin gleichsam zurufen: Weißt du überhaupt, daß du da nicht einer deiner Phantasie- oder Romangestalten, sondern Onegin, dem gefährlichen Onegin, diesen Brief schreibst, der dich ihm ausliefert?

XXII, 10 Aus Dantes »Göttlicher Komödie«.

XXVIII, 3/4 Horror Puškins vor den Blaustrümpfen.

XXIX, 8 *Bogdanóvič:* Ippolít Bogdanóvič (1744–1802); schrieb das Märchenpoem »Dúšenka«.

XXIX, 13 *Parny:* Évariste de Parny (1753–1814), Kreole; wirkte mit seiner sinnlich-anmutigen Liebesdichtung und seinen melancholisch getönten letzten Gedichten sehr stark auf Puškin und andere seiner Zeit. Puškin, der die französische Sprache gut kannte, hat viele französische Ausdrücke ins Russische übertragen und dadurch die russische Sprache bereichert und geschmeidiger gemacht. Hierzu gehören vor allem Wendungen aus dem Gefühlsleben wie »les molles langueurs«, »une douce mélancolie«, »transports brûlants« u. a., die allerdings bei Parny und seinen Zeitgenossen schon abgegriffene Standardausdrücke sind.

XXX, 1 Gemeint ist Jevgénij Baratýnskij (1800–44), der bedeutendste Dichter der Zeit neben Puškin; schrieb »Pirý« – »Feste«.

XXX, 14 Gemeint ist die Schwierigkeit, der sich Puškin gegenübersieht, den (imaginären) französischen Brief in wirkungsvolle russische Verse zu übertragen.

XXXII, 3 *Briefoblate:* statt eines Umschlags verschließt ein Siegel den gefalteten Brief.

XXXIII, 14 Die Kinderfrau vergleicht Tatjanas Gesichtsfarbe mit einer Mohnblume; dieser in der russischen Literatur sehr alte Vergleich findet sich schon im altrussischen Digenisroman.

Viertes Kapitel

Motto: Ein Ausspruch des französischen Staatsmannes und Finanzministers Jacques Necker (1732–1804), des Vaters der Schriftstellerin Mme. de Staël (s. Anm. zu Kap. 3, X, 3).

VII, 12 Siehe Anm. zu Kap. 2, XXX, 4.

X, 9 *Whist:* ein Kartenspiel.

XIV, 13 *Hymen:* Hochzeitsgott; hier: Ehe.

XXVI, 4 *Chateaubriand:* François René Chateaubriand (1768 bis 1848), französischer Schriftsteller, führender französischer Frühromantiker.

XXVII, 6 *Zypris:* Beiname der griechischen Göttin der Liebe und der Schönheit (Aphrodite).

XXVIII, 10 »Was werden Sie auf diese Blätter schreiben?«

XXVIII, 11 *t. à. v.:* toute à vous: ganz Ihre . . .

XXX, 6 *Tolstój:* Graf Fjódor Petróvič Tolstój (1783–1873), Maler und Graveur.

XXX, 7 Siehe Anm. zu Kap. 3, XXX, 1.

XXX, 10 *in-quarto:* Buchformat.

XXX, 14 *Madrigal:* ursprünglich Hirtenlied; später vertraulich-scherzhaftes Gedicht; schließlich ein kurzes lyrisches Gedicht, das ein Kompliment oder eine schmeichelhafte Charakteristik der Person enthält, an die es gerichtet ist. Als Gedichtform für Salon und Poesiealbum im 18. und zu Anfang des 19. Jahrhunderts.

XXXI, 8 *Elegie:* in ihrer Spätform trauervolle, entsagende Gefühlslyrik; in Rußland hat sie Žukóvskij (s. Anm. zu Kap. 3, V, 3) eingeführt.

XXXI, 9 *Jazýkov:* Nikoláj Michájlovič Jazýkov, russischer Dichter (1803–47); Freundschaft mit Puškin, dessen Einfluß erkennbar ist; Anfänge, wie bei vielen russischen Dichtern, anakreontisch, später z. T. religiös und elegisch.

XXXII, 1 Gemeint ist Wilhelm Küchelbecker (1797–1846), ein russischer Dichter aus dem Kreis um Puškin; kritisierte die bevorzugte Gattung der Elegie als farblos und schwächlich und pries dagegen die Ode als die einzig würdige Form.

XXXII, 10 *Trompete, Maske, Dolch:* die Requisiten der Tragödie.

XXXIII, 7 Anspielung auf eine Satire von Ivan Dmítriev (1760 bis 1837).

XXXIII, 14 Gemeint ist das 18. Jahrhundert, repräsentiert durch Lomonósov und Deržávin als Verfasser von Oden, und der Anfang des 19. Jahrhunderts, vertreten durch Žukóvskij u. a., als Verfasser von Elegien.

XXXVII, 5 *Anachoret:* Einsiedler.

XXXVII, 10/11 *Der Sänger der Gülnare:* Lord Byron; dieser durchschwamm einmal die Dardanellen.

XLI, 14 *Kienspan:* brannte nicht im Ofen, sondern als Beleuchtung an der Wand.

XLII, 3 Bei Puškin reimen »Fröste« – »morózy« und »Rosen« – »rózy«.

XLIII, 10 *Pradt:* Dominique de Pradt (1759–1837), französischer politischer Schriftsteller.

Walter Scott: schottischer Dichter und Romancier (1771–1832); Begründer des historischen Romans.

XLIV, 1 Siehe Anm. zu Kap. 1, XXXVIII, 9.

XLIV, 5 *Queue:* Billardstock.

XLV, 5 *Hippokrene:* Quelle auf dem Helikon, dem Musenberg der alten Griechen.

XLVI, 5 *Aï:* eine Champagnersorte.

XLVII, 12 Wörtliche Übersetzung des französischen Ausdrucks »entre chien et loup«, was soviel wie Dämmerstunde heißt.

XLIX, 2 Was bei uns der Geburtstag, war in Rußland der Namenstag.

Ólenka: zärtliche Verkleinerungsform von Ol'ga.

L, 6 *Hymen:* Hochzeitsgott; hier: Heirat.

Fünftes Kapitel

Motto: Siehe Anm. zu Kap. 3, V, 3.

II, 5 *Kibitka:* ungefederter russischer Bretterwagen.

IX, 6 Der zukünftige Bräutigam wird aufgefordert, sich im Spiegel zu zeigen.

IX, 14 Komischer Effekt (s. Anm. 13 von Puškin).

X, 6 Siehe Anm. zu Kap. 3, V, 3.

X, 11 *Lel:* altslawischer Liebesgott.

XI, 1 Vgl. den Traum Sofjas in Gribojédovs Drama »Verstand bringt Kummer« (1. Akt, 4. Szene).

XVI, 8 Die Vorlage für diese Szene ist vielleicht Charles Nodiers Erzählung »Histoire d'une apparition de démons et de spectres, en 1609«.

XXII, 13 Die Chaldäer, die besonders Astronomie und Astrologie betrieben, galten als zauberkundig; im »Goldenen Esel« von Apuleius, den Puškin als Schüler begeistert gelesen hat, wird ein Mensch, der offenbar kein Chaldäer ist, wegen seiner seltsamen Antworten als Chaldäer bezeichnet, was darauf schließen läßt, daß mit diesem Volksnamen jeder bezeichnet wurde, der sich mit dem Stellen von Horoskopen u. ä. beschäftigte.

XXIII, 5 *»Malvina«:* Roman der französischen Schriftstellerin Mme. Cottin, der in mehreren Bänden erschien.

XXIII, 9 *Petriade:* episches Poem über Peter d. Gr.

XXIII, 10 *Marmontel:* Jean-François Marmontel, französischer Schriftsteller (1723–99); Mitarbeiter an Diderots Enzyklopädie, Verfasser von Romanen moralischen und sozialen Inhalts.

XXVI, 1 Dieser wie auch die folgenden sind sogenannte sprechende Namen: So könnte z. B. Pustjakóv mit »Herr Schnickschnack« oder »Herr Pappenstiel« wiedergegeben werden.

XXVI, 9 *Bujánov:* Held des Poems »Der gefährliche Nachbar«, geschrieben von Puškins Onkel, Vasílij Puškin (1770–1830), s. Puškins Anm. Nr. 35. Puškin nennt Bujánov scherzhaft seinen Vetter, weil dessen geistiger Vater sein Onkel ist.

XXVII, 8 Der Beginn dieses Liedchens – »Wach auf, du schöne Schlafende« – bekommt eine tiefere Bedeutung, wenn man an den traumartigen Zustand denkt, in dem Tatjana sich befindet.

XXXII, 5 *Pirogge:* gefüllte Pastete.

XXXII, 6 *blancmanger:* eine Nachspeise.

XXXII, 8 *Cimljanski:* ein Wein.

XXXV, 11/12 *Boston, L'hombre, Whist:* Kartenspiele.

XXXVI, 1 *Robber:* Doppelpartie im Whistspiel.

XXXIX, 5 Es ist die Blechmusik der von der Garnison geschickten Kapelle.

XLII, 2 Die bei der Mazurka auf den Saalfußboden schlagenden Schuhe verursachen tatsächlich ein donnerähnliches Geräusch.

XLIV, 14 *Kotillon:* Gesellschaftsspiel in Tanzform.

Sechstes Kapitel

Motto: Mit der ausgelassenen zweiten Zeile lautet die Strophe (aus Petrarcas »In vita di Laura«, Canzone XXVIII):

Là, sotto i giorni nubilosi e brevi,
Nemica naturalmente di pace,
Nasce una gente, a cui l'morir non dole.
Dort, unter diesigen und kurzen Tagen,
Von Natur aus feindlich dem Frieden,
Wird ein Volk geboren, das den Tod nicht fürchtet.

Petrarca: Siehe Anm. zu Kap. 1, XLIX, 14.

V, 11 *Regulus:* römischer General, der, von den Karthagern besiegt, mit Friedensbedingungen nach Rom geschickt wurde, dort für die Weiterführung des Krieges plädierte und wieder, wie versprochen, in die Gefangenschaft nach Karthago zurückkehrte.

XX, 14 *Dél'vig:* Antón Antónovič Del'vig (1798–1831), russischer Dichter; Freund Puškins, Dichter der ›Plejade‹.

XXIII, 7 Vgl. Schillers Gedicht »Die Ideale«.

XXIV, 4 Puškin läßt den Hahn, wohl versehentlich, Hesperus, den Abendstern, begrüßen; als Bezeichnungen für den Morgenstern stehen zur Verfügung: Venus und Luzifer bzw. Phosphoros.

XXVIII, 14 Das Wort »falsch« muß man sich selbstverständlich in Anführungsstrichen denken: Die unmittelbare natürliche Empfindung der Scham angesichts dieses Duells würde von der Gesellschaft sofort als »eines Mannes unwürdig« etikettiert werden.

XXXVI, 13 Im Text steht ›prízrak‹ Geist, Erscheinung, Spuk usw.; Nabókov berichtet in seinem Kommentar von einem Autograph von Kap. 6, das die Reinschrift dieses Kapitels sei, und in dem klar das Wort ›príz*n*ak‹ Zeichen, Kennzeichen, Merkmal usw. stünde. Es macht natürlich einen großen Unterschied, ob Puškin die »Träume heiliger Poesie« (hier allerdings scheinbar die verworrenen und unbedeutenden Lenskijs, doch kann die Stelle auch als eine Ansprache des Dichters an die Dichtung überhaupt aufgefaßt werden) als (Geister-)Erscheinung eines »unirdischen Lebens«, also als etwas Irreales, Spukhaftes, Unnützes, bezeichnet, oder ob er ihnen die Würde und Realität eines Zeichens jenes »unirdischen Lebens« verleiht.

XLIII, 5 Siehe auch Kap. 3, XIII, 6.

XLV, 1 Häufiges Bild bei den französischen Dichtern des 18. Jahrhunderts. Bei Jean Baptiste Rousseau heißt es in der »Ode pour une personne convalescente«:

J'ai vu mes tristes journées
Décliner vers leur penchant:
Au midi de mes années,
Je touchais à mon couchant.

In André Chéniers berühmtem Gedicht »La jeune captive«, das Puškin ebenfalls kannte, lautet der zweite Teil der 5. Strophe:

Au banquet de la vie à peine commencée,
Un instant seulement mes lèvres ont pressé
La coupe en mes mains encore pleine.

Siebentes Kapitel

Motto: *Dmítriev:* Siehe Anm. zu Kap. 4, XXXIII, 7; aus dessen Gedicht »Die Befreiung von Moskau«.
Baratýnskij: Siehe Anm. zu Kap. 3, XXX, 1; aus dessen Gedicht »Feste«.
Gribojédov: Siehe Anm. zu Kap. 3, III, 12; aus dessen Stück »Verstand bringt Kummer«, Akt 1, Szene 7.
IV, 5 *Priamus:* Der letzte König von Troja.
VII, 14 Vgl. das Gedicht »Poslédnjaja vesná« – »Der letzte Frühling« von Bátjuškov (s. Anm. zu Kap. 1, XXXI, 3).
XVIII, 14 Russische Redeweise, die sich vielleicht auf den alten heidnischen Kult der ›Mutter feuchte Erde‹ zurückführen läßt (s. D. Tschiżewskij, »Russische Geistesgeschichte« I, Reinbek 1959, S. 22).
XXII, 5 *Giaour, Juan:* Werke von Lord Byron.
XXIV, 11 Gemeint ist »Childe Harold's Pilgrimage« von Byron (s. Anm. zu Kap. 1, XXXVIII, 9).
XXV, 8 Szenenwechsel; im Hause der Larins unterhält sich Tatjanas Mutter mit einer Nachbarin.
XXVII, 12 *Circe:* Zauberin, Verführerin (s. Homer, »Odyssee«).
XXIX, 11 Anspielung auf alte heidnische Opferkulte?
XXXIII, 4 Puškin hatte an dieser Stelle zunächst »statistische Tabellen«, brauchte aber ein um eine Silbe längeres Wort, nahm daher *philosophische Tabellen.*
XXXIV, 9 *Zyklopen:* in der griechischen Mythologie einäugige Riesen, die in der Schmiede des Gottes Hephaistos arbeiten; hier die Dorfschmiede.

XXXIV, 12 Mit *empfindlicher Ware* sind importierte Kaleschen gemeint, die vor Gebrauch wegen der schlechten russischen Straßenverhältnisse erst umgebaut werden müssen.

XXXV, 5 *Automedon:* Wagenlenker des Achilles (s. Homer, »Ilias«); hier also Kutscher.

XXXV, 7 *Werstpfähle:* entsprechen unseren Kilometersteinen.

XXXVII, 2/7/13 Das Petróvskijsche Palais befand sich unweit der Einfahrt nach Moskau; hier wartete Napoleon bei seinem Rußland-Feldzug von 1812 vergeblich auf die Übergabe der Schlüssel des Kreml als Zeichen dafür, daß die Stadt sich ergebe.

XXXVII, 11 Die rhetorische Figur und der feierliche und gleichzeitig spöttisch-überlegene Ton dieser Stelle erinnert an gewisse Passagen des größten literarischen Werks der altrussischen Epoche, an das »Lied von der Heerfahrt Igors«, kurz »Igorlied« genannt. Schon in Kap. 1, XL, 5 steht eine Wendung, die ebenfalls eine Reminiszenz an das »Igorlied« darstellen dürfte. Dort werden die Dichter als die *Enkel* Apollos umschrieben. Zu Anfang des »Igorliedes« wird der alte Barde, der »weise Bojan«, als »Enkel des Veles« apostrophiert (der altslawische Gott Veles vertritt die Stelle Apollos). Daß Puškin die altrussische Literatur kannte, zeigt u. a. sein »Lied vom weisen Oleg«, eine in Gedichtform gebrachte kurze Erzählung vom Tod Olegs (erster Großfürst von Kiev, gestorben 912) aus der ältesten russischen Dichtung, der sogenannten »Nestorchronik«. Wie aus der neueren russischen Dichtung der »Eugen Onegin«, so ist aus der alten das »Igorlied« im Bewußtsein der Russen lebendig.

XXXVIII, 5 *Tverskája:* Straße in Moskau.

XXXVIII, 6 *Schilderhäuschen:* Bretterhäuschen der Polizisten.

XXXVIII, 9 *Bucharen:* Einwohner von Buchará (Uzbekistan).

XL, 3 *St. Chariton:* eine Kirche.

XL, 8 *Kalmücken:* westmongolisches Volk, das im 17. Jahrhundert über den Ural nach der unteren Wolga wanderte (dort heute autonomes Gebiet).

XL, 9 *Kaftan:* langärmeliger Überrock.

XLI, 9 Siehe Anm. zu Kap. 2, XXX, 3.

XLI, 12 *St. Simeon:* eine Kirche.

XLIV, 7 *Salz und Brot* steht symbolisch für Gastfreundschaft.

XLIX, 1 *Archiv-Jünglinge:* Spottname für die jungen Männer adliger Herkunft, die in den Moskauer Archiven des Außenministeriums arbeiteten.

XLIX, 9 Siehe Anm. zu Kap. 1, Motto.

L, 2 *Melpomene:* Muse der Tragödie.

L, 5 *Thalia:* Muse der Komödie, seit dem 18. Jahrhundert ganz allgemein Repräsentantin des Schauspiels.

LI, 1 *Versammlung:* ein Klub russischer Adliger.

LV, 14 Im ordnungsgemäß beginnenden Epos der alten Zeit ist zu Anfang erst einmal die zuständige Muse anzurufen, damit sie die Arbeit wohlwollend verfolge. Puškin, der schon mit dem üblichen Klassifizierungsschema Klassik–Romantik wenig anfangen konnte, parodiert hier den Musenanruf, indem er ihn am Ende eines Kapitels und fast am Ende des ganzen Romans noch schnell unterbringt.

Puškin steht zwar noch der ganze Apparat der antiken Mythologie zur Verfügung, doch benutzt er ihn sehr oft nur noch zu parodistischen Zwecken oder weil noch der moderne Wortschatz fehlt, um die alten Ausdrücke zu ersetzen. Dies gilt besonders auch für Begriffe wie ›Inspiration‹, ›göttlicher Odem‹ usw., die bei Puškin kaum mehr in christlichem Sinn gemeint sind. Sie sind bequeme Zeichen für komplexe Sachverhalte.

Achtes Kapitel

Motto: »Lebe wohl, und wenn es für immer ist,
so lebe wohl für immer.«

I, 1 Puškin besuchte das Lyzeum Alexander I. in Cárskoje Seló (heute Puškin) in der Nähe von Petersburg.

I, 3/4 *Apuleius:* Lucius Apuleius (um 124 bis 180 n. Chr.), römischer Schriftsteller; sein Hauptwerk ist »Der goldene Esel« mit dem berühmten eingelegten Märchen von Amor und Psyche. Den jungen Puškin fesselten die erotischen Abenteuer, Verwandlungen und Märchen dieses antiken Schelmenromans stärker als die mit allen rhetorischen Finessen aufgebauten Reden Ciceros.

II, 3 *Deržávin:* Gavriíl Románovič Deržávin (1743–1816), russischer Dichter des 18. Jahrhunderts; beeinflußte die nach ihm Kommenden vor allem durch seine Hinwendung zum Sinnlichen, Konkreten. Die Form der Ode, die Deržávin besonders pflegte, wurde zu Puškins Zeit von der Elegie verdrängt. Bei einer Abschlußfeier im Lyzeum von Cárskoje Seló (s. Anm. zu I, 1 dieses Kap.) trug Puškin ein eigenes Gedicht vor, das ihm die öffentliche Anerkennung des anwesenden Deržávin eintrug. Dies war Puškins Dichterweihe.

III, 9 *Bacchantin:* Dienerin des griechischen Fruchtbartkeits- und Weingottes Bacchus oder Dionysos.
IV, 1 f. Umschreibung für Puškins Verbannung in den Süden.
IV, 7 Siehe Gottfried August Bürgers Ballade »Lenore«.
IV, 10 *Tauris:* das antike Kolchis, die Landschaft an der Ostküste des Schwarzen Meeres; hierher kam Jason mit seinen Argonauten, um das Goldene Vlies zu rauben (s. Grillparzer, »Medea«).
IV, 12 *Nereiden:* griechische Meergöttinnen.
V, 3 *Moldawien:* dort lebte Puškin in der Verbannung.
XII, 7 *Dämon:* Anspielung auf das Gedicht von Puškin »Der Dämon«.
XIII, 4 Gógol', der mit Puškin gut bekannt war, konnte seine Unruhe nur noch dadurch ertragen, daß er so häufig wie möglich mit der Kutsche fuhr.
XIII, 14 *Čáckij:* Held der Komödie von Gribojédov »Verstand bringt Kummer«.
XIV, 13 *comme il faut:* wie es sich gehört.
Šiškóv: Admiral Alexander Šiškóv (1754–1841), Sprachtheoretiker; wandte sich vergeblich gegen den neuen Stil Karamzíns und wollte die alte, halb kirchenslawische russische Sprache wieder zu Ehren bringen; hier spielt Puškin auf Šiškóvs feindliche Einstellung gegenüber Gallizismen an.
XVI, 5 Puškins Epigramme waren in der vornehmen Gesellschaft gefürchtet.
XVIII, 13 *Ton:* frz. ›ton‹; eines der zahlreichen französischen Wörter, die Puškin direkt übernahm oder der russischen Sprache anglich, da er das Französische wegen seines Nuancenreichtums schätzte. Mit »Ton« ist gemeint: Stil, Charakter, Benehmen.
XXIII, 12 Siehe Anm. zu Kap. 1, V, 7.
XXVI, 1 *Prolásov:* sprechender Name, soviel wie »Schlaumeier«.
XXVI, 4 *St. Priest:* ein Karikaturenzeichner.
XXVI, 7 *Palmsonntags-Cherubine:* Papierfiguren, die am Palmsonntag verkauft wurden.
XXVIII, 10 *Morpheus:* Gott der Träume.
XXX, 10 *Boa:* Pelzumhang um den Hals.
XXXI, 8 Von Puškin sarkastisch gemeint.
XXXV, 2 *Gibbon:* Edward Gibbon (1737–94), englischer Gelehrter und Geschichtsschreiber.
XXXV, 3 *Manzoni:* Alessandro Manzoni (1785–1873), bedeutender italienischer Romantiker (»I Promessi sposi« / »Die Verlobten«).
Chamfort: Sébastien R. N. Chamfort (1741–94), französischer

Schriftsteller; Moralist, von dessen scharfen Maximen, Anekdoten und Aphorismen Puškin einiges gelernt haben dürfte.

XXXV, 4 *Mme. de Staël:* Siehe Anm. zu Kap. 3, X, 3.

Bichat: Marie François Xavier Bichat (1771–1802), bedeutender französischer Mediziner.

Tissot: (Vorname nicht sicher) (1728–97), berühmter Schweizer Arzt.

XXXV, 5 *Bayle:* Pierre Bayle (1647–1706), französischer Philosoph und Schriftsteller; skeptischer, irreligiöser Vorläufer der Aufklärung des 18. Jahrhunderts.

XXXV, 6 *Fontenelle:* Bernard le Bovier de Fontenelle (1657 bis 1757), französischer Schriftsteller, vielseitiger Vorläufer der Aufklärung.

XXXV, 7 Man erinnere sich der Stelle in Puškins Erzählung »Pique Dame«, wo der alten Gräfin russische Romane angeboten werden und sie sich wundert, daß es so etwas in Rußland überhaupt gibt.

XXXVII, 4 *Pharo:* Kartenspiel (vgl. Puškins Erzählung »Pique Dame«, in der es eine schicksalhafte Rolle spielt).

XXXVII, 8 Vgl. das Gedicht »Ten' druga« »Der Schatten eines Freundes«, eines der besten Gedichte von Bátjuškov (s. Anm. zu Kap. 1, XXXI, 3).

XXXVIII, 5 *Magnetismus:* gemeint ist Hypnotismus.

XLVI, 14 *Njanja:* Tatjanas Kinderfrau.

L, 9 Nabókov hat sie abgezählt: 3071 Tage (9. Mai 1823 bis 5. Oktober 1831).

LI, 4 *Saadi:* persischer Dichter (um 1215 bis 1292); vgl. Goethe, »West-östlicher Divan«.

Anmerkungen zu »Fragmente aus Onegins Reise« und den dazugehörigen weiteren Kapiteln

In den »Fragmenten« werden nicht alle von Puškin – teils weil er sie als mißlungen ansah, teils wegen der Zensur – weggelassenen Strophen gebracht. Verzichtet wurde gewöhnlich auf Strophen, die lediglich eine Paraphrase von schon Gesagtem usw. darstellen.

V, 1 Siehe Anm. zu Kap. 3, XII, 9.

V, 8 Siehe Anm. zu Kap. 2, Motto.

VI, 6/7/12 Novgorod, nördlich des Ilmensees, eine der ältesten slawischen Siedlungen, wurde im 13. Jahrhundert selbständig, gewann große Gebiete, führte Handel mit der Hanse; 1478 unterwarf Ivan III. von Moskau die Stadt, Ivan der Schreckliche ließ sie 1570 plündern.

VI, 10 Gemeint ist der Normanne Rurik, der im 9. Jahrhundert, wie die Nestorchronik berichtet, das erste russische Staatswesen gründete.

VI, 11 *Jarosláv:* Jarosláv der Weise (1015–54), sicherte Novgorod große Privilegien zu.

VI, 13 Im Igorlied (s. Anm. zu Kap. 7, XXXVII, 11) »beugt sich der Wald vor Leid zur Erde«.

VII, 4 *Valdáj, Toržok, Tver:* Orte zwischen Novgorod und Moskau.

VII, 14 *Tverskája:* eine Straße.

VIII, 5 Über den Englischen Klub mokiert sich Čáckij, die Hauptperson in Gribojédovs Komödie »Verstand bringt Kummer« (1. Akt, 7. Szene).

IX, 1 *Nižnij Novgorod*, heute Gor'kij, liegt an der Mündung der Oka in die Wolga.

IX, 2 *Mínin* war ein berühmter Bürger der Stadt, der 1611/12 den Widerstand gegen die in den Moskauer Staat eindringenden Polen organisierte.

IX, 3 *Makárjev:* ein Markt in Nižnij Novgorod.

X, 2 Aus einem Gedicht von Dmítriev (s. Anm. zu Kap. 8, II, 1).

X, 13 *Sténka Rázin:* berühmter Räuberhauptmann.

XII (Überschrift) *Astrachan:* Stadt am Wolgadelta.
Kaukasus: Die Erinnerungs- und Huldigungsgedichte fast aller großen russischen Dichter an das Gebirge des Kaukasus und an die Menschen Georgiens sind zahllos – ein kleiner Trost für die-

ses einige Male in der Geschichte beinahe ausgerottete Volk. In unserem Jahrhundert verband besonders Pasternák eine tiefe Freundschaft mit den Dichtern Georgiens, die in den dreißiger Jahren erschossen oder verschleppt wurden (vgl. Pasternák, »Briefe nach Georgien«).

XII, 13 *Arágva, Kurá:* Flüsse in Georgien.

XII, 14 Georgien wurde 1801 russische Provinz. (1921 von der Roten Armee erobert und in eine Sowjetrepublik umgewandelt.)

XIII, 9 *Zypris:* ein anderer Name für Aphrodite, bei den Römern Venus. Im Französischen gibt es im 18. Jahrhundert die Umschreibung »une maladie galante« für »une maladie vénérienne«, die Krankheit der Venus (Geschlechtskrankheit).

XIV, 10 *Túla:* Stadt südlich von Moskau.

XV (Überschrift) *Tauris:* vgl. Anm. zu Kap. 8, IV, 10.

XV, 6 *Kubán:* Fluß in Nordkaukasien.

XV, 8 *Tamán:* Halbinsel zwischen Asovschem und Schwarzem Meer.

XV, 10 Zu Agamemnon, Klytämnestra, Ägisth, Elektra, Iphigenie, Orest und Pylades vgl. den Orest-Mythos, dargestellt z. B. in der »Orestie« von Aischylos.

XV, 11 *Mithridates d. Gr.* beging hier Selbstmord.

XV, 12 *Mickiéwicz:* Adam Mickiéwicz (1798–1855), polnischer Dichter.

XVIII, 8 An Horaz erinnerndes Lob des Landlebens.

Vgl. das Gedicht »La paix des champs« von André Chénier, dem französischen Lyriker des 18. Jahrhunderts (Zeile 13 ff.):

. . . je veux un jour, en des bords retirés,
Sur un riche coteau ceint de bois et de prés,
Avoir un humble toit, une source d'eau vive
Qui parle, et, dans sa fuite et féconde et plaintive,
Nourrisse mon verger, breuve mes troupeaux.

1825, im Jahr des Dekabristenaufstands, hatte Puškin ein Gedicht auf Chénier geschrieben; in Erinnerung an den jung unter der Guillotine gestorbenen Chénier ruft Puškin seinen Freunden zu:

Erfüllt meinen letzten Wunsch,
Beweint, ihr Teuren, mein Schicksal in der Stille;
Hütet euch, durch Tränen Argwohn zu erregen;
In unserem Jahrhundert, ihr wißt es, sind selbst Tränen ein Verbrechen:
Heute wagt der Bruder nicht, über den Bruder zu klagen.

XVIII, 10 *Trepák:* ein Tanz.

XVIII, 14 Puškin verwendet ein russisches Sprichwort, das soviel bedeutet wie: »Bin ich auch arm, so bin ich doch von niemandem abhängig.«

XIX, 6/10 Siehe Puškins Poem »Der Springbrunnen von Bachčisaráj«, darin die Frauengestalt der Zarema.

XX *Odessa,* die damals internationale Stadt mit einer großen italienischen Kolonie.

XX, 14 *Morali:* ein ägyptischer Händler, Matrose und ehemaliger Seeräuber, Bekannter Puškins.

XXII, 9 *Arschin:* russisches Längenmaß = 0,71 m.

XXV, 12 *Brände,* die das Eintreffen der Waren verhindern könnten, gab es allerdings: Revolutionen und nationale Erhebungen in verschiedenen Ländern (vgl. dieselbe leicht verschleiernde Redeweise in Kap. 10, IX, wo vom »Erbeben« der Pyrenäen und vom »Vulkan« von Neapel gesprochen wird).

XXVIII, 10 *Kavatine:* kurze Arie; hier soviel wie Schmeichelei, Kompliment; ungefähr das, was die spanischen piropos sind.

XXIX, 5 *Ausonien:* alter Name für Italien.

XXX, 9 Natürlich ein Scherz, denn aufgrund von Äußerungen in abgefangenen Briefen wurde Puškin ja aus Odessa verbannt (Juli 1824).

XXX, 14 Puškin hat seinen alten Freund Eugen Onegin (siehe Kap. 1) tatsächlich seit langem nicht mehr gesehen.

XXXI In Puškins Leben spielte die Freundschaft eine große Rolle, doch schlug er statt eines sentimentalen Tons wie Karamzín (». . . wo seine Brust von den nährenden Strahlen der Liebe und der Freundschaft erwärmt wurde«, aus: »Briefe eines reisenden Russen«) häufig in Erinnerung an Enttäuschungen einen leicht ironischen, manchmal auch ziemlich sarkastischen Ton an.

XXXI, 3 Cicero berichtet, Cato habe sich gewundert, wie zwei Auguren (Wahrsager mit Hilfe von Eingeweideschau und Vogelflug) einander in die Augen sehen könnten, ohne in ein Gelächter auszubrechen.

XXXII, 2 *Pontus Euxinius:* (griech.-lat.: ›gastliches Meer‹) das Schwarze Meer.

XXXII, 14 Puškin mußte seinen weltstädtischen Verbannungsort Odessa verlassen, da die »Magnaten« ihn wegen seiner Epigramme fürchteten und haßten und von seiner Dichtung nichts verstanden (»nur ein Imitator Byrons«).

XXXIV, 6 *Jazýkov:* Siehe Anm. zu Kap. 4, XXXI, 9.

Anmerkungen zu den im Textteil ausgelassenen Strophen

Viertes Kapitel

II, 12 *Pygmalion:* König, der sich in das von ihm selbst erschaffene Standbild einer Jungfrau verliebte. Die Göttin Aphrodite erweckte sie zum Leben, und der König heiratete sie.

III, 3 Mädchengestalten aus der Schäferpoesie des 18. Jahrhunderts; das Zitat stammt aus einem Gedicht von Dél'vig, einem Freund Puškins.

Fünftes Kapitel

XXXVII, 11 Siehe Anm. zu Kap. 1, XX, 8.

XXXVIII Vgl. Homer, »Ilias«.

XLIII, 2 Puškin war von einer Art Tierschau, die er einmal zu sehen bekam, sehr gefesselt. (Von daher auch sein Ausdruck »Er zitterte wie ein Tiger« in »Pique Dame« und ». . . begann im Zimmer wie ein Tiger im Käfig auf und ab zu gehen« im »Schuß«.) Das Bild von der Manege findet sich überraschend ähnlich bei dem griechischen Dichter Anakreon, wo im »Thrakisch Füllen . . .« die zweite Strophe (in der Übertragung von Mörike) lautet:

Aber wisse nur, ich wollte
Dich aufs allerbeste zäumen
Und dich fest im Zügel haltend
Lenken um das Ziel der Bahn.

Sechstes Kapitel

XV, 3 In Karamzíns »Briefe eines reisenden Russen« von 1791 wird das russisch geschriebene ›splin‹ vom Autor in einer Fußnote erklärt: »das bedeutet Melancholie«; ein Stück weiter bringt Karamzín dann für ›spleen‹ eine russische Entsprechung: ›skúka‹. Puškin macht von diesen Wörtern im »Eugen Onegin« reichlich Gebrauch; ›chandrá‹, ›skúka‹, ›toská‹ u. a. sind sehr schillernde Bezeichnungen und deshalb schwer zu übersetzen; oft trifft man sie besser mit dem englischen ›spleen‹ oder dem französischen ›ennui‹, mit ›Melancholie‹ und anderen Fremdwörtern; zu dem Adjektiv ›schwarz‹, das hier vor ›Spleen‹ steht, vgl. die Etymologie des Wortes Melancholie.

XXXVIII, 10 *Kutúzov:* russischer Feldmarschall; befehligte in der Schlacht bei Austerlitz (1805) das österreichisch-russische Heer; als Oberbefehlshaber des russischen Heeres unterlag er bei Borodinó (1812) gegen Napoleon, siegte aber im selben Jahr bei Smolensk.

Nelson: britischer Admiral, siegte 1805 bei Trafalgar über die französisch-spanische Flotte. (Nelson wurde in dieser Schlacht tödlich verwundet.)

XXXVIII, 12 *Ryléjev:* Kondrátij Fjódorovič Ryléjev (1760 bis 1837), Freund Puškins; wurde als einer der Führer des Dekabristenaufstands von 1825 hingerichtet.

Siebentes Kapitel

IX, 2 *sein Blick loderte vor Zorn:* wohl vor Eifersucht.

Achtes Kapitel

II, 1 *Dmítriev:* Ivan Dmítriev (1760–1837), drittrangiger Dichter, der gelegentlich Puškin kritisierte.

II, 2 Gemeint ist Karamzín (s. Anm. zu Kap. 1, VI, 11).

II, 6 Gemeint ist Žukóvskij (s. Anm. zu Kap. 3, V, 3).

Anmerkungen zum »Zehnten Kapitel«

Das 10. Kapitel wurde, angesichts seines politischen Inhalts – die Ereignisse des Jahres 1812, Anspielungen auf revolutionäre Bewegungen im Ausland, Nachrichten über revolutionäre Tätigkeit von Geheimbünden in Rußland, die zum Dekabristenaufstand führten (1825), Appell an den Zaren, die nach Sibirien Deportierten zu begnadigen – von Puškin im Herbst 1830 verbrannt. Fragmente dieses Kapitels wurden 1910 von Morozov in einer chiffrierten Handschrift Puškins entdeckt.

I, 4 Zar Alexander I. (1801–25).

II, 4 In den Schlachten von Austerlitz (1805) und Friedland wurde Rußland, der ›doppelköpfige Adler‹, von Napoleon geschlagen (wahrscheinlich sind hier die Friedensbedingungen von Tilsit 1807 gemeint); gegenüber Russen, etwa beim Dekabristenaufstand 1825 oder beim Abfassen von Epigrammen, wie Puškin es tat, war der Zar bei weitem energischer.

III, 1 Napoleons Rußlandfeldzug.

III, 4 *Barclay:* Michaíl Bogdanóvič Barclay de Tolly, russischer General, 1810–12 Kriegsminister, 1813 Oberbefehlshaber der russischen Armee, lockte die französische Armee in die Tiefe Rußlands.

der russische Gott: um 1812 Formulierung in offiziellen Verlautbarungen und in der Dichtung.

IV, 3/4 Gemeint ist die Heilige Allianz, die 1815 in Paris auf Anregung Zar Alexanders I. abgeschlossen wurde und bald zu einem Schlagwort für die konservativ-reaktionäre Politik in Europa wurde.

V, 1 Vielleicht ist von Alexander I. die Rede, vielleicht von fetten, unverdaulichen Speisen.

V, 1/4 *Schibboleth:* Erkennungszeichen, Losungswort, Merkmal. Es handelt sich um eine scherzhafte Ode des unbegabten Prinzen Dolgorúki, der in ihr das russische Wörtchen ›avós'‹ (vielleicht) besingt; dasselbe Wort taucht, in einem ernsten Zusammenhang, in der nächsten Strophe auf.

VI, 9 *Albion:* England.

VII, 2 Möglicherweise der gewesene Minister für Volksaufklärung, Golícyn.

VII, 3 Nikoláj I., Zar von 1825 bis 1855.

VII, 5 Der Satz könnte vollständig heißen:
vielleicht wird, auf einen Wink von Nikoláj, Sibirien den Familien ihre [nach dem Dekabristenaufstand dorthin verschickten] Söhne zurückgeben . . .

VIII, 4 Gemeint ist Napoleon.

IX, 1 Anspielung auf die Aufstände in Spanien und Unteritalien.

IX, 3/4 Puškin kannte den »einarmigen Fürsten«, Alexander Ypsilanti (1792–1828); Ypsilanti, in Puškins Erzählung »Der Schuß« namentlich erwähnt, begann 1821 den griechischen Aufstand gegen die Türken; er diente in der russischen Armee; mußte Rußland verlassen, floh nach Österreich.
Kišinjóv: Heute Hauptstadt der Moldauischen Sowjetrepublik; Ypsilanti befand sich in Kišinjóv und verständigte sich insgeheim (»blinzelte«) mit seinem Bruder auf dem Peloponnes (auch Morea genannt).

IX, 5 Ob mit den beiden Buchstaben Namen oder irgendwelche geheimen Verständigungszeichen gemeint sind, ist nicht festzustellen.

X, 2 Die Rede ist von der reaktionären Rolle, die Alexander I. auf dem Kongreß von Laibach 1821 und auf dem von Verona 1822 spielte. Der Sinn der beiden letzten Verse ist nicht klar.

XI, 1 Es handelt sich um das von Peter d. Gr. begründete Semjónovskij-Regiment; die Ermordung Pauls I., der hier mit »Tyrannen« gemeint ist, geschah, als dieses Regiment die Tageswache am Palast stellte.

XII, 4 Anspielung auf die sogenannte ›Wohlfahrtsvereinigung‹, die von 1818 bis 1820 existierte; aus dieser harmlosen Vereinigung, die gelegentlich gegen staatliche Maßnahmen protestierte, gingen später die Verschwörer des Dekabristenaufstands hervor.

XVII, 2 *Lafitte und Clicquot:* Bordeaux-Wein und Champagner-Marke; dahinter vielleicht der Gallizismus »entre deux vins«: nicht ganz nüchtern.

Das Ziel des Dekabristenaufstands, von jungen Gardeoffizieren planlos ausgeführt und schnell gescheitert, nämlich für Rußland eine Verfassung zu erlangen, war für Puškin von höchster Wichtigkeit. Er beteiligte sich nicht direkt an den Vorbereitungen, sympathisierte aber mit den Verschwörern, unter denen sich Freunde von ihm befanden: Ryléjev wurde 1826 hingerichtet, Küchelbecker zu zwanzig Jahren Zwangsarbeit in Sibirien verurteilt, wo er erblindete und an Tuberkulose starb.

Zur vorliegenden Übersetzung

Vor einer inhaltlichen Analyse des »Eugen Onegin« soll begründet werden, weshalb dieser »Roman in Versen«, wie Puškin ihn ausdrücklich nannte, in Prosa wiedergegeben wird. Eine nähere Betrachtung der in ihm verwendeten Verstechnik macht die Gründe deutlich.

Das in 8 ›Gesänge‹ gegliederte Werk, das Puškin ursprünglich auf 12 Kapitel angelegt haben soll, ist – ausgenommen zwei Briefe und ein Lied – in der sogenannten Onegin-Strophe geschrieben: Bei vierhebigem, jambischem Metrum wechseln neun-silbige Verse mit weiblichem und acht-silbige Verse mit männlichem Ausgang einander ab; das Reimschema ist: ab ab cc dd ef fe gg, wobei die beiden letzten Zeilen oft eine verallgemeinernde Aussage, eine Sentenz oder dergleichen beinhalten; die männlichen und weiblichen Ausgänge wechseln immer nach folgendem Schema: wm wm ww mm wm mw mm. Diese Strophe zeichnet sich durch eine außerordentliche und unnachahmliche Leichtigkeit, Musikalität, Plastizität und Knappheit aus. Ihr Wesen, ja ihre nationale Bedeutung, hat Pasternák in seinem »Doktor Živágo« hervorgehoben (2. Buch, Teil IX, Kap. 6): »Eben dieser ... Puškinsche Vierheber stellte so etwas wie eine Maßeinheit des russischen Lebens dar ..., er war gleichsam das Maß, das man von der gesamten russischen Lebensweise genommen hatte, so etwa, wie man zwecks Herstellung eines Stiefels die Form eines Fußes mit einem Strich umrandet oder die Nummer eines Handschuhs nennt, damit einer ausgesucht wird, der wie angegossen paßt.« Den Charakter dieser Verse im Deutschen durch ebenfalls vierfüßiges Metrum bewahren zu wollen, ist aussichtslos. Dafür gibt es mehrere Gründe. Das Russische hat die Möglichkeit einer sehr knappen Ausdrucksweise, z. B. durch die zahlreichen Partizipialkonstruktionen, die in der deutschen Sprache ungewöhnlich sind; durch die vielfältige, Zusammenhänge verkürzende Anwendung des Instrumentals (vgl. im 20. Jahrhundert bei Majakóvskij); durch zahlreiche Wendungen, die ohne ein Verb auskommen, überhaupt durch seinen noch weitgehend synthetischen Sprachbau; ferner bestehen wichtige Präpositionen des Russischen nur aus einem Konsonanten (v, k, s) und vermehren so die Silbenzahl nicht. Sodann stehen dem russischen Dichter durch die Bewahrung der Flexionsendungen klangvolle Reime in großer Zahl zur Verfügung (oft grammatische Reime), wogegen der deutsche Über-

setzer sich mit einer verhältnismäßig kleinen Anzahl von Reimen begnügen muß, die aus Wurzelmorphemen oder klangarmen Endungen bestehen (z. B. beim Infinitiv oder bei den Partizipien auf -en); weitere (männliche) Reime kann der freie Wortakzent des Russischen liefern, wenn er in mehrsilbigen Wörtern auf dem Wortende liegt. – Trotz dieser charakteristischen Unterschiede zum Deutschen mögen hin und wieder einige Strophen in dichterischer Übertragung gelingen, auf das Ganze eines Romans gesehen kann ein sprachlich gutes und gleichzeitig Inhalt und Gehalt des fremden Werks adäquat wiedergebendes Niveau kaum gehalten werden.
Von solchen Überlegungen ausgehend erwiesen sich zwei Kriterien für die Vertretbarkeit einer Transponierung der Verse in Prosa als maßgebend: Genauigkeit und Lesbarkeit. Damit soll dem Studierenden wie dem interessierten Leser die Möglichkeit gegeben werden, den Roman in Prosa kennenzulernen. Dabei wurde, um wenigstens *ein* technisches Charakteristikum des Originals zu retten, die Strophenform (auch zum bequemeren Vergleich mit dem Russischen) beibehalten. Bei der Frage, wie das Verhältnis von Verslänge und Satzkonstruktion behandelt werden sollte, entschied die natürliche deutsche Wortstellung; das Nebeneinander von sehr langen und sehr kurzen Zeilen konnte aus oben genannten Gründen nicht vermieden werden; ferner verlangte der Grundsatz der Lesbarkeit mehr Enjambements, als im Original vorhanden sind.

Die sehr zahlreichen im Original durch Kursive hervorgehobenen Wörter, Wendungen, Zitate usw. wurden im Normaldruck belassen, hauptsächlich deshalb, weil sie in der Übersetzung häufig nicht genau beibehalten werden konnten, so daß die im Deutschen hervorgehobenen Wörter nicht immer den russischen entsprochen hätten.
Für die im Text erscheinenden russischen Wörter wurde, von wenigen Ausnahmen abgesehen, die sogenannte wissenschaftliche Umschrift gewählt.

Nachwort

Zu Recht nannte Belínskij (1811–48), der erste bedeutende Literaturkritiker des 19. Jahrhunderts in Rußland, den *Onegin* eine »Enzyklopädie des russischen Lebens«. Dieses Werk steht mit seinem weder Moral noch Ideologie verkündenden Realismus, vervollständigt durch tiefdringende Psychologie und eine poetische Grundstimmung, am Anfang der großen russischen Romanliteratur. Wie aufsehenerregend dieser Realismus zu jener Zeit gewirkt haben muß, zeigt der Tadel des Romanciers Bestúžev-Marlínskij, der sich an der Tatsache stieß, daß in diesem Roman zum ersten Mal eine große Zahl von Menschen auftrat, die direkt aus der Wirklichkeit zu kommen schienen. (Allein an Nebenpersonen werden über hundert genannt, von denen einige lebende Vorbilder aus Puškins Zeit hatten.) Es ist hier nicht möglich, den weitverzweigten Hintergrund dieses welthaltigen Romans – die französische, englische, deutsche, russische Literatur des 18. und beginnenden 19. Jahrhunderts, Ideen-, Kultur- und Sittengeschichte dieses Zeitraums, und nicht nur Rußlands, politische Anspielungen und anderes mehr – freizulegen. Ein paar Worte zur gesellschaftlichen und politischen Situation der Jahre, in denen der *Eugen Onegin* spielt (1810–30), mögen genügen.

Es ist die Zeit der nationalen Erhebungen in Europa, die sich gegen die von Alexander I. ins Leben gerufene ›Heilige Allianz‹ und deren restaurative Politik richten. Der Zar, der ›Retter Europas‹, über dessen Charakter und Persönlichkeit widersprüchlich geurteilt wird, erweist sich im Laufe seiner Regierungszeit (1801–25) nicht als der liberale Menschheitsbeglücker, der er hatte sein wollen, sondern als ein »schwacher und verschlagener Herrscher, / ein glatzköpfiger und arbeitsscheuer Geck, / ein zufälliger Günstling des Ruhms«, wie er von Puškin zu Anfang des Fragment gebliebenen 10. Kapitels des *Eugen Onegin* vernichtend charakterisiert wird. Auf der europäischen Szene kommt bei ihm unter dem Deckmantel einer – ursprünglich wohl echten, bald aber pervertierten – Begeisterung für die hohen Ideale der christlichen Nächstenliebe, der Gerechtigkeit und des Friedens hartes machtpolitisches Handeln zum Vorschein. Auch die Innenpolitik, z. B. auf dem Gebiet des Bildungswesens oder der Bauernfrage (Gründung von Militärkolonien, die von Konzentrationslagern nicht mehr allzuweit entfernt sind), kann nur als völlig fortschrittsfeindlich bezeichnet werden. Mit dem Sturz des gegenüber Reformen aufgeschlossenen Staatssekretärs Speránskij, mit dem zeitweisen Einfluß des Adels, der Angst vor Reformen hatte und zur ›guten alten Zeit‹ Katharinas II. zurückwollte, mit der Verbindung von Selbstherrschertum und religiösem Obskurantismus, der sich in Rußland unter Anführung Golízyns, des »Bigotten« (s. *Eugen Onegin*, Kap. 10, VII, 2) mit Hilfe der sogenannten Bibelgesellschaft breitmachte, schließlich, nach Speránskijs Sturz, mit dem Emporkommen des Grafen Arakčéjev, der als allmächtiger Günstling an Brutalität, politischer Dummheit und Interesselosigkeit alle Vorgänger in den Schatten stellte, brach in Rußland, ungefähr ab 1812, eine Zeit finsterer Reaktion an. Die Antwort der meist im Militärdienst stehenden jungen Generation der Adligen, die, wenn auch undeutlich, nach westeuropäischen Vorbildern für Rußland mehr Freiheit wollte, war die Gründung von Geheimbünden, die sich 1818 zum ›Wohlfahrts-Bund‹ zusammenschlossen. Diese Vereinigung, über deren zumeist harmlose Mitglieder sich Puškin mokiert (s. Kap. 10, XV und Anfang von XVII), löste sich 1821 wegen der Unzufriedenheit des radikalen, zu gewaltsamem Umsturz entschlossenen Flügels wieder auf. Fortgesetzt wurde die Arbeit nun in zwei Geheimgesellschaften, einer nördlichen in Petersburg und einer südlichen in der Ukraine. Die führenden Köpfe dieser beiden Gruppen erscheinen im *Eugen Onegin* teils direkt mit Nennung ihres Namens (so der Oberst Péstelj, N. M. Murav'jóv und der Dichter und Freund Puškins, Ryléjev, der gehängt wurde), teils durch Angabe ihres Titels oder bestimmter körperlicher oder Charaktereigenschaften. Die Vorstellungen der Revolutionäre reichten von einem föderativen Zusammenschluß ähnlich den USA über einen starken republikanisch-demokratischen Staat bis zu einem zentral regierten reinen Machtstaat, der die revolutionäre Utopie mit Gewalt zu verwirklichen habe. (Rund fünfzig Jahre später, 1872, sollte dieser Gedanke in Dostojévskijs *Dämonen* in aller Schrecklichkeit wieder auftauchen.) Die letztgenannte Staatsform wurde von Péstelj vertreten. Eine Bestimmung, die sich im dritten der genannten Entwürfe findet, zeigt die Gefahr einer Pervertierung, der jede revolutionäre Bewegung nach ihrem Sieg ausgesetzt ist: Péstelj, selber Anführer eines Geheimbundes, forderte nach einer siegreichen Revolution – Ergebnis der Tätigkeit eines Geheimbundes – das Verbot aller geheimer Gesellschaften, da man ihnen nicht trauen könne und das Gute schon öffentlich geschehen werde. Zwei Wochen nach dem Tode Alexanders I., als wegen der Thronfolge eine undurchsichtige Lage entstanden war – »Unser Zar schlief«, lautet der letzte Satz des 10. Kapitels im *Eugen Onegin*; gemeint ist Nikolaus I. –, schlugen die Dezembermänner, die Dekabristen, los. Der nach ihnen benannte Putsch vom 14. Dezember 1825, der Dekabristenaufstand, durchgeführt von Idealisten ohne Ahnung von der technischen Seite einer Revolution, wurde sofort niedergeschlagen. Die Anführer wurden gehängt, die anderen kamen nach Sibirien. Die von Puškin im 10. Kapitel (Strophe VII) ausgesprochene Hoffnung auf einen milden Zaren erfüllte sich nicht: Nikolaus I. (1825–55) führte im Gegenteil ein Polizeiregime ein, wie es Rußland noch nicht gekannt hatte.

Der hier skizzierte gesellschaftspolitische Hintergrund des *Eugen Onegin* ist insbesondere für das Verständnis seiner gleichnamigen Hauptperson von großer Wichtigkeit. Der unerfüllte, resignierende Onegin steht stellvertretend für die Adelsgeneration seiner Zeit, die sich in Anbetracht der Autokratie des zaristischen Regimes als ›überflüssige Menschen‹

vorkommen, ziellos durch Rußland reisen (siehe »Fragmente aus Onegins Reise«) und schließlich in der Mitarbeit bei Geheimbünden eine Möglichkeit sehen, gesellschaftlich nützlich zu werden und ihrem Leben einen Sinn zu geben. Daß auch Onegin, wäre der Roman fortgeführt worden, dem erwähnten revolutionären Bund beigetreten wäre, ist nicht unwahrscheinlich.

Mit dem *Eugen Onegin* führt Puškin in Rußland den Gesellschaftsroman ein: »Auch Bilder des gesellschaftlichen Lebens gelangen in den Bereich der Dichtung«, schreibt er 1825, im Jahre des Aufstands. Schon Belínskij erkannte die Neuheit und Wichtigkeit dieser Komponente (wenn er sie dann auch in der Gesamtheit des Romans überschätzt hat): »Von der ästhetischen Bedeutung abgesehen, hat der Onegin für uns Russen auch eine gewaltige historische und soziale Bedeutung. Vor allem sehen wir im Onegin ein poetisch verklärtes Bild der russischen Gesellschaft in einem der interessantesten Momente ihrer Entwicklung ... Der geschichtliche Wert dieser Dichtung ist um so größer, als sie in Rußland als der erste, glänzende Versuch dieser Art erscheint.« Hierzu gehört ein weiteres Neuland, das Puškin für die Literatur seines Landes erobert hat: das Thema ›Stadt‹ und die Beziehung zwischen Stadt und Land (das letztere Thema in der Lyrik zentral erst in unserem Jahrhundert bei Jesénin). Folgendes Zitat aus einem Brief Puškins erhellt, in welchem Umfang die Loslösung von ›Mutter Natur‹ bei ihm stattgefunden hatte: »Wenn der neue Zar [gemeint ist Nikolaus I.] mir meine Freiheit gibt, bleibe ich keinen Monat [in Rußland]. Wir leben in einer traurigen Zeit, doch wenn ich mir London, Eisenbahnen, Dampfer, die englischen Zeitschriften oder die Theater und Bordelle von Paris vorstelle – dann machen mich meine Hinterwälder von Michájlovskoje krank und verrückt« (am 27. Mai 1826 an den Dichter Vjázemskij). Das Landleben suchte Puškin zwar immer wieder, vor allem, um Ruhe für seine dichterische Arbeit zu haben. Die Natur als Gegenstand seiner Dichtung aber bleibt bei ihm sehr allgemein. Hier ähnelt er viel eher seinen französischen Vorbildern und Anregern, die sich im Salon bewegen, als den russischen Dichtern der Natur wie etwa dem 15 Jahre nach ihm kommenden Turgénjev.

Bewies Puškin schon mit der Einbeziehung politisch brisanter Themen Wagemut, so war er noch in manch anderer Hinsicht ein Neuerer. Er war es, der mit seinem Roman – bei aller formalen Abhängigkeit des *Onegin* von Byrons *Don Juan* – den Byronismus in der russischen Literatur, der in Klischees zu erstarren drohte (die wachsende ironische Distanz des Erzählers zu seinem von Byron inspirierten Helden läßt darüber keinen Zweifel), überwunden hat. Mehr noch: Der *Onegin* bedeutet das Ende für jede falsch verstandene Romantik, für das ›Dunkle und Schwächliche‹, das Lenskij fast typenhaft verkörpert. Anfang Februar 1824 schreibt Puškin, »der die romantische Struktur bereits mit den Augen des Realisten betrachtete« (Lotmann[1]), an seinen Bruder: »Vielleicht werde ich Dél'vig [Freund Puškins, Dichter] Auszüge aus dem ›Onegin‹ schicken – es ist mein bestes Werk. Glaube nicht Nikoláj Rajévskij, der es schilt: er erwartete Romantik von mir, fand Satire und Zynismus und wurde nicht schlau draus, was es nun ist.« (Daß das Werk in Wirklichkeit noch ganz harmlos und von echter Satire weit entfernt sei, betont der Dichter ein Jahr später.)

Ferner brachte Puškin die Volks- und Umgangssprache in die Literatur. Nachdem die Einteilung der Stile in verschiedene Höhen nicht mehr respektiert wurde (bei Puškin hat ein kleines Liebesgedicht mit dem Wortschatz einfacher Menschen gleiches Recht wie das historisierende, kirchenslawisch getönte Poem), war es Puškin, der die Grundlage für die zukünftige lebensnahe Dichtung schuf, indem er von der Sprache des Volks und seiner Überlieferung außerordentlich viel lernte. Das Bedeutsame an seiner Dichtung, besonders am *Onegin*, ist in dieser Hinsicht, daß er nicht eine Sprach-

1 Jurij M. Lotmann: Die Struktur literarischer Texte. München 1972. S. 65.

schicht der anderen unterordnete, sondern die Sprache des Volks und die gehobene Sprache zum Zweck einer bis dahin noch nicht gehörten Nuancierung des Inhalts gleichberechtigt miteinander verwob. Dem korrespondiert ein ständiges Wechseln im Ton: Vom Erhabenen ist es nicht weit bis zu absichtlich falschem Pathos und zur Ironisierung hochtrabender Dichtersprache; ›ewige Wahrheiten‹, die bei anderen – und noch lange nach Puškin – Gefahr laufen, den irdischen Boden unter den Füßen zu verlieren, werden unsanft herabgeholt und zu ihrem Nachteil mit der sich ständig ändernden Wirklichkeit konfrontiert; Jungmädchenklage und pseudoromantische Dichterergüsse enden im rauhen Alltagswortschatz eines bitteren Epigramms.
Außerdem erweiterte Puškin den russischen Wortschatz noch in anderer Hinsicht: Aus dem Französischen lernte er die feinen begrifflichen Abstufungen für die Beschreibung erotischer – physischer und psychischer – Vorgänge kennen und brachte einiges durch Fremdwörter, Lehnwörter u. a. in den russischen Wortschatz ein, der gleichwohl auf diesem Sektor, auf dem eben kein klassisches 17. und kein aufklärerisches und empfindsames 18. Jahrhundert wie in Frankreich Vorarbeit geleistet hatte, noch ärmlich genug blieb. Selbst bei Puškin kommt uns das ewige Träumen, Schmachten und Erröten recht undifferenziert vor, doch wird diese Klischeehaftigkeit in Dingen der Erotik, die für den *russischen* Leser freilich noch genug Überraschungen brachte, durch die genannten Neuerungen ausgeglichen.
Die sprachlichen Wagnisse erstrecken sich von der ungenierten Verwendung unbekannter oder tabuisierter Fremdwörter bis zu nicht salonfähigen russischen Adverbien und der Aktivierung verschiedener Verben und Epitheta zur Wiedergabe seelischer Vorgänge, von der Verspottung alter Ausdrucks-Klischees bis zur Schaffung von Bildern und Vergleichen, die durch ihre Kühnheit die Zeitgenossen empörten. Ein Beispiel. In Kap. 3, Strophe V, Vers 10 ff. teilt Onegin seinem Freund Lenskij mit, welchen Eindruck dessen Ange-

betete, Tatjanas Schwester Olga, auf ihn gemacht hat: »Ein rundes, strahlendes Gesicht hat sie, / wie dieser dumme Mond / an diesem dummen Himmel.« Hierzu ließ sich ein offensichtlich in seinem religiösen Empfinden verletzter Kritiker also vernehmen: »Dummer Himmel!!! Man wagt seinen Augen nicht zu trauen, daß man so etwas in einem gedruckten Buch sieht, und noch dazu im Werk eines guten Schriftstellers! ... Bemühen wir uns, Puškin soweit wie möglich Gerechtigkeit widerfahren zu lassen, so müssen wir annehmen, daß er mit dem Wort ›Himmel‹ aller Wahrscheinlichkeit nach etwas anderes meint als das, was wir alle unter diesem Begriff verstehen ...« (*Polarstern*, Jg. 1829). Und nicht zuletzt war der Roman mit seinen respektlosen, familiären Anreden von Musen (deren Segen zum Gelingen des Werks wird erst im 7. Kapitel, und noch dazu in dessen letzter Strophe – der Dichter hatte es einfach vergessen –, augenzwinkernd herabgefleht), von hohen Persönlichkeiten (im 10. Kapitel wird der Zar als ein »glatzköpfiger und arbeitsscheuer Geck« bezeichnet) und Freunden seiner nächsten Umgebung; mit seinen sorglosen Abschweifungen und darauf folgendem Sich-selber-zur-Ordnung-Rufen (so hatte sich noch niemand in seine literarische Werkstatt sehen lassen); mit seiner Reimtechnik, die banale Ausdrücke auf hochgestochene Wendungen reimen und ihnen dadurch Ohrfeigen verpassen läßt, gelegentlich Assonanzen für genügend erachtet und des Lesers verknöcherte Reimerwartung verspottet (Kap. 4, XLII): »und silbern schimmern die Felder / (der Leser wartet schon auf den Reim ›Wälder‹ – / da hast du ihn, nimm ihn nur schnell!)«; mit seinem häufigen Zitieren aus fremden Werken – die Zitatenkollage des 19. Jahrhunderts; mit seiner Mischung der Gattungen (Roman, Lyrik, Epigramm, Parodie, Pamphlet, gereimte Literaturtheorie und -kritik und anderes); mit seiner keinem bestimmten Plan folgenden, ständig auf die unmittelbare Gegenwart reagierenden Entstehung (einen Plan entwarf der Autor, der von 1823 bis 1830 an seinem Werk arbeitete, erst hinterher: 3 Teile mit

je 3 Unterteilen) – mit alldem war der *Onegin* ein Unikum und Novum.
Leider sah sich der Autor gezwungen, vor der Zensur das 10. Kapitel des Romans zu verbrennen, so daß hinsichtlich einer weiteren, vielleicht unerhörten Neuerung, die er mit ihm eventuell hatte herbeiführen wollen, nur Vermutungen angestellt werden können: Die erhaltenen Fragmente sowie die Wandlung Onegins vom Spleen-geplagten Dandy und übersättigten Frauenverächter à la Byron zu dem in seiner plötzlich aufflammenden echten Liebe abgewiesenen, in tiefer Verzweiflung durch Rußland reisenden ›überflüssigen Menschen‹ und Angehörigen einer ›lost generation‹ – diese beiden Faktoren deuten darauf hin, daß der Roman eine betonte Wendung zur Behandlung der politischen Verhältnisse der damaligen Zeit gemacht hat. Es ist, wie schon gesagt, durchaus möglich, daß Onegin, auf seiner Suche nach einem Lebenssinn, der revolutionären Verschwörung der Aristokraten beigetreten wäre, die den Dekabristenaufstand vorbereitete; sein Ende hätte die Hinrichtung oder Sibirien sein können. Der vorliegende Roman ist trotz dieser aus Rücksicht auf die Zensur unterlassenen Perspektive kein Torso. Er ist in sich geschlossen und kann deshalb in seiner wesentlichen Problematik aus sich heraus erklärt werden.

Das zentrale Thema des Romans, eine Art Fortsetzung von Puškins früherem Poem *Der Gefangene im Kaukasus*, ist die Begegnung zweier Menschen, Onegin und Tatjana. Onegin, der Liebesabenteuer in der Stadt St. Petersburg müde, zieht sich aufs Land zurück. Dort trifft er auf die junge Gutsbesitzerstochter Tatjana, die die Liebe nur aus romantisch-sentimentalen Romanen kennt. Sie verliebt sich sofort in ihn und gesteht ihm ihre Neigung. Onegin antwortet, daß er die Ehe verabscheue (hier wie an vielen anderen Stellen darf man Puškins eigene Meinung sehen) und rät ihr, mit Geständnissen zukünftig vorsichtiger zu sein. Tatjana lebt in großer Verzweiflung, hofft aber noch. Onegin erschießt im Duell seinen

Freund Lenskij, Prototyp des schwächlichen und unbegabten pseudoromantischen Dichters, den Liebhaber von Tatjanas unbedeutender Schwester Olga. Er verläßt die Gegend und unternimmt Reisen. Tatjana erhält zufällig Einblick in Onegins Bibliothek und erkennt, daß ihr Angebeteter anders ist, als sie sich ihn vorgestellt hatte. Sie wird nach Moskau auf den »Heiratsmarkt« gebracht und unter Zureden der Mutter mit einem älteren, ungeliebten General verheiratet. Onegin begegnet nach einigen Jahren der gereiften Tatjana in der hohen Gesellschaft und verliebt sich nun seinerseits in sie. Er gesteht ihr seine Liebe, wird aber von ihr abgewiesen: Auch sie liebe ihn noch, wolle aber ihrem Mann treu bleiben. Onegin verläßt sie verzweifelt, seine Spuren verlieren sich.

»In der ›Anna Karenina‹ und im ›Onegin‹ ist nicht eine einzige Frage gelöst, und doch befriedigen sie einen vollständig, und zwar allein deshalb, weil alle Fragen in ihnen richtig gestellt sind«, schrieb Čéchov am 27. Dezember 1888 an Suvórin. Diese Feststellung trifft zweifellos zu: kein Leser des *Eugen Onegin* wird es als einen Mangel empfinden, daß Puškin seinem Werk keine Lösung mitgegeben hat, vor allem nicht dem Schluß, der Abweisung Onegins durch Tatjana. Aber die Kenner der Materie tun sich mit der Aufhellung der Motive, die Tatjana zu ihrem Entschluß kommen ließen, schwer. Überblickt man die vorliegenden Erklärungsversuche, so muß man feststellen, daß ein Teil von ihnen durch Einseitigkeit und vorgefaßte Meinungen dem Werk nicht gerecht wird, ein anderer Teil der Beantwortung der Frage durch Schweigen oder durch ein dunkles Wort aus dem Wege geht.

Stender-Petersen etwa begnügt sich in seiner *Geschichte der russischen Literatur*[2] mit der bloßen Feststellung: »Sein Versuch, ihre Liebe zu gewinnen, stößt auf ihre bestimmte kühle Abweisung.«

Tschižéwskij sagt im ersten Band seiner *Russischen Literatur-*

2 Adolf Stender-Petersen: Geschichte der russischen Literatur Bd. 2. München 1957. S. 128.

geschichte des 19. Jahrhunderts[3]: »Puškin hat seinem Roman [...] verschiedene Elemente seiner Welt- und Lebensauffassung mitgegeben. Allerdings wäre es verfehlt, eine unmittelbare ›Belehrung‹, eine Art Moral darin suchen zu wollen« – eine sehr berechtigte Warnung.

In den Nachworten zu manchen älteren Übersetzungen des *Eugen Onegin* findet man die Deutung Dostojévskijs wieder, die er in seiner berühmten Puškin-Rede vom Jahre 1880 gegeben hat. In ihr verurteilt er jeden Versuch, das eigene Glück auf dem Unglück anderer aufzubauen, und preist Tatjana in ihrer Treue zum ungeliebten Mann als höchste und reinste Verkörperung des Wesens der russischen Frau; auch wenn sie die Wahl hätte, würde sie Onegin nicht folgen, da er in ihren Augen ein geistig unselbständiger Mann sei.

Nicht weniger spekulativ war schon die Deutung Belínskijs gewesen, gegen den Dostojévskij in seiner Rede polemisiert. Für Belínskij stand fest, daß Tatjanas Hauptmotiv für ihre Weigerung die »sklavische Furcht vor der öffentlichen Meinung« sei und daß sie ihre Liebe der »weltlichen Moral« geopfert habe. Er wirft Tatjana vor, sie sei nicht der Stimme ihrer Liebe gefolgt, sondern habe sich der Norm der Gesellschaft, durch die ihre Gefühle pervertiert worden seien, gebeugt.

Eine Vermischung von Argumenten dieser beiden ersten Interpretationen mit der Sehweise des Marxismus stellt die Deutung in der sowjetischen *Geschichte der russischen Literatur*[4] dar. Hier liest man über Tatjanas Entschluß folgendes: »Tatjana ›verurteilt‹ Onegin nicht einfach: sie deckt die Widersprüche seines Innenlebens auf [...], er ist nicht zu trennen von jener selben Gesellschaft, von der er immer wieder aufs neue loszukommen trachtet; und zu der Zahl seiner echten, wenn auch unbewußten Antriebe für seine Verliebt-

3 Dmitrij Tschiżewskij: Russische Literaturgeschichte des 19. Jahrhunderts. Bd. 1. München 1964. S. 62.

4 Geschichte der russischen Literatur. Bd. 6. Moskau/Leningrad 1953. S. 254.

heit gehört auch die Möglichkeit einer ›verlockenden Ehre‹ in dieser Gesellschaft. Tatjana sieht in Onegin das, worüber er sich selbst nicht Rechenschaft ablegt [...]. Natürlich bedeuten für Tatjana die Pflichttreue und die Heiligkeit der Ehe ein sittliches Axiom; dieses aber lebt in ihr nicht als die überkommene und veraltete Moral der Familie der Larins, sondern als jene Moral, die sie sich selbständig angeeignet hat und die sich als das Resultat ihrer tief-inneren Überzeugtheit von der Rechtlichkeit ihres Urteils über Onegin erweist.« Tatjana weist Onegin deshalb ab, weil sie erkannt hat, daß er sich, trotz gewisser Einsichten in die Klassengegensätze der Gesellschaft, von seiner Klasse nicht befreien kann. Wäre Onegin ein Klassenkämpfer, so könnte Tatjana ihn akzeptieren, also auch ihre Ehe auflösen, die nun nicht mehr heilig wäre. Es wird deutlich, daß hier mit zweierlei Maß gemessen und Moral mit dem richtigen gesellschaftlichen Bewußtsein gleichgesetzt wird.

Wie manch anderer steht auch Mirskij[5] unter dem Bann von Dostojevskijs Apotheose der russischen Frau: »[...] Tatjanas überlegene Selbstbeherrschung und Resignation [verleihen] ihr jenen unstreitigen Glorienschein moralischer Größe, der für immer mit ihrem Namen verbunden bleibt [...]. Mitgefühl ohne Mitleid mit dem Manne und Anständigkeit ohne Belohnung für die Frau«, bezeichnet Mirskij als »die klassische Lösung« Puškins. Auch hier überwiegt die moralische Argumentation, vor der Tschižéwskij gewarnt hat. Zwei Worte aber lassen aufhorchen: Die »Selbstbeherrschung«, besonders aber die »Resignation« Tatjanas. Diese Kennzeichnung ihrer Haltung führt zur Interpretation Setschkareffs[6], die, psychologisch beginnend, am Schluß, auf Mirskij aufbauend, scheinbar die Grundhaltung des alten Goethe wieder-aufnimmt: »Nach dem schweren Fiasko vermag sie nur noch

5 Dmitrij S. Mirskij: Geschichte der russischen Literatur. München 1964. S. 91.

6 Vsevolod Setschkareff: Alexander Puschkin. Sein Leben und sein Werk. Wiesbaden 1963. S. 130.

in der Erinnerung leben; ihr gleichmäßig tadelloses Benehmen verbirgt eine halbvernarbte Wunde, die zuweilen noch schmerzt, doch mit kluger Standhaftigkeit getragen wird. Tatjana ist klug und sieht ihre Lage, sie weiß, daß die Zeit der Leidenschaft für sie vorbei ist, und sie verzichtet keineswegs nur aus Achtung vor dem Moralgesetz, sondern als echte Frau, wie sie Puschkin sah. Dies ist der Grund, warum er seine Heldin so hochschätzt, sie als sein Ideal bezeichnet: sie ist für ihn die Inkarnation der echten Weiblichkeit, die Leidenschaft und entsagende Weisheit zu vereinen vermag.« Auch diese Erklärung, daß sie verzichte, weil sie erkannt habe, daß »die Zeit der Leidenschaft für sie vorbei« sei, will nicht befriedigen.

Der Grund für die Zurückweisung Onegins liegt tiefer, und zu ihm führt die Analyse einer Interpretation, die durch eine einleuchtende Widerlegung der bisherigen Deutungen den Weg zu einem angemessenen Verständnis nicht nur des Schlusses, sondern wohl auch des ganzen Romans gegeben hat. Es handelt sich um die 1968 veröffentlichte Dissertation von Leonore Scheffler: *Das erotische Sujet in Puškins Dichtung.* In der Auseinandersetzung mit der von einem Interpreten Ende der vierziger Jahre aufgestellten These – sie wird heute von ihrem Verfechter nicht mehr in vollem Umfang aufrechterhalten –, daß die Hauptgestalten vom Schicksal prädestiniert seien, sich zu lieben, und daß Onegins Schuld am Verfehlen Tatjanas sein früheres libertinistisches Großstadterleben, Tatjanas Schuld am Verfehlen Onegins die Heirat mit dem General sei, führt die Verfasserin aus: »Tat'jana glaubt anfangs an das ›Gesetz‹ der Liebesbestimmung, von dem sie aus ihrer Lektüre erfahren hatte, und sie ist überzeugt, daß Onegin der für sie Bestimmte sei. Am Ende ist von einer theoretischen Norm nicht mehr die Rede, aber die Wiederbegegnung mit Onegin, die ihre erste echte Liebessehnsucht neubelebt, verdeutlicht ihr, daß ihre Ehe nicht das ist, was sie sich selbst schuldig war. Und so besteht ihre Schuld letzten Endes gar nicht darin, daß sie nicht auf Onegin gewartet hat, als vielmehr darin, daß sie einen Mann geheiratet hat, den sie nicht lieben kann. Tat'jana verfehlt tatsächlich ihre Liebesbestimmung; nicht Onegin ausschließlich. Durch Onegin wird ihr die Verfehlung nur bewußt. – Onegin versucht in seinem leidenschaftlichen Brief an Tat'jana seine frühere Ablehnung zu erklären, aber daß sie der einzig für ihn bestimmte Partner sei – wie das die 17jährige Tat'jana einst von ihm behauptet hat –, meint er nicht. Er kennt kein Gesetz der Liebesbestimmung. Durch seine früheren erotischen Abenteuer, in denen er ›sich verliert‹, wird er schuld an der Zerstörung seiner Persönlichkeit – nicht daran, daß es ihm deshalb ein paar Jahre später nicht sinnvoll erscheint, ein naives Landmädchen zu heiraten [...]. In beiden Fällen besteht also die Schuld des Helden primär gegenüber sich selbst, ist sie Selbstverfehlung, dargestellt u. a. an zwei unglücklichen Liebesbegegnungen. – So läßt sich auch aus dieser Perspektive noch einmal zeigen, daß der Romanschluß nicht auf die sentimentalistische These antwortet. Er verweist vielmehr auf die Schicksalhaftigkeit der Liebe, die sich jeweils unter verwehrenden Umständen liebende Menschen nicht zusammenkommen läßt [...] Ob ein Onegin mit anderer Vergangenheit für Tat'jana ›besser‹ gewesen wäre, bleibt fraglich. Aber *der* Onegin, den sie sehnsüchtig liebt [...] *ist* eben der von der Großstadt geprägte, der sich im Exzeß verausgabt hat und deshalb ihr Geständnis zurückweisen muß. – Offen bleibt ebenso, *ob* Onegin sich nach einem sentimentalen Dorfmädchen Tat'jana am Ende in gleicher Weise leidenschaftlich gedrängt hätte. (Dostoevskijs Skepsis ist berechtigt!) Aber *die* Tat'jana, die er liebt, *ist* die Dame, der er in der Petersburger Gesellschaft begegnet, die Aristokratin, zu der sie die Ehe mit dem General [...] hat werden lassen.

Daß Liebeserleben schicksalhaft ist, bezeugen die Hauptgestalten des Romans. Und daß es eine Verfehlung der Liebesbestimmung gibt, bezeugt Tat'jana. Aber ob es eine subjektiv schuldhafte Verfehlung eines bestimmten Partners gibt, auf diese Frage gibt der Romanschluß keine Antwort, sondern er ist überhaupt erst die Frage selbst; und zwar eine Frage, die jetzt völlig außerhalb des sentimentalistischen Verständnishorizontes gestellt wird. ›Für die arme Tanja waren alle Schicksalswege gleich‹ – das heißt soviel wie: an dem, was zur Wahl stand – das Warten auf einen andersgesinnten Onegin einbezogen – war gar nicht abzulesen, was eigentlich sinnvoll hätte sein sollen, und: ›Aber ich bin einem anderen gegeben worden‹, der Vers, der Belinskijs Kritik an Tat'jana und seinen Sozialprotest hervorrief, deutet an, daß Puškin seine Frage verneint.«[7]

Dieser vielschichtigen Argumentation ist nicht viel hinzuzufügen. Als entscheidend muß festgestellt werden, daß hier weder eine Verfehlung von Onegin und Tatjana gegenüber einem wie auch immer gearteten Schicksal, noch ein Einanderverfehlen, das vermeidbar gewesen wäre, vorliegt. Die innere Entwicklung der beiden Hauptgestalten verläuft so verschieden, daß ihre Begegnung nur in einem beiderseitigen Mißverständnis enden konnte, da das wahre Wesen des jeweiligen Gegenübers wie von einem Schleier durch Vorurteile und falsche Vorstellungen verdeckt wird. Die Ausführungen der Interpretin über Onegins Zurückweisung durch Tatjana betonen sehr richtig, daß die Frage, ob es eine subjektive schuldhafte Verfehlung eines bestimmten Partners gebe, verneint wird. Onegin hat gelebt, wie er gelebt hat, seine Verfehlungen waren für seine Entwicklung notwendig, so, wie zur Reifung Tatjanas ihre Romanlektüre notwendig, wenn auch verhängnisvoll war.

Aus dem vorher Gesagten wird deutlich, daß es zu einfach ist, zu sagen, Tatjanas Abweisung erkläre sich allein aus ihrem Verwurzeltsein in den gesellschaftlichen Konventionen, und ihr dies vorzuwerfen. Einmal geht es Puškin bei der Darstellung der Beziehung zwischen den beiden Hauptgestalten weniger um die Erhellung eines gesellschaftlichen als

7 Leonore Scheffler: Das erotische Sujet in Puškins Dichtung. München 1968. S. 197 f.

eines individuell-psychologischen Problems. Sodann ist Tatjana vom Typ her keine Anna Karenina, die für die Trennung von ihrem Mann und das Aushalten der gesellschaftlichen Ächtung die notwendige Kraft besitzt. Von alldem abgesehen aber ist die Aufgabe, die sich der Autor gestellt hat, gelöst. Eine Scheidung Tatjanas von ihrem Mann würde nicht eine Vertiefung des analysierten Problems, sondern lediglich seine Weiterführung, womöglich seine Verharmlosung und Banalisierung bedeuten, jedenfalls einen neuen Roman notwendig machen. Eine solche Lösung zu fordern heißt, von Puškin etwas zu verlangen, was er nicht geben konnte oder wollte. Und zu einfach ist auch jene Erkläung, die sagt, Tatjana wolle ihren Mann, den alten General, nicht kränken, sie wolle nicht Glück durch das Unglück eines andern erreichen. Das ist zwar ein wichtiger Teilaspekt, doch geht der Roman in der Tiefe seines Geschehens über diesen rein ethischen Bereich hinaus: Tatjana spürt, daß eine Rückkehr zu jener Situation, in der das Glück – ihrer Meinung nach – »möglich«, ja »so nah« war, nicht mehr möglich ist, und zwar deshalb, weil dieses in ihrer Vorstellung lebende Glück durch Onegins damaliges Verhalten einen durch nichts mehr zu beseitigenden Riß bekommen hat. Im Unterschied zu Onegin weiß sie, daß das Einanderverfehlen zu Anfang ihrer Begegnung endgültig ist. Geben wir in dieser Sache dem unparteiischen Anton Tschechow das Wort. In seiner kurzen Erzählung *Nach dem Theater* heißt es von seiner Heldin: »Sie war erst sechzehn, und sie liebte noch niemanden [...]. Ungeliebt und unglücklich zu sein – wie interessant das war! Wenn der eine stark liebt, der andere jedoch gleichgültig ist, dann liegt darin etwas Schönes, Bewegendes, etwas Poetisches. Onegin ist dadurch interessant, daß er gar nicht liebt, und Tatjana ist bezaubernd, weil sie sehr liebt. Würden sie aber einander mit gleicher Intensität lieben und wären glücklich, so würden sie vermutlich recht langweilig wirken«.

Und schließlich dürfen wir nicht übersehen, daß nicht Tatjana, sondern Onegin die Hauptperson des Romans ist: »An dieser Stelle wollen wir meiner geliebten Tatjana / zu der Eroberung gratulieren / und unseren Weg seitwärts lenken, / um nicht zu vergessen, von wem ich singe ...« (Kap. 7, LV). Nachdem die Beziehung zwischen Onegin und Tatjana zu Ende ist, geht es um Onegins Charakter, der, typisiert, zum Vertreter einer ganzen Generation wird.

Kay Borowsky

Inhalt